现在，请谈一谈你最爱的那个人

[美] 约翰·鲍 主编

毛燕鸿 兰珩 译

北方联合出版传媒（集团）股份有限公司

万卷出版公司

目 录

相爱时间：五年——十年

相爱时间：十年——二十年

相爱时间：二十年——三十年

相爱时间：三十年——四十年

相爱时间：四十年——六十年

序 言

本书是一系列访谈的口述实录，受访者是美国各地形形色色的普通人。

他们描述了浪漫爱情迸发火花、生长、得到与失去的种种经历。这些故事气象万千，异彩纷呈，有的诗情画意、有的振奋人心、有的活色生香、有的催人泪下、有的滑稽可喜、有的荒诞不经，有的甚至令人作呕。

本书的目的是创造一曲悲欢离合的大合唱，对来自美国各地的种种声音做出公正的评判。

爱情是我们共有的目标之一，它是绝对自由的真正堡垒。

没有谁能告诉我们该爱谁，该如何去爱。我们可以随心所欲，到达我们心目中满意的结局。也许它不完美、无法挽回、难以言说，也可能让人错愕、哀叹、气馁，且很少能够进行得优雅，这就是我们在尘世遇见的爱情和爱人。

对于我们最好的礼物，我们便是如此对待的。

无论是我的编辑还是我自己，都不敢妄称参透了爱情的真谛。我们能做的只是倾听：鼓励故事的主角如实表达，不仅要谈论他们梦寐以求的爱情，而且要讲述他们真正体验和经历的爱情。

我们特意将这些访谈记录编撰成书，这样会让读者觉得入迷、愉悦而且意味深长，此外，至少偶尔能够引发深省。正如一位朋友读过几章之后的点评：“这些故事仿佛心灵夹心糖。”因为每篇访谈读起来都像一篇完整的短篇小说，传达着受访者的世界观，也是对另一个人生活情景的惊鸿一瞥。

他们与我们的生活大异其趣，其中的差别超乎想象，而这一瞥之间，我们所见的风景已经丰富得惊人。

在美国人看来，爱情是什么？

对于路易斯安那州哈蒙德的杰克·巴宾诺克斯来说，爱情就像“两个人同时伸出手，去拿麦当劳纸袋底部的炸薯片。因为他们在同一时间有着同样的想法。他们都想吃到最后的薯片。但其中一个会把它让给对方”。

得克萨斯州圣安东尼奥的西莉亚·梅嫩德斯描述自己错失的青涩校园之恋，仿佛“水晶百事……我们再合适不过了。然而，相处起来并不乐观”。

奥兰多的弗雷兹·贝克尔说出了我们大多数人的心声。他说：“独自生活与沐浴爱河的区别就像——哇！哇！哇！”

从佛蒙特州大雪纷飞的郁郁松林到俄克拉何马的一马平川，从佛罗里达州软红十丈的商业街到皮吉特海峡的悠悠碧水，从目不识丁的危地马拉移民、摇摆舞女、激素驱使下的疯狂卡车司机，到制服僵硬、不苟言笑的会计师。我们了解到爱就是在Ta面前你可以做自己，爱是接纳，爱是倾听，爱是遭遇不忠之后的疗伤。爱是没有你，我就无法独活。还有，根据我们遇到的几名男女的说法，爱就是能在彼此面前放屁而丝毫不觉得难堪。

爱是安全感。爱是友谊。爱是激情。爱是仿佛重回校园，变作花季少女。爱是付出。爱是得到。爱是行动。爱是一种心态。爱是一项决定。爱是源自上帝的一种心灵状态。爱是大脑中多种化学物质、催产素和内啡肽的综合作用。爱是每一天。爱是一生中唯一的奇遇。当爱情消失之后，我们发现自己站在莱德爱药店，捧着一盒塔克医药护垫潸然泪下，因为我们曾经最爱的那个痔疮患者，已经是永远的往昔。

我们该怎样渴望爱情？我们的爱情行动如何才能不辜负誓言？爱究竟是由什么构成？

从书中的故事里，我们懂得了，成功的爱情往往是千姿百态的形式反复表达的一系列简单行为：倾听、肯定、接纳、支持、承诺、分享、忠诚及原谅。听起来很容易。然而，美国有一半的初婚都以失败落幕。

我们对受访者最初谈起这个项目时，大家最常提出的一个问题是：“你们是怎么找到这些人的？”

在许多方面，我们沿袭了十年前编撰口述实录《当美国人讨论他们的工作》一书时使用的方法，再次启用了那个才华横溢的编辑团队。当年和现在的工作，都是从大批电子邮件开始，后来是与朋友、同事、亲戚的几百场谈话，还有许多人从全国各地与我们联系。我们让每个联系人都从自己的通讯录中仔细过滤，寻找那些符合主题的人，比如幸福的人、伤心的人、黑人、亚洲人、西班牙人、富人、穷人等，直到我们觉得访谈个案的总量已经足够丰富，能够体现美国社会不可思议的参差多态时，这项工作才终于停止。

我的母亲是一名口译员，认识托马斯的女朋友。托马斯是一位柬埔寨移民，做过僧人，二十六岁仍是处子，被人用枪管指着步入婚姻。

另一个朋友布拉德·凯拉姆毕业于利伯缇大学，有着原教旨主义基督教教育背景，同时也是特拉华州的一名牧师。他对爱情、上帝和高潮的思考发人深省，令人耳目一新。

我们倾听红杏出墙的家庭主妇和伤心欲绝的少女讲述自己的恋情。我们在Craiglists各地网站发布广告之后，露易丝·麦克格雷格参与了我们的调查。这位母亲兼银行家摒弃了二十九年的完美婚姻，转而投向高中同学的怀抱，她永生难忘的那个人。

勇敢无畏、不屈不挠的记者戴安娜·布里格斯通过我上一本书的网站找到了我。为了采访，她租下一辆汽车，三次长途跋涉，穿越落基山脉、阿巴拉契亚山脉和密西西比河三角洲的许多个州。通过她的不懈努力，我们认识了玛蒂·爱德华兹，这名裁缝在俄克拉何马州风景如画的西部小镇广场上开店；还有狄安娜·伦达，这位流离失所的女人暂住在得克萨斯州奥斯汀一片西班牙人社区，采访在三十五号州际公路旁的公交站长椅上完成。

本书要传达的信息并不是爱情太美好或太可怖，甚至也不是想说，有了爱情，我们一定会更好（真的，许多人恋爱之后，变得如同魔鬼一般）。我们的目的是避免让爱情沦为理论和假说，我们只想单纯记录形形色色的美国人（以及活在美国的外国人）的生活，展现他们如何在多元的生活中，品味爱情的种种浪漫。每一场访谈都以这个问题开始："请谈一谈你最爱的那个人"。

由于我们的重点是爱，而不是亲密关系，所以，我们的目录中列举的不是每段关系维持的时间，而是从受访者意识到"我恋爱了"开始的时间。

如果说书中有哪个观点像水晶般清晰，那就是：爱了六个月、两年、五年的受访者与爱了五十年、六十年的受访者截然不同。

是因为与生儿育女相关吗？部分如此。

但在就爱情这一主题采访了数百人之后，我们发现至少有一点是无可争议的：那些能够长久相爱的人，有一种共同的品质——无私，无论他们是本来如此还是后来如此。与子偕老，看来更多时候要考虑"我们"，而不是"我"。

我们选择故事的标准是看该场访谈能否增强我们对浪漫之爱的理解。正因如此，我们剔除了以其他爱为主题的故事，比如对上帝、国家、宠物或高尔夫球的爱。我们也剔除了故事中与爱无关的细节，比如主人公的肤色是黑是白，家境是贫是富，哪怕他是1984年奥运会的十项全能运动冠军，我们也不提。这一事实由于不能提升对爱情主题的讨论，我们就删去了。

我们编辑访谈实录的时候，着眼于突出每个人的独特兴趣和视点。如果一些叙述彼此相似，或者对主人公浪漫之爱的情感和观点的表达不够清晰，那么，无论故事多么扣人心弦，多么催人泪下，我们都不予考虑，而是让位给那些性格鲜明、脉络清晰或爱情元素丰富的故事。在每一场访谈中，我们都力求最大可能地保留受访者的原话和语言风格。

我们对爱的追逐，常常被客观条件、内心预期、往日经历、通俗文化、感伤情怀与幻觉所蒙蔽，一面是爱情理论和教条，另一面是真实的俗世。有时候，理论与现实的巨大差异让人心惊。对此我们听过，感觉过，因此我们想必知道应该怎样爱一个人。

好吧，其实并非如此。看完这些故事，你就会明白。

我们极力避免编辑改动受访者的观点，同时，本书的宗旨，是两千年前印度教经典《优婆尼沙昙》中的一句教义：“在我之中见众生，又在众生之中见我者，能免一切恐惧。”

这些篇章都在竭尽所能，让读者安全地降临在身边这群平凡美国人的肉体、情感和灵魂层面的万千风景中。面对这些内容，我们可以击节赞叹，也可以沉吟退缩。然而，由于这些人往往与我们迥然不同，因此我希望，在看过他们的情感历程之后，我们能够给身边的人们更多关怀、更多仁爱。

相爱时间

一个月——五年

7个星期：婚礼就像恋爱的色情戏。

杰克·巴宾诺克斯，男，27岁

我始终抗拒婚姻。我的意思是，不是抗拒婚姻，而是抗拒婚礼。婚礼就是爱情的色情戏。在通常的色情戏里，你可以看到人们交欢的场景。

在婚礼上，众目睽睽之下，你们两人大张旗鼓地制造出恩爱的模样。而我不需要一个特别隆重的盛典来确定我正式爱上了某个人。不，不是那样的。相爱这件事，每天都在进行。

如果我必须闭上双眼想象爱情的模样，我想那就是两个人同时伸出手，去拿麦当劳纸袋底部的炸薯片。因为他们在同一时间有着同样的想法，他们都想吃到最后的薯片，但其中一个会把它让给对方。这就是爱。这就是爱的时刻。

或者，爱情意味着两个人睡在漫长旅途中的汽车上。一个想开车，另一个不想让他开。真的，就是在一场漫长的公路旅行中，我发现自己仍然爱着上一个女友。那年我二十三岁，而我现在二十七岁了。我们从路易斯安那州的哈蒙德出发，开车去佛罗里达州的西格鲁夫海滩，距离德斯汀不远。我们一路不停，一直向前开，开啊开啊。我们在沃尔玛偷了顶帐篷，在车厢底下露营，丢下一堆食物和垃圾，然后走出帐篷，上车继续向前开。

到了海滩之后，我们说："他妈的，我们终于可以想睡哪儿就睡哪儿了。"我们将车停在一片公共海滩上，钻进毛毯，躺了下来。我们都喜欢抽烟、喝酒、寻欢作乐。这时另一对恋人向我们迎面走来。

那女孩长着骨节棱棱的手指，指节上有节瘤。两人都很颓废。他们说："你们可以和我们挤在一起住。"诸如此类的话。他们指的是那个男孩舅舅家的房子。我们住进卧室，而他们睡在沙发上。

是的，很不错。我们只是不停地做爱。每个人都烂醉如泥，我站起来想去小便的时候，都找不到门在哪里。我试图尿到啤酒罐里，却没能成功。总之，没过多久，我们又开始做爱，梆！那个时刻，我就觉得沐浴在爱河里。那是个充满魔力的时刻！不，其实不是，我只是想到了那件事。那件事是真的，但并不是爱的时刻。

其实真的很难说爱的时刻究竟是什么时候。整个旅程都弥漫着爱意。我们真的在一起了，你明白吗？为了共同的目标，我们合二为一了。在那里一起度过了十天，哪儿也没去。我们身无分文，也无事可做。而那时，我们才刚刚认识了三个星期。

说实话，我觉得如果爱上一个人，你肯定会立即意识到。你必定知道。然后，随着恋情的进展，每天早晨醒来时，你们都在同一页徘徊。每天的日子几乎没有什么不同。

每当我遇到喜欢的人，就会变得傻乎乎的。我内心有一面从不向任何人展示。我的意思是，如果爱上了谁，我就会开始跳舞，尽管我跳得很逊色。我平时几乎连歌都不唱的。但在恋爱中，我却展示出自己真实的一面，跟其他人在一起，我都无法表现出来。因此，我想爱就是让你展露出自己的全部。爱情将人们真实的自我诱导出来。

我曾经两次陷入爱情。第一次我十六岁，那时还在阿尔及尔上高中。她身高五英尺六英寸，娉婷袅娜，体重大概一百一十磅。一头深棕秀发，一双棕色的明眸，看上去几乎像个模特儿。新拍的《星球大战》里面那个漂亮的女明星叫什么名字来着？对，娜塔莉·波特曼。她的模样有点像那个演员。她严于律己，目标极为清晰，完全清楚自己想要什么——这与我截然相反。我是电影《西德和南希》主人公那种类型的人，或者说朋克乐手希德·威瑟斯和科特·柯本那样的。我喜欢轰轰烈烈的感情，而她却让我冷静。

另一个女孩，就是陪我一起公路旅行的那个女孩，与我第一个女友截然相反。她很疯狂。我们是最好的朋友，彼此几乎像是另一个自己。我们相识大约一个星期就同居了。一开始我真的不喜欢她，她非常放荡无礼。同样，人们不喜欢我，理由也是如此。但我们的第一个夜晚非常美好——显然我们在相识的第一夜就在一起了。我们不停地做爱，做了三个小时，期间一直播放着披头士的《白色专辑》。

她大概身高五英尺六英寸，满头金发，眉眼有点像斯嘉丽·约翰逊。可笑的是，她的体重比我还重。那个时候，我并不是那么健康。当时我的体重大约是一百三十磅，而她有一百五十磅。我们以为会结婚，但几个星期之后，我们就闹僵了。我的意思是，我们都有一种善妒的性格。嫉妒真可怕。她和另一个人接吻，而且告诉了我。我举起拳头捶打墙壁，一只手受伤了。但至少她对我十分诚实。后来，我要去新奥尔良工作，而她要到巴吞鲁日[1]一所学校读书。山遥水迢的距离毁灭了这段恋情——毁灭了一切。

有些人年纪轻轻就结婚了，但有些人没有。我永远不会向任何人求婚，婚姻是自然而然发生的。不谈这件事。你问我现在想不想结婚？我要说，我从来没有这个打算。

对，人要对自己的所得存一分感恩之心。有些人从来没有恋爱过。冥冥之中我有种念头，觉得自己的第三次恋情一定会非常醉人。我往日的两个女友，一个与我迥然不同，一个与我宛如孪生。因此我想，第三个会是……也许是……可能是也可能不是与我真正有缘的一个？我不知道。这很难说。

我父母结婚的时候，分别是十八岁、十六岁，而现在他们的年纪

---

① 巴吞鲁日(英语：Baton Rouge；法语：Bâton-Rouge，意为“红棍”)，是美国路易斯安那州首府、第二大城市和现时人口最多的城市，是东巴吞鲁日县县治，在密西西比河东岸，新奥尔良西北116公里处。

是……我不知道，大概五十多岁？他们几乎是与同一个人度过了该死的三十余年。我不知道他们用什么办法让生活免于枯燥，除了使用假阳具之外。我的爸爸是个海员，他热爱轮船。至于我妈，我不知道，她好像喜欢歌剧。所以说，他们各有各的兴趣爱好。

就我来说，我想下一个女友应该是个徒步旅行发烧友。如果你喜欢静止的生活，那么我就不适合你——无论是字面意思还是象征意义都是如此。我依稀看到自己将来会拥有一所乡间别墅，坐落在河滨或者湖畔之类的水岸。家里有一艘船，可以泛舟远游。但我永远不会想象自己住在该死的市郊，再养几个小崽子。至于将来，我哪儿都可能去。

每次交了女朋友，我都希望是最后一个。但我不是个非凡的人。我搞砸了。我搞砸了，失去了她们，学会了一些教训。因此我只能等待与下一个女孩相处时，能够不再错过。另一个女孩，下一个女孩。我想我已经万事俱备。我学会了许多。

4个月：爱过然后失去，胜于从未爱过。

西莉亚·梅嫩德斯，女，17岁

想到和他的恋情，直到现在我依然伤心。这非常糟糕，而且悲凉。

他叫洛博，迄今我认识他已经三年半了。我们相识的方式很独特，那是新生入学的第三天，我们两人的姓氏首字母相邻，于是在许多场合点名时总会被人连续提到。就这样，我留意到了他："噢，那个男生好可爱啊。"

那天，我正和一群同学坐在一起谈天，忽然听到他对我说："嗨，你叫西莉亚，对吗？"

我说："对。"

他说："在同龄人里，你的耳朵是我见过最小的！"

我说："你说什么？"

他说："看你的耳朵多小啊！多怪啊！"

大家都听到了，而且，那只是我们新生入学的第三天。我非常紧张，羞愧至极，而且人人都盯着我看。他们纷纷拿我的耳朵和他们的耳朵对比，然后说："噢，我的天哪！你的耳朵可真小！"我从来没有注意过。真的，那种场面简直把我吓得要死。这就是我和他初次相识的一幕。

后来我告诉一个朋友："我认识了一个很可爱的男孩，你应该见见他。"因为我想知道她的想法。

于是她和他见了面，第二天她问我："那么，你究竟有多喜欢他？因为我想，我俩可能互相喜欢。”而他也对我表示了同样的意思——他喜欢她。

所以，新生入学一周就开始恋爱的事情发生在他们身上。直到后来，我们才发现她是个疯狂的女人，他对我说：“我简直不敢相信你用她给我下套！”

我说：“闭嘴！我告诉她我喜欢你，而她作为我的朋友却背信弃义去跟你约会。别想指责我，因为你是个蠢驴，而她是个婊子！”所以当时场面很难堪。

那么……现在我是中学四年级的第二学期了，但在三年级刚开学的时候，洛博和我以及我们都认识的其他几名同学在同一个班上学微积分。我们又开始时不时地聊天，在一起玩。后来有一天，他打电话问我：“西莉亚，你能不能帮我一个忙？”

我说：“当然可以。”

他说：“你觉得……你能不能试探一下，看看安玛莉亚是不是暗恋我？”安玛莉亚是我们另一个朋友。

我说：“当然可以。我会帮你弄清楚的。”

通过这件事，我们的友情深厚了许多。我们过去就是朋友，但从来没有那么亲近。大概这个时候，我的父母离婚了，妈妈带着我和弟弟搬到了离洛博家两英里远的一所房子里。

我不知道究竟是怎么回事，但我不知不觉地喜欢上了他。一天，我朦胧地发觉了。我说：“天哪！哦，该死！我喜欢他，我该怎么办？”那种感觉真糟糕。我不想那样。

因为我是那种会为爱憔悴的女孩。如果爱上一个男孩，我会永远静静等待，暗中期待他主动对我表白。我的前男友就是如此。和他分手之后，我依然默默地爱了他好几个月，好几个月。

我想，之所以我如此忧戚牵挂，部分是因为我要等到爱我的人和我爱的人恰好是同一人。在这方面，我总是非常地不走运。有几个十足的怪物曾经喜欢过我，比如一些鬼鬼祟祟的人。而我暗恋的好男孩却总是对我意兴阑珊。这么说吧，我喜欢一个人，但他却不喜欢我。从来没有出现过我喜欢的人和喜欢我的人恰好重叠的情况。

我喜欢有男朋友，喜欢恋爱的感觉。部分是出于一个荷尔蒙驱动的青春期少女的情思，但更多是因为这就是我的愿望。当那个独特的人出现时，这种念头便更加强烈，感觉仿佛是——哦，天哪！

我真的觉得洛博很迷人，我想他是我认识的人之中最幽默的一个。我们有很多共同之处，我想所有这些特点都吸引了我。但是，如果你让我精确地指出究竟是哪一点最让我心动，我究竟为什么喜欢他，那我还真说不出来。

我把心事告诉了一个朋友，当然，通过绯闻锁链，她又告诉了洛博的表姐，这位表姐比我们高一个年级。就这样，有一天洛博开车载我回家，那位表姐的汽车就在我们前面。她给洛博打了电话，而他的电话音量一直很大，所以我也听到了。

她说："嗨，洛博。"

他说："对，是我。"

她说："坐在你车里的女孩，你了解吗？"

他说："了解。"

她说："噢，她真的非常迷恋你。"

我难堪极了。我想我羞得要死，非常窘迫。但他什么都没说，只是把我送到家。我几乎要哭了，真的非常糟糕。所以，有那么两三天，我们之间格外尴尬。肯定会这样。

然后我渐渐变得多疑。他总是与我的一个朋友在一起，而那个女孩儿是有男朋友的。他们共处的时间非常多。

我说："听着，萨迪卡，我觉得洛博爱上你了。"

她说："不，不，我们完全只是普通朋友。"

后来，大概是两天之后，洛博告诉萨迪卡："我觉得我们不能再做朋友了，因为我对你有感觉，而你却有男朋友。”

但她说：“不，不，我们必须做朋友，失去你这个朋友，我会无法忍受的。”所以，虽然他喜欢她，虽然她有男友，虽然他在爱上她之前就讨厌她的男友，但她却执意认为，他们必须继续做朋友。

而我呢，陷入了一种微妙而难堪的境地。因为首先，他爱上了我最好的朋友；其次，我喜欢他。突然有一天，萨迪卡告诉我：“诺亚和我要分手了。我想，我要开始和洛博恋爱。”

我溃不成军，惊骇极了。我迷恋他，已经有……好几个月了。萨迪卡她一直知道我的心事，而且始终鼓励我。后来她和男朋友开始闹别扭，突然间，洛博从天而降，成了身骑白马、临危救美的英雄。

我真的对他非常恼怒，但不会和他绝交，因为我生来就是那种为爱憔悴的人，唯有希望将来有一天他会意识到：“和萨迪卡在一起感觉还不错，但和西莉亚在一起，感觉真的更美好。”我始终期待有朝一日他会醒悟。

有一天，萨迪卡和诺亚大吵一架，事后她告诉我：“我不知道我是否真的会为某个人伤心欲绝，除非我爱他。”

我说：“那么这意味着什么？”

她说：“意味着我会回到诺亚身边。”

我说：“那洛博呢？”

她说：“呃……”她对我解释道，她感觉洛博和她之间没戏，因为他总想改变她，而他们两人并不合适，如此，等等。

这是一年之前。

当然，她和洛博终于形同陌路，而他说：“我一直爱你，而你却伤透了我的心。”

后来他打电话给我，问：“今天下午你愿意出去玩吗？”

我说：“当然愿意。”但我心里想：“哦，如此说来，他给我打电话，只不过是因为今天没有人愿意和他出去玩。”

在我们漫长的友情和他与萨迪卡交往期间，有件事始终让我心有不甘——在他眼中，我只是一个备胎。比如萨迪卡去社区大学上课时，洛博就会打电话约我出来吃顿饭。如果午饭时分她很忙，他会打电话邀我一起吃午饭。如果给她打电话时占线，他就会转而打给我。我永远是备胎。

可是我为他痴狂，因此这些我都忍了。还有，我总会暗下决心，就像这样："不，再也不要这样了。我再也不要忍受这堆垃圾。我再也不想当他的备用女友了。"但其实，我总能忍受。

于是，有那么两三个星期，洛博无法和萨迪卡约会的时候，就常常约我出去玩。一个周末，我俩在我家看电影，我们依偎在沙发上，我喜欢靠在他身上的感觉。

我们谈天说地，后来我偶一抬头，他忽然吻了我。这一刻，我几乎要醉倒了，心中有个声音说："西莉亚，这太糟糕了。这真的很糟糕。"另一个声音说："闭嘴。"第一个声音又说："不，不，这真的很糟糕。"

那么后来……我不知道，我只是太紧张，不知道该怎么应对，不知道该怎么办。我不想毁掉整件事，我想这种情形真的十分脆弱，我担心会失去，失去爱与被爱的重叠。

但到了下一个周末，一起出去玩的时候，我说："我们该何去何从呢？我不想当你的安慰奖，但也不想失去现在的感情。"

他说："呃，我们都看到了最近我和萨迪卡作为朋友的结局。我想也许我们应该小心对待这件事。"

我说："我想你说得对。"

于是，我们几乎不再约会。我无奈对父母反复澄清，我和他不是情侣。我们似乎困在一片诡异的灰色地带，不知道该继续约会深入交往，还是仍旧痴痴地维持亦真亦幻的现状。

我们都喜欢"蛋糕"乐队。作为一对准情侣，我们从来没有合唱一首歌，但有共同喜欢的乐队。我们无时无刻不在听“蛋糕”乐队的音乐。大家坐上他的车之后，他就会播放“蛋糕”乐队的歌曲。人们从来不会为此烦恼。我说：“我们无法改变这一点，正如有人不允许改变一样。”

后来，“蛋糕”乐队要在西南大学开音乐会，我和他还有另外两三个人都去了，非常有趣。后来一个朋友问他：“这么说，你和西莉亚在恋爱？”

他说：“对。”

我不指望能和任何人讨论这件事，因为……我全世界最好的朋友梅金对他却是不遗余力地憎恶。我的母亲……哦，她从来没有表达过对他的感觉，究竟是喜欢还是讨厌。我觉得母亲很可能不喜欢洛博，但明确来说，我不知道。我的爸爸真的很厌恶他，他说：“他是个愚蠢的小子，也不是个光明磊落的人。”这句话导致我们父女之间爆发了许多争吵。

但我只是……我总是想和他谈天，想和他在一起，这种渴望超过了之前对任何人的渴慕。正因如此，我知道也许自己爱上他了。

有时候我会思忖：“我这样是在和他恋爱吗？不，我不爱他。哦，也许爱。我要怎么才能知道我究竟是不是在和他恋爱？”

我会拿我认识的情侣来对比。比如我看着萨迪卡和诺亚，会知道：“他们的确在恋爱。”

但对我来说，那意味着什么？他们随时在吵架，忽而分手，忽而又如胶似漆。这样的轮回每星期得有四次。我知道，这样的相处方式不是我想要的衡量恋爱的标准。

过去我总会想，爱情以时间为基准。我觉得隔一段时间，我就会爱上他，然后又不爱他，就是这样。但后来，问题变成：“我该如何知道现在是到了该恋爱还是不爱的时候？”

于是后来变成了——嗨，他所有的缺点我都能忍受，总能忍受。

毫无疑问，这是无条件的。其他人无法忍受的那些事情，我都能忽略。有时候他情绪非常暴躁，他很愚蠢，他会对我大发雷霆，会因为成千上万个理由发脾气。本来我根本不守在电话旁，一直聊到半夜一点，说的却全是废话。但那是他，即使我的身体不能和他依偎在一起，也能在电话中陪他好几个小时。我想这也是我微积分考砸的原因之一。

但这种感觉很不错。就好像终于有个人，不仅想和你一起度过时光，而且真的欣赏你的身体，你会感觉很美好。在走廊里见到他，我会想："今天下午我要和他亲热。"或者，有时候我看到我讨厌的某个女孩，会窃笑："哈哈，她没有男朋友哦。"这种感觉可以说是自鸣得意，但我想也可以说是骄傲，因为就我来说，我并不是一个时常有男友作陪的甜蜜女孩，也不是魅力十足、拥有一切的人。通常情况下，我是个处境尴尬的女孩，因为我爱某个男孩，但他往往不爱我。

我会经常和萨迪卡讨论洛博的事情，我不知道自己为什么要这样，我猜想是因为她是我最好的朋友之一，而另一个好朋友懒得听我讲洛博。但我觉得，这导致了两个结果。

第一个结果是，她会开始思考自己失去了什么。我想她会觉得洛博完美无缺，比她目前的男朋友好太多。后来，他们终于决定继续做朋友，她多多少少知道了我一直以来的感觉。我会告诉她……"今天洛博和梅金打情骂俏，真让我生气。"或者，我会说："他仍然不想告诉他的父母我们在约会。"

他从来不让他的父母知道我们在恋爱。在我终于醒悟自己是他的备选方案之后，事情更加糟糕。过去他和萨迪卡交往的时候，他的父母曾说："听着，不管你肯不肯承认你在和她恋爱，我们都想见见她。"而那个时候，他甚至还没有真正开始和萨迪卡恋爱。但关于萨迪卡的事情，他一直乐意与父母谈论，比待我的态度宽松得多。我真的感觉很苦楚。

就这样，时间依旧流逝。我们参加了舞会，非常愉快。

然后夏天来了，我找到了一份中学教师的工作。我和洛博不常见面，因为每天要工作十二个小时。后来，我发现他又和萨迪卡在一起了。

他说："对，萨迪卡、我还有吉米明天要一起出去吃午饭。"吉米是某个朋友的表兄。他还会说，"昨天我和萨迪卡一起聊天的时候，我们都觉得应该这样，应该那样。"

我说："好。"当然，我不打算告诉他，应该和谁交朋友，不应该和谁交朋友，那太傻了。但这样依然很怪异，因为他们两人在最后一个学年几乎没说过话，现在突然又成了朋友。我的疑惑就好像：这究竟是怎么发生的？为什么他从来没有告诉我？

后来，最后一根稻草终于出现了。那天他本来要来接我下班，却迟到了。我们只有半个小时逛街的时间，匆忙吃了个冰激凌，他就有事要回家。后来我和萨迪卡聊天时，她说："洛博和我看过这个，看过那个。"

我说："你们什么时候看的？"

她说："前几天。"

我说："肯定不是星期一，对吗？"

她说："不，就是星期一晚上，我们一起出去的。"

其实他并没有对我撒谎。他说"有事"必须先走，但并没有说约了前女友。所谓的"前"女友我也不能肯定，因为我很想知道，"嗯，他是不是仍然爱着她？"

于是我吓坏了，真的吓坏了。但我什么也不想说，因为我不想让自己表现得像个可怜而抓狂的女朋友。我真的不善于当面质问。

后来，七月四日那天，我们一群人决定出去喝酒，大家去了树林里的一座公园。林中气氛很诡异，仿佛一部以杀戮少年为主题的恐怖电影，有一阵子，我差点以为会有一个戴着冰球面罩的歹徒冒出来杀掉我们。

当时有我、洛博、萨迪卡和另外两三个朋友。还有洛博的表弟，他是个彻头彻尾的白痴，我恨死他了。

洛博从父母的酒柜里偷来了一瓶酒，有点像菠萝、朗姆酒和椰子汁的混合液，口味恶劣至极。我几乎一口没喝，因为根本无法下咽。

夜色渐深，洛博醉了。所以我们都坐着等他慢慢醒酒，完全清醒后开车送我们回家。

这时他说："西莉亚，我有话要跟你说。"

我说："说吧。"

他说："过去有些时刻我真的对萨迪卡情难自禁，但以后不会了，那些事情都过去了。而且我只是……不想让你为此担心。那些都过去了。"

哦，我当然会为此担心。开始约会之前，他是我最好的朋友之一！我明白他对萨迪卡感情的每一个曲折变化，知道他们相处的每一件事，知道他如何告诉她："我永远爱你。"我真的害怕了，但也不打算马上和他争论，他醉了，而且现场还有其他人，时机不合适。

我非常恼火他对我撒谎。他说过他完全可以开车，但其实他并没有那么清醒。而我又这么傻，要和他结伴同行。于是我给他打电话，留下一条长且愤怒的留言，因为我只会被动攻击，不喜欢当面对质。那就是我处理事情的方式。

我们没有谈论这件事，假装什么都没发生，仍旧一起出门看电影。那天是星期六。

接着就是星期一，几个朋友说："听着，你应该谈谈这件事。问他究竟是怎么回事。讨论一下这件事意味着什么，因为显而易见他很胆小，没有跟你说实话。"

于是那天晚上我给他打电话，他却没有应答。我开始给他留言，说到一半，几乎要崩溃了。我抽泣着，溃不成军，对着电话大吼，说我感觉被他愚弄了。在这段感情上花费了那么多时间，我真的真的对他如痴如狂。我说："有时候我觉得我和你在恋爱，洛博，但你却转身走了，做出这种浑蛋的事。"我清清楚楚地记得我说过的每一个字。

那是我第一次曲折地对他提到我也许在和他恋爱。我在电话中尖叫，诉说我为他多么痴狂。我哭泣着，这时电话留言突然断掉了。于是我又录了一条留言，继续朝他控诉。

我不知道这是不是一个好主意，或者是不是个解决问题的好办法，或者其实非常非常拙劣。我紧张得要死，在屋里坐立不安。这时电话响了，是他。

他说："你他妈的想吓唬谁？"我解释了几句，他说："好吧，我星期五晚上对你说的那些话，只是因为我听萨迪卡说你对我和她不满，因为我们一起出去逛街，又没告诉你。"

基本上他说服了我，突然之间，我的气恼烟消云散了。

那么这是……我猜是星期一晚上。后来到了星期二晚上，一个两年前搬出小镇的朋友回来看望大家，我们就出去和她一起玩。而洛博的举止真的很异样，我感觉他在躲着我，我心想："这真够诡异的。"但后来想也许是自己太多心，于是就由他去了。

星期五，和一个朋友在外面吃饭时，我简略地谈了我们交往的情况，似乎有了一种大发现，我想我真的在和洛博恋爱。我猜这就像萨迪卡所说的：如果我不爱他，就不可能对他如此愤怒，又如此热烈。

回家的路上，我一直思忖这件事，心想：我真的想给他打电话。今天晚上真的想见他，告诉他我很抱歉，我想我真的爱他。今天晚上就要见到他。

这时他突然给我打来电话！他说："嗨，今天晚上我可以见你吗？"

我说："哦，天哪，太怪异了吧？我正想给你打电话，有件事真的想和你谈谈。”

他说：“那我过来找你。”

就这样他来了。当时大约已经十一点半。我出门见他，而他给了我一个难堪的拥抱，没有吻我，似乎在说：“哦，别这样。”

只要是他来我家找我，无论什么时候，我俩都会坐进他的车后面。于是我们一起走向车，他伸出手来扶我上车，而我真的不想接受他的好意，因为心中已经察觉到，一件不好的事情即将发生。

然后是真正沉重而揪心的十秒钟。他开口说道：“我觉得这样下去不行。”

我抬头看着他，说：“不。”

他说：“就是这样。我真的不觉得我们可以继续下去。”

我说：“洛博，这全是他妈的胡说八道。究竟为什么不行？我今天刚意识到我们在恋爱，你就来告诉我不行？”

他说：“呃，我们从最好的朋友变成恋人，发展得太快了。我想，我们彼此了解太多，就无法互相信任。你真的非常迷人，非常有趣，非常出色。我以为我们可以成为恋人，但我刚刚意识到，我们很难从朋友发展成恋人。而且，这件事与萨迪卡没有丝毫关系。”

这句话当然让我立即醒悟，这肯定与萨迪卡有关。

他走了。我把他每一件东西都还给他，包括我几乎时刻穿在身上的他的短袖衫。两三个月前，他在学校总穿着那件短袖衫。我一整天都失魂落魄。那件短袖衫完美无瑕，尺寸也刚刚好。此后再看到他穿着那件短袖衫，我会非常伤心，因为它与我再也没有丝毫关联。现在，它只是一件短袖衫了。

他带着他所有的东西，走了。我伤心至极，悲痛欲绝。

我再也没有和他说过一句话。我曾经给他发过一封邮件，让他把我的东西送回来。

那个时候，我们的朋友几乎是同一群人。因此，我不时听到朋友们提起他的事情，但再没有和他见面。

后来，我读完了他推荐过的一本书，斯蒂芬·金《黑暗塔》系列中的一本。由于我们对一切事物的趣味都颇为相似，这套书让我非常入迷，喜爱极了。所以我想找个人谈谈读后感。

可以说是我主动找他。我给他发了一封邮件，说："我喜欢这本书，写得太棒了，你说得没错。以下是这本书让我喜爱的理由以及让我烦恼的理由。"在邮件的末尾，我写道，"我不觉得你必须回复这封邮件，我觉得那不健康。而且我想，一开始想给你写信就是个糟糕的主意，但我实在需要找个人谈谈对这本书的感想。"

后来，当然了，他回复了我的邮件，尽管我明白无误地告诉他不必。

我狂怒了。一开始，他像摘走一只甜瓜一样，把我的心一把掏出来，扬长而去。现在，在我明确告诉他"请勿回复"之后，他偏要回信。

于是我回了一封怒不可遏的邮件，真的暴跳如雷。而他没有应答，这是肯定的。

再快进三个星期，我的夏季工作结束了。大家举行了一场盛大的晚会，我平时不喝酒，但那天喝了一些。朋友都知道我有个特点，那就是醉酒之后，喜欢打电话倾诉衷肠。

所有的朋友都告诉我："西莉亚，你不能给他打电话，求你别给他打电话。要不要我帮你把电话拿走？"

我说："不，不要拿走，我是个大女孩了，不需要你帮我藏电话。"

后来大家都走了。在我脑中，那个愚蠢而大醉的自己想道："我们的机会来了。"在电话簿中逐一搜寻。脑中另一个声音说："这样做太糟糕了。"但第一个声音说："闭嘴。"于是我开始给他打电话，听筒中的长音刚一响起，我就说："哦，我的上帝！我在给洛博打电话。傻透了！”于是挂断了电话。

接着我的电话铃声响了，是洛博。当时大约是凌晨三点，我说：“嗨，洛博。真的非常抱歉。我喝醉了。真的非常、非常、非常抱歉。”

他说：“什么？喂？”

他的声音睡意　　，似乎刚刚被铃声惊醒。于是我放慢了语速：“洛博，我是西莉亚。对不起，我醉了，我不应该给你打电话，非常抱歉。”

他说：“没关系，要不你明天给我打电话，我们可以谈谈。”

我说：“好吧，行，我……不，不，我不能给你打电话，洛博。”接着没等我说完，那个理性的自己终于占据上风，强行挂断了电话。

这可能是我一生中最追悔莫及的时刻，如果我能够收回与他交往过程中的一件事，那就是这一件。它没有丝毫意义，只暴露了我仍旧没有走出旧痛。显然我处理得非常不成熟。

就这样，有几个月，我没有再和他说话。我一点也不开心，他早已准备好与我重新做普通朋友，而我一点也没有准备。

我们没有任何一门课是一起上的，所以不必担心在校园里频繁地见到他。终于，我算是走出了，云淡风轻。不和他做朋友很难，但我多多少少在强迫自己不要再和他做朋友。

他经常和萨迪卡一起出去，她和诺亚又一次分手了。我真的很怀疑，但又不想妄下结论，因为我知道她是我的朋友，而他和我正在复归平常，如果他们两人真有什么进展，一定会告诉我的。他们必然会告诉我，因为，人人都像我想象的那样可敬而诚实。

时光流逝，他和我在我们的尴尬笨拙中浮浮沉沉。有时候我会给他打电话，或者突然发一封邮件，有时候我们在校园里寒暄，这时我会觉得：天哪，这是我经历过的最难堪的交谈。就好像，哦！这真的太糟糕了！我仍然默默地爱着这个男孩，他每天出现在我身边，有许多时候，他的言行举止仿佛我根本不存在一样。

当然，我在为爱憔悴。恋情结束之后的憔悴更让人伤心。因为在恋情开始之前，你一边暗恋，一边浮想联翩，假如梦想成真该多么美好。但失恋之后，你明明白白地懂得那有多美好，正如你确切地记得你们共同度过的醉人时光。

最后，我们共同的朋友会有意漏过一些本该告诉我的消息。有时我偶尔听到他和萨迪卡之间只言片语的对话。我能看到，当萨迪卡与别的男孩儿出门的时候，洛博真的在忍妒含酸。我也能看到，当洛博与一群低年级女生出去时，萨迪卡那副自命不凡的神情。于是有很长一段时间，大概从十月到新年，萨迪卡和我没有说过一句话，洛博和我只交谈过三次，因为我终于明白了他们的鬼话。

新年到了，大家举行了一场酒会。我们都醉了，洛博和萨迪卡也在场。我趁醉问道："萨迪卡？"

她说："怎么了？"

我说："我爱你。我想你。"

她说："哦，我的天哪。我也爱你，想你。"在深醉里，我们言归于好。我们约定再次做朋友，一切烦恼都是过去。

于是我说："听着，我只是有点难过，因为我觉得你和洛博之间好像有事发生。但是其实你们什么也没有，对吗？"

她说："对，什么也没有。"

我想："哦，天哪，她醉得那么厉害，肯定想不起来对我撒谎。好，我们没事了。"

后来在酒会上我又看到洛博。我说："洛博？"

他问："怎么了，西莉亚？"

那时他也是醉眼蒙眬，我说："我们能不能像过去一样，可以只做朋友吗？因为我真的需要和你做朋友，洛博。就好像我真的喜欢我们做……”我记不清楚那天“朋友”二字我说了多少遍。

他说：“好。我们做朋友吧！”

后来一个朋友终于告诉我：“听着，西莉亚，我真的不愿意对你撒谎。那两个人不仅约会，还上床了。他们打算在班级舞会之前几个星期告诉你，这样，见到他们双双出现在舞会上的时候，你就不会太吃惊。”

这个消息让我悚然一惊，因为第一，她对我撒谎了，而且是直截了当的谎言。第二，我不知道……我不知道为什么他们上床会让我这样烦恼。也许是因为他们这样的亲密程度，我和洛博从来没有达到过。

但是假如我去参加舞会，目睹他们出双入对，我一定非常伤心。正如那句高中生的陈词滥调所说，我竟会如此难过，更让我恨死了自己。

从那以后，我和洛博再也没有说过话。真的结束了。

如果你陷入一段恋情，就必须做好心碎的准备。但本来，我不应当面对这种困境啊！我最好的朋友是个彻头彻尾的骗子，背着我和我的前男友幽会。

所以我们此后真的再也没有说过话。在过去的两三个月里，他总是戴着一顶帽子，在校园里游来荡去，像个十足的傻瓜。他长发凌乱，身穿长袖衬衣，看上去俨然一个沉迷海洛因的瘾君子。他的神色那样糟糕，那样疲倦。她也同样糟糕，同样疲倦。两个人经常跷课，因为他们已经上四年级第二学期，觉得自己可以随心所欲地逃课。

但我觉得他并不开心，因为他发觉自己成绩不好，无法考上需要凭借聪明才智才可以胜任的大学。这让他十分黯然。

问题在于我竟会为他难过。我多想走到他身边告诉他：“没事的，宝贝，会好的。你会明白一些事情。”但我甚至无法开口。

我见到他们几次。前些天有四次，我在学校的大厅里和他们擦肩而过。真的让人心酸。

所以说，突然间我失去了一个朋友，而本来，我可以因任何事情去找他谈心，如果我和妈妈吵架，他会放下手头一切事情欣然来接我。他会在放学回家的路上为我和妈妈带果仁蜜饼，这样她就会允许我和他坐在外面，连续一个小时谈天说地。我失去了一个可以无所不谈的好朋友。

爸爸妈妈快要离婚时，我只告诉了几个人，其中一个就是洛博。他们离婚之后，他还帮我们搬家。

听起来很傻，但现在，我没有时间告诉任何人，为什么我的父母陷入一场愚蠢的恶战时，我会感觉那么心痛。就仿佛电脑崩溃了，而我所有的文档却都存在里面，我没有时间和精力修复它。如果我试图告诉某个朋友，比如说告诉我的好朋友梅金——她真的非常讨厌洛博。如果我试图把一切原原本本告诉她，我会觉得是在让她为我背负重担。但和洛博在一起，由于我一直在忍受他的一切，听他骂人和发牢骚，所以，我也会把自己的烦恼告诉他。这份友情具有这种功能。

我想，最艰难的是在理论上我明白我们非常投缘。我们具有同样的幽默感和好恶，平日抱怨的小烦恼也如出一辙，两人的兴趣爱好也格外相似。

理论上，我们之间一切都很完美，可是事实上却并非如此，这让我非常忧伤，因为从来没有哪个人和我如此相称。

我想，描述我们的最佳方式是水晶百事。因为分析起来，我们再合适不过了。然而，相处起来并不乐观。

我深刻地体味过那句话，“爱过然后失去，胜于从未爱过”。我不知道对这句话该怎么看待。我不知道。也许是因为现在我依旧郁郁寡欢，无法真正欣赏它。但恐怕还有一种可能，那句话根本就是大谬不然。

5个月：我们走吧。去另一个地方，去一个能让心灵平静的地方。

狄安娜·伦达，女，38岁

他无家可归。我们两人都无家可归。我和他在奥斯汀无家可归者研究中心相识，那是在奥斯汀市的繁华区域。

我对他一见钟情。他相貌可爱，十分性感。我邀请他星期五中午共进午餐。

他似乎没准备好和我上床。他很安静，就那么静静地听我说话。只是倾听。他是那么地……让我心疼。

我们上了公共汽车。我们坐车去过无数地方，任由上帝送我们去任何地方漂泊。我陪他去教堂，或者他陪我去。我们总是在一起，十分浪漫。

我们玩得很开心，很开心，很开心。哦，我是多么爱他。真的，我爱他。

他陪我共同经历了许多事情，我也陪他经历了不少。他就那样守着我。一次，我去了戒毒所，戒毒过程一共进行了十七天。那家戒毒所是基督徒开办的，于是我对上帝和万物都格外虔诚，还为他祈祷。我茶饭不思，总是情不自禁地想他。回来之后，一眼就看到了他。他就在那里，仿佛前缘天定。

我已经和他交往四个多月了，很快就满五个月。圣诞节快到了。

哦，天哪。简直太棒了，因为他拥有我想要的一切，但只有一点美中不足：我是个基督徒，而他对上帝一无所知。但现在他渐渐了解了，他经常陪我去教堂。他是真心的，真心陪我去。

既然我和他交往了，每次我们分开之后，我就不会去找其他人，他也不会。我不想要其他人，他也不想。我会为他做许多善事。我想这有两重好处，你明白我的意思吧？

情人节那天，我带他去路边旅馆，又找人为他理发。然后我带他去喝了几杯玛格丽特酒，吃了几块法西塔点心，带他去酒店。那是我们的第一次。我付了房费，二百五十美元。我想让他感觉独一无二，想让他铭记在心。无论我们将来能不能在一起，我都想让他记住，他曾经过得多么快乐。

那么他做了什么呢？他走之后，开始沿路行乞。他向人们讨这个东西……由他出去对人们求告，我不知道他跟那些人是怎么说的，但我留在这里等着他。他说："在这里等我。"他不想让我进进出出太过劳累。他只是告诉我在这里等着，所以我不必去做……他会为我解决的。所以说，我们想做什么都可以。

他的名字叫胡安，精明能干。我欣赏他这一点，因为这让我更有使命感，给我更多前进的动力。他非常性感。激动人心！真是这样！激动人心，因为他是那么地……充满激情。但有时候也很艰难，因为他会让我哭泣。因为有时他不想要我。我说："我想干这个！我想干那个！"

而我只是……我不知道。我只是……我真不知道。我只是……我不知道。

哦，我的上帝！他就那么……他简直气死我了！真的！气死我了！噢，我的天哪！噢，我的上帝！对！他就是那么……哦，我不知道该怎么说！

他是个浑球！他是个浑球儿！

他就是那种样子……就像所有的男人，他们都是那么的……哦！他们只是……他们就是不肯听你说话！他们只是……虽然表面上在听，但听完之后就忘了，你懂吗？他们脑子里只有自己！这让人太沮丧了。真的！真的！真是这样！

他简直要气死我了。真的要气死了。气死我了。我试过赶他走。我告诉他："我们走吧。我们去另一个地方，去一个能够拥有……能让心灵平静的地方。你我之间的平静。"

我不喜欢在这里流浪，四处寻找住所和食物。我渴望有个家，渴望有一份工作，渴望自己的生活。我梦想着自己的孩子能回到身边。我希望他能接受真正的我。不是他所认为的在这里打零工的我。那不是我。我不是那样的。

我说："再也不要为我做那些事情了。会疼的。"我不喜欢在这里流浪。这里我举目无亲。我害怕！他知道这些。而他说："好吧。"他仍然和我黏在一起。

我只好告诉他："听着！你知道我从哪儿来吗？"我不是你以为的那种人，不是你以为可以共同生活的人。我是一群孩子的母亲，我有好几个孩子。许多年前，我嫁给了加尔维斯顿一个以捕虾为生的渔民，那段婚姻持续了十四年。而他想要的是另外一个人，所以我和他离婚了。我有六个女儿。她们分别是二十一岁、十七岁、十五岁、十四岁、十二岁。其中有一对是双胞胎。我把她们都送出去，让别人收养了。那是我亲生的孩子啊。我不希望她们来到这里，也不想让她们看到我在这里流浪。那对双胞胎女儿现在在英国生活。对，我希望她们都能过上最好的生活。

我三十八岁了。我很怀念家庭主妇的小日子，做饭，洗衣，随便做些什么事。我是个非常善良的女人，不会欺骗任何人。我很传统，只会待在家里。你从来不会找到任何女人像我一样，真心只爱一个男人。

至于我对待他的方式，从来没有什么大麻烦。我告诉他："我不敢相信，我真的和你在一起了。我的家人不喜欢这样。"

他说："你疯了吗？你忘了你为什么来到这里？"

因为我爱他。因为我爱他！为了爱，什么都肯做。就我来说，为了爱他，我放弃了许多东西。我放弃了自己的公寓，放弃了自己的生活，放弃了中等学历证书，放弃了过去的好日子，流浪街头。这些东西我觉得都没有他重要。他不想离开街头。他热爱自由。

我是那么爱他。你明白吗？我希望他能拥有最好的东西。我不希望他在外面过这样的生活。我想让他看到有工作、做善事、丰衣足食的日子多么好。而不是露宿街头。你明白吗？这里的日子太艰难了。

两三天前，我的小侄女被人杀害了。她有毒瘾。昨天下葬的。

现在我害怕极了，因为我的小侄女二十三岁，她没有要求任何人取走她的性命。你明白我的意思吗？你可以对人们为所欲为，但永远不能夺走他们的生命。生命最珍贵。

许多人无法理解和别人的关系。我想如果你和某个人有缘，缘分就会持续下去，直到你们终于建立起恋情。有缘人的恋情有时候会很美满，有时候却不会。现在，假如发现某个人真的不关心你，那着实让人伤心。千真万确。有些人只是为了利用你，从你身上获得他们想要的好处。

我一直对他说："我爱你，我爱你，我爱你。"我说，"我真的爱你。"因为我知道爱上某个人的感觉是怎么样的。仿佛肚子里有一群蝴蝶在纠结飞舞。你会一刻不停地思念他，你会狂热痴迷，而且……我不知道，你会和他心有灵犀，而且茶饭不思，就知道……你感觉自己简直像个花季女生!

我想要的和大家想要的没什么不同：拥有一所房子，四周环绕着白色的篱笆墙，家里有几个孩子，两个孩子吧。再养一条狗、一只猫。现在对于美国人来说，这样的日子很平常。住在一所房子里过日子，朴实无华的日子。不必担心没有地方睡觉，不必考虑下一顿吃什么，不用发愁上哪儿洗澡，明天该到哪里，会不会受伤。

在我的梦想中，这种日子与一份平静而理性的恋情并不冲突，仿佛与上帝相爱，心无挂碍。应当是他拥抱着我，静静地站着，而且……十分轻松。将一切事情都推在一旁，放下一切，只是……静静地在一起。

1年：如果你明白找到了那个人，你还等什么呢？

夏墨拉·布莱恩，女，22岁

2007年3月，布兰登和我相识于MyYearbook.com网站。那时我给他发了一条信息："你很可爱，看上去很帅，愿意和我聊聊吗？"最初我只了解他的相貌，看过他许多照片，见到他的笑容和自我介绍。但当我们一开始聊天，他的个性，幽默感，他谈话和待人的方式便迅速吸引了我。

他在个人简介中说有女友。他告诉我，他们的恋情难以为继，因为他在海军服役，而她无法面对这一点。我对海军军营的生活以及那场发生在伊拉克的战争一无所知，虽然我有朋友在那里，其中几个已经在战火中牺牲，但我真的不了解军人。我只是告诉他，如果他需要和我聊天，我会在网上等他。

他十分感动，因为从来没有谁对他说过会在网上专门等他。布兰登和他母亲从不说话，因为自从童年结束之后，她就给他找了个继父，他也因此成了一个任由继父欺凌的孩子。后来有一次，继父暴打布兰登时，他给妈妈打电话求助，她却无动于衷。我想我不应该探究更多细节，因为这是他的故事，不是我的。

我们3月2日开始聊天，10号那天，他恢复了单身。我的母亲知道我真的喜欢他，于是登录了我父亲的MSN空间，用我的号码给他发了信息。布兰登提出让我做他的女朋友，我立即问为什么。通常我从来不在网上约会。他列举了一长串理由，大部分都是我能逗他开心，能专心听他倾诉。此外，那个时候，我还是他一生中唯一一个愿意专程在网上等他的人。于是我答应了。

与我曾经约会过的那些男孩儿相比，他迥然不同。我恍然觉得自己仿佛花费了这么多年，只是为了等待一个正确的人。布兰登在我生活中出现的时候，我明白就是他了。甚至每天夜里我都会因为我们不在一起而哭泣。就是有一些奇妙的东西存在。我的母亲将它称作璀璨一瞬的烟火，我将它称作一见钟情，尽管我并不相信这样的传说。

我们在网上聊了一年多之后，2008年4月30日，我和父母一起到佛罗里达州的杰克逊维尔去见他。在此之前，除了去过西弗吉尼亚，我的足迹甚至都没有踏出过俄亥俄州。布兰登一见到我，第一件事就是跳出汽车，朝我飞奔而来，紧紧地拥吻我。感觉我和他似乎已经相识了一生一世，而且我们的家乡都是俄亥俄州，甚至两人的故乡小镇之间只有三十分钟的路程。2008年5月3日，他带我们去杰克逊维尔海滩。我们沿着海岸漫步，他问我是否愿意坐下，于是我们一起坐下了。

那天较早时候，我们去了圣奥古斯丁一家街角小店，里面全是些零碎而廉价的奇异物品，我选了一只古老的木盒，里面有一艘帆船，看上去十分古雅。我们带着帆船来到海滩，坐在那里，捡了些贝壳装进去，是一些比指甲还小的贝壳。我们就只是坐着，一边谈天，一边看着大海潮起潮落。

后来他站起身，握住我的手将我拉了起来，一起走向海浪。当你教婴儿学走路的时候，你拉着他们的手，他们会感觉快要向后摔倒了，这就是我当时的感觉。我知道马上会发生什么。我的父母知道，布兰登已经获得了他们的许可。但我浑身颤抖得那么厉害，只好谎称太冷以作掩饰。他用双臂环抱住我，抱了大约10分钟，然后单膝跪地，问：“你愿不愿意……”

还没等他说完，我就双膝跪倒，泪流满面地回答：“当然愿意！”这一幕到现在还是我俩之间的经典笑话。他说：“如果我要问的是‘你愿不愿意为我倒杯咖啡’，难道你也要哭吗？”我一听这话总会捧腹大笑。

那只小木盒中装满了布兰登向我下跪求婚时膝下的沙子。我爱极了那只木盒，一直将它珍藏在床头的夹层里。不久之后我们就要搬家到佛罗里达，那只木盒我当然也会带去。

布兰登想在调遣令下达之前和我结婚。因此，6月30日，他来到俄亥俄，7月5日，我们结婚了。

我们相识那年，我二十岁，他十九岁。许多人都说我们疯了，因为我们结婚太快。但诚实地说，如果你明白找到了那个人，还等什么呢？我们情投意合，深深了解彼此应当知道的每一件事，而且两人共度的日子是有生以来最美好的时光。

我曾经有过许许多多男朋友，从他们待我的方式看，我似乎一文不值。我有一种肌肉疾病。从2004年也就是我高中第四年开始，病情反复了一番，我一度要依赖助行器和轮椅才能出行。2005年，医生诊断我患上了纤维性肌炎。有时候，我甚至无法行走，只要运动强度过大，肌肉承受压力过多时，我的病情就会发作。我可以短途行走，但必须考虑推着自己能走多远，因为回来的时候得坐进轮椅。

高中时期，我是个乖乖女。高中毕业之后……我不想将自己染上毒瘾归咎于患上肌肉疾病这件事，但我更不想归咎于其他因素，因为我实在想不出，还有什么别的理由导致我做出那些事——吸大麻，醉酒。

我和许多男孩儿约会过，他们各不相同，其中大多都文了刺青。我爱刺青。当年我遇到了一个名叫雷蒙德的男人，他的额头刺青密布，身体上也是。至今我还记得他与我搭讪的那句话，蠢得出奇。他说他叫雷蒙德，问我叫什么名字。我说我叫水，因为那是我的昵称。他说：“哦，雷和水，我们是一对。”

后来，我怀上了雷蒙德的孩子，但后来他打得我流产了，非常可怖。我不敢相信自己竟然沦落到那种境地。我想，我和错误的人混在了一块儿。这件事让我深深醒悟，我究竟想要什么，不想要什么，尤其是在选择伴侣方面。

我没有回到吸毒的老路上。一旦我恢复正常生活，就告别了毒品。现在看来，真是两重天。我什么派对也不参加，甚至没有获得毒品的途径，这非常不错，但本质上来说，是我再也没有吸毒的愿望或需求了。

当我遇到布兰登的时候，千真万确，我已经对爱情死心，只想找个精神伴侣。我们的童年十分相似。一开始聊天，就再也没有停止。从音乐到最爱的消遣，我们无所不谈。和布兰登在一起，我前所未有地本真，正是自己本来的样子。

有时我很率真。为了让丈夫振作精神，我只消说一句“橡皮鸭子”或“躲猫猫”，他就会忘情大笑。他爱我，需要解决问题时或处理正事时，我相当严肃，但多数时候，我更乐意像孩子一样开怀大笑。布兰登的座右铭是：“童年只有一次，但人可以永葆童心。”

这就是布兰登，我生命中唯一的男人。而且，为了得到我，他真心投入了许多时间。我说出的每一件事，他都十分关注。他接纳我本来的模样，而在过去，整个世界没有一个人曾经这样对我，连我的亲人都没有做到。他告诉我，我是唯一一个留意到他的眼睛可以变幻多种颜色的人。我从来没有想过以任何方式改变他。他是我一生真正所爱。

我的父母也为我和布兰登高兴。当他们带我去佛罗里达与布兰登见面时，我非常担心他们不喜欢他。因为我过去的任何一个男朋友，我的父母都没有喜欢过。没错，我们和布兰登见面才几个小时，爸爸妈妈就喜欢上了他。一连几天，我们都一起出门游玩，同桌吃饭。那个星期结束时，我们一起打牌，妈妈已经开始以“儿子”称呼他了。

到了十二月或者一月，布兰登就会接到调遣令，任务期预计六个月，但也有可能更长。他们说他不会被调往全面作战区。说实话，我不知道哪个女人能够忍受与爱人片刻的分离。婚礼前两天，我们坐在一起，真的，我问他能否忍受。不仅是我，他也不堪承受。我一问这句话，他真的哭了。我也哭了。那是一生中最美的几个星期，但我们仍然详尽地谈了一番，谈妥了调遣令和所有的事情。

我们做了些打算，包括如何承受相思，如何让我们的交流历久弥新，而现在有了电脑，我们可以经常在网上聊天。

至少我们想建立家庭。我也不再采取避孕措施，嗯，布兰登和我都在调整饮食，戒烟，这样我们就可以生个健康的宝宝了。

2008年8月，现在我到佛罗里达了。此刻我坐在军事基地里等待办理军属身份证书。以后我就是官方承认的海军军属了！我们的父母也在这里。嗯，他们确实给我们造成了压力。和他们一起来这儿真的很可怕，因为两居室的公寓里几乎要住十个人。我真是迫不及待地想拥有自己的小家，自己的丈夫！

我们谈过了。我不能孤身一人留在佛罗里达。他调走之后，我要回到俄亥俄。我的父母不希望我孤独地留在这里，怕我生病时身边没人照应。

其实，我和布兰登去往圣奥古斯丁的时候，只有我们两人，没有父母陪伴。那是一场有趣的旅行。我们去了黎普利的“信不信由你”博物馆。馆中展览着许多手蜡像。你伸出双手，浸泡在冰里，然后在蜡中浸泡十次，如此重复两遍。对，我和他携手做了副蜡像，共同做出手语“我爱你”的形状。直到现在，那副蜡像还摆放在我家客厅的中心位置。

我身上有一处刺青，但现在想改动一下。我告诉布兰登，我想增加一只铁锚，再刺上我们的结婚纪念日，因为我们的婚礼是海滩主题，而他也在海军中服役。昨天晚上，我们看真人秀电视节目《迈阿密刺青客》的时候，他说：“对了，我能不能也在身上刺一只铁锚，下面写上我们的结婚纪念日？”我说：“只要你愿意。”他说：“我喜欢。”他还说：“这代表我们的感情。”我说：“哇！”

昨天是我们结婚一个月纪念日，真不错，尽管两人的日子只是静静地流淌。我们播放了一张乡村音乐的CD，摇曳的烛光和他在我耳边那句轻轻的“我爱你”让一切美不胜收。但是还有一件事，我还没有来得及告诉他，而且，现在说出来也太快了点，可是一连几天，每天早晨我都感觉恶心欲吐，疲倦乏力，身体也出现了其他的微妙迹象。一个朋友让我去做早孕检查！检查结果出来之后，我一定会告诉你的。祝你拥有快乐的一天！

再见，下次再聊！

1年8个月：上帝保佑我爱他人比被爱时更深沉。

杰里米·凡海茨墨，男，30岁

大概一个半月之前，我就开始斟酌怎样向安娜求婚。

我向来不乏精巧的点子，比如带她乘坐飞机去她迷恋的某个城市。但我也深知自己囊中羞涩，为此我忧心忡忡。但又想，最好的时机应当是我们回密歇根过圣诞假期的时候，我们可以借此机会与所有亲朋好友欢度节庆。而且，与我和她的工作安排都不冲突。

我比她早五天飞回，提前打点，直到万事俱备。

星期六晚上，安娜飞了过来。我打电话给她的父母，问我能不能到机场去接她。他们说："哦，可以的。你可以和我们一起开车去机场。"我说："事实上，我在考虑单独去接她。这样您二位就不必专程跑一趟了。"她的母亲说："我们很乐意和你一起开车去，那会非常有趣的。"我说："我觉得您没听懂我的意思！"

就这样，无奈之下，我只好多花一个小时，开车绕路到未来岳父母家接两位老人，又驱车两个半小时才到机场，实在荒唐。但途中我在罗密欧短暂停留，去了她童年生长的那座农庄。

我停在房屋门前，敲了敲门，向门内说："我知道你不认识我，但我只是想知道，假如我带女朋友来这里看看这座农庄，是否合适呢？"十二岁之后，安娜就没有再来过这里，这将是一个独特的地方，我们可以来拍照留念。

农庄中应门的女士却吓得不轻，她说："不行。我不认识你。"她甚至不肯为我开门，我只能隔着门和她商议。我说："这是我订婚计划的一部分。在你家搬来之前，她家是这座农庄的主人。”她以为我们要进门四处游览，但其实我只是想在谷仓等处看看。最后她终于同意了。总之，离开农庄之后，我带着一束鲜花和一张卡片去了安娜父母的家。然后我接二位老人上车，安娜的母亲一路喋喋不休地说话，我感觉自己像个刚上初中的小孩儿，像个白痴！

安娜根本不知道我要去机场接她。我站在电梯门外的人群之中，看着她走出电梯，从我面前目不斜视地走过。我向前迈出一步，将鲜花递到她胸前，她大吃一惊，随即热泪盈眶。然后我们一起走进汽车，驾车回到她父母等待的地方。

第二天一早，我告诉安娜我们得走了，因为要和我的父母共进午餐。回去的路上，我问她想不想去她童年生长的农庄看看。她说：“哦，我的上帝，我太愿意了。”

于是我们将车停在农庄门外，走出汽车，她执意要求我陪她敲门。我想：“没门！”因为假如我们两人一起去敲门，农庄里那位女士一定会说：“恭喜你们！”不就泄密了吗？因此我暗自祈祷：“上帝啊，不要让任何人应门。”幸运的是，敲门之后，真的没有人回应。

我们的农庄漫步刚一开始，安娜就为我滔滔不绝地讲述童年的故事、对于祖父母的记忆以及在农庄中生活和玩耍的旧事。听到她的真情流露，真是甜蜜极了。我们走进她童年常去的一座谷仓，我掏出一个用红缎带包扎的纸卷。纸张是我特意亲手制成，边缘用火小心地烧过，营造出古旧的效果。页面顶端写着三个字“我爱你”。

我们从来没有对彼此说过“我爱你”。我曾经告诉她，一旦我说出这句话，一定是真心真意。我说：“我带你来这里，是为了一个特殊的原因。那就是，我要告诉你我有多爱你。”

于是我握着那张纸，对她读道：

“安娜贝拉，我等了一年半，终于等到今天说出这三个字，将我一片真心全部展现给你。尽管这三个字总在舌尖徘徊，随时会脱口而出，从我的心底一直抵达你的心底，但我选择再三珍重，留待最合适的时机和地点说出来，唯有如此，你才不会有任何怀疑，而我也会无比诚挚地说出这句话——我爱你。那么，我为什么选择这里？又为什么选择现在？

在我的想象中，当童年的你在祖母农庄的牛奶房中玩过家家游戏时，我想，就在这里，你有生以来第一次幻想将来说爱你的男孩是什么模样。也许我的相貌、举止或其他方面与你童年梦幻中的少年不尽相同，但此刻，我这个站在你面前的男人，却深深地爱慕着由当年的女童幻化而成的这个女人。”

纸张底部是一句箴言：

爱要打开想象，也要容纳常识。

两年半之前，我和安娜开始约会。最初相识的时候，她并没准备和我开始一段恋情，因为那时她心心念念的全是上帝。诚实地说，我那时也没准备好和她相爱。但由于她爱着上帝，我能看着她舒展放松，看着她渐渐成为今天这个让我倾心爱慕的女子。

她是我平生结识之人里最纯真的一个，她有着不可思议的博爱之心。在不断观望中，我知道她就是我要找的那个人。我完全为她着迷了，我想是上帝赋予了她如此的魅力，让我为之倾心。她也爱我至深，从来没有人那么爱我。真的，她对我的一切都有兴趣，许多次，如果我没能滔滔不绝地谈论自己，她就不许我走。她真的想听听我是什么样的人，又为什么会成为这样的人。

长久以来，我一直想告诉她一件事。我曾对她解释过，假如一个女孩比我更主动，我会顿觉兴味索然，特别是当她推动恋情骤然进入一个我尚未准备进入的阶段时，几乎会让我惶恐。

安娜贝拉说：“我非常爱你。”她说，“为了说出这句话，我已经等了一年。但我想给你先说的自由，允许你追我。”她让我掌握恋情发展的主动权，这委实是我的荣耀，无比甜美。

但当我说：“我们必须走。”我们就飞奔回到车里。汽车开出没多久，她就入睡了。我给弟弟发短信说：“嗨，我需要你帮忙，半小时之后你给我打电话，就说我需要取些东西。”

半小时之后，弟弟的来电铃声将她惊醒了。接起之后，他对我说：“嗨，我想让你到那位老牧师家看看，拿我们在放纵大厨公司订购的东西。”

我问：“放纵大厨？”

他说：“对，为了过圣诞节，妈妈订购了放纵大厨公司的产品。”

安娜对此一无所知，于是我们到了那位牧师所住的教堂门前，我说：“我可以匆匆进去，拿了东西就走。或者，如果你愿意，我们可以进教堂看看。今天是星期六，也许教堂开门，你可以看看我成长的地方。”

那是一座非常狭小的古老教堂，大概是20世纪50年代或者40年代修建的，里面摆着木制的长凳之类。走进教堂，我就开始为她讲述我童年的故事。我们在祭坛前面的台阶上坐了下来，这时我掏出第二个纸卷。

纸卷顶端写着“心愿”。纸卷上的水印是教堂的图案，背后是一段诗文：

他既然爱世间属于自己的人，就爱他们到底。“我所作的，你如今不知道，后来必明白。”“我给你们做了榜样，叫你们照着我向你们所作的去作。”

这是《约翰福音》第13章。

页面底部的格言则是："上帝保佑我爱他人比被爱时更深沉。"

我将纸卷递给她，她问："这是什么？"

我说我想和她讨论一下，对于我们的恋情，上帝会有怎样的期望，这段感情又是否值得我们持之以恒？我说想和她一起祈祷。对于这段感情，我的心愿和希望是不仅要彼此爱慕，互相体贴，还要关怀其他人。我在祭坛下摸索了一番，端出一盆水，拿出一条毛巾，问她我能不能为她洗脚。

这是一个象征，上帝曾以此为榜样，展现他宽广博大的爱。因此，我这一行为在她看来非常新奇，从来没有谁曾经为她洗脚。我就告诉她我为什么要这样做，因为我想以这个行为为我们的恋情盖上封印，从此我们可以互相扶持，并照顾他人。

于是我俯身为她洗脚，这是这段恋情中我最爱的片段。她再次泪如雨下，真的不堪承受。我正在为她擦干双足，坐在那里，她泣不成声。后来我问："你可以为我洗脚吗？"

她忙说："哦，可以。对不起。"又说，"我真不敢相信，我竟然没有主动提出为你洗脚。"总之，无论如何，我们互相为对方濯足，并发下了宏愿。

这时我说："我们真的得走了。花在这件事上的时间够长了。"

我们回到车上，她说："我可以问你个问题吗？"

我心想，哦，糟糕，她说："放纵大厨订单究竟是怎么回事？"

我说："如果你不问，我会深感你的尊重。"

她说："那好吧。"她没问为什么祭坛下会有一盆水，为什么那盆水恰好是温热的。后来我问她，是不是那个时候就猜出了其中的奥妙，她说也许是，但没仔细想，因为不想期待太高。我们在僻静的小巷中驾车前行，片刻之后，来到一条土路上，我说："你信任我吗？"

她说："我当然信任你。"

我说："那好，我需要你把背包里的每一件衣服都穿上。"

好吧，其时窗外是猛烈的暴风雪，朔风凛冽，雪片纷纷落地，十分寒冷。我知道她背包里装着滑雪服，于是我们两人都严严实实地穿好。汽车又向前开了一段路，来到麦克贝恩，我生长的地方。

在汽车里，我又递给她一个纸卷。顶端写着"从A到Z，说说你对我意味着什么"，纸上隐隐有骏马的水印图案，又用二十六个单词描述她的品质，这些词分别以A至Z开头：

奇遇、美丽、慈悲、虔诚、优雅、忠诚、纯真、宽厚、鼓舞人心、热爱工作、善良、深情、慈爱、滋养、乐观、纯洁、心灵宁静、光芒四射、乐于助人、可信、永不凋零之美、迷人、温暖、极致、青春、热烈。

纸卷底部写着这样一句箴言：

您们作妻子的要顺从自己的丈夫。这样，若有不信从道理的丈夫，他们虽然不听道，也可以因妻子的品行被感化过来。这正是因为你们有贞洁的品行和敬畏的心。你们不要以为外面的辫头发、戴金饰、穿美衣为妆饰，只要从里面存着长久温柔、安静的心为妆饰，这在神面前是极宝贵的。

这是《彼得前书》（3:1–4）。

我觉得这段文字是上帝让我与她分享的。这不仅是上帝对她的看法，也是我对她的看法。我们走下车，向前走去。我知道，她喜欢马。路过一辆拖车，上面载着两匹马，她说："噢，我的天！外面是暴风雪，这辆拖车上竟然有两匹马。这是谁干的？他们是怎么想的？"

我回答："不知道。我们过去看看吧。"我打开拖车后门，我说，"这两匹马想必是上天赐给我们的。"这很疯狂，因为我们都穿得很臃肿，怎么可能登上马背？但事实上，我们两人真的都跳上去了。

不管怎么说，我们骑着马儿按辔徐行，步入了牧场。十二岁那年，我曾经在密林中的一棵大树上建造了树台，现在仍然在那里，格外可爱。安娜和我坐在马背上，走到了牧场中央，举头望向那古老的树台。我说："小时候，我经常来这个地方游玩，在万籁俱寂的宁静和蛮荒中独自坐在这里浮想联翩，想象着将来会和一个什么样的女孩结婚。"

我又掏出一张纸卷。页面顶部写着"结婚"，纸上隐隐现出一棵大树的水印图案。我将纸卷交给安娜，这一刻，她战栗了，仿佛在说："我不能这样做！"仿佛在说："拿回去！"

纸卷上写着：

第一次有人清晰地向我提出那个问题的情景，直到现在我还深深记得。那天我和几个朋友一起，扛着小气枪在树林里打猎。这时一个朋友脸上露出畅快的笑容，注视着大家，让我们描述自己心目中的完美女孩，或者自己希望娶回家门的女孩。奇异的是，我的回答经受了光阴的历练，因为直到今天，当年那个青涩少年的回答依然没变。

当时我只是说，如果我在人群中遇到她，看到她无比真挚地热爱身边的亲友，我会明白她就是我要寻找的人。听了这话大家捧腹大笑，之后他们也总是拿我逗趣。但今天我凝视着你，我知道自己没有说错。安娜贝拉，你就是俘获我心的那个人。

然后又是一首诗：

你要尽心、尽性、尽意、尽力爱主你的神，其实就是说："要爱人如己。"在没有比这两条诫命更大的了。

这是《马可福音》（12:30-31）。

我们刚一走进树林，气氛便骤然虚幻起来，似乎是上帝让风归于寂静。林中没有一丝风，雪花也是悄然飘落，面前有小鹿轻盈地飞奔。她回眸问我："这是童话吗？"

那一幕美不胜收，是我们一生所经历的最美画面。我请她下马，将两匹骏马都系在树上。树下放着一只杂物袋，上面覆盖着凌乱的枯枝和雪花。雪已经下了大约四个小时，我不知道接下来天气将会如何，但我知道安娜明白，假如我们在外面逗留太久，一定会受寒的。我打开杂物袋，从里面掏出一只睡袋，将她的身体裹起来。旁边有一只丙烷取暖器，我打开曲柄，在她身边坐下。她说："你真是太了解我了。"

在那里，我还预先准备了一瓶红酒，酒瓶上缠着最后一个纸卷，打开一看，上面写着："嫁给我好吗？"

我在安娜面前双膝跪倒。这一刻，她终于放声大哭，泪如雨下。真是太甜蜜了。于是我对她读出纸卷上的这段话：

作为上帝的子民，我们得到他的承诺，只要我们让内心的上帝喜悦，他就会实现我们从心底生出的愿望。我这个在父亲农庄里长大的少年，最大的向往就是找到上帝为我安排的女子，与她相爱，一起度过余生。每逢感恩节，我都会在一张祈愿纸上再次写下这个心愿，请求上帝带她与我相识。记得高一刚开学时，每个夜晚，我都祈祷遇见那个人，尽管我根本不知道她的芳名。

我祈祷上帝保护她，庇佑她，不吝地恩赐她爱的芳泽，让她知道有人在遥远的地方思念她。大约十年前，我开始将多余的零花钱丢进存钱罐，希望有朝一日能够用那笔钱买下一生中最有意义的物品。安娜贝拉，我的祈愿词都已远播到上帝的耳中，而那些硬币也已经花完。你能不能实现上帝对我的承诺，接受这枚戒指，对我心底的渴望说声“我愿意”，成为我的妻子?

纸卷底部写着：

你要以耶和毕为乐，他就将你心里所求的赐给你，当将你的事交托耶和毕，并依靠他，他就必成全。

这是《诗篇》（37:4-5）。

我求安娜嫁给我，她答道：“我愿意，当然愿意！我愿意！”说着泣不成声。我掏出一本《圣经》，封面上镌着“安娜·凡海茨玛”，正中央用丝带系着一枚戒指。

那是我们两人的象征，两排未经打磨的天然钻石，每一颗钻石的种类都各不相同。戒指正中央是两颗精雕细琢的钻石。那些钻石真的很小，但却代表我们这两颗璞玉浑金般的心灵。我总是说，她是我心中一颗浑然天成的钻石。不知怎么回事，我掏出红酒，木塞却冻住了，无法打开。她说：“别担心，反正我也冻住了。”于是我们跳上马背，骑马回到农庄。

订婚六个月之后，我们结婚了。许多朋友都说新婚第一年会很艰难。但对我们来说，第一年却非常自然。我并不是说我们没有为许多小事纠结。当然会有些琐事让人烦恼，比如我的工作和与此有关的协调事务。有时候，我回家后只想沉默不语，但她如此了解我的心，需要沟通时，她会提出让我们讨论一下这个问题。

一直以来，我对爱的定义就是：上帝就是爱，上帝出于爱创造了我们，又让我们彼此之间萌生恋情。认识安娜之后，我对爱的体验方式产生了巨大的改变，因为我从来不知道，能够如此全面地领悟天父之爱。我知道，这场恋情赋予我一幅从未梦想过的天父的画图。求婚之前，我就常常幻想求婚的情景。当然，求婚可以一蹴而就，但我希望慢些，再慢些。为了她一生最珍爱的这件事，我想把万事万物调动起来，将求婚日变成她刻骨铭心的一天。

1年10个月：我不喜欢我的女朋友，但我不能和她分手。

多米尼克·史拉凡尼，男，30岁

我总会钟情那些爱玩的人，那些言行有趣而且能够不时让我耳目一新、眼前一亮的人，那些行事怪异的人。我初次见到琦娜，是在一场锐舞派对上，她咬了我一口。我爱死了这一口。我说："你他妈的给我再狠一点！"于是她兴奋不已，我也兴奋不已，因为我酷爱别人咬我，抓我挠我，那会让我欲火焚身。离开的时候，人们被我的样子吓得不轻，因为我从脑门到腰部被她咬得惨不忍睹。身上不仅出现了血点，而且淤青密布，血流不止。我一路高歌着出门，因为太开心了。

我家住在加利福尼亚新港海滩和科斯塔梅莎的交界线处。当时我在大学读哲学，后来发现这是个错误。课余时间，我在亨廷顿海滩一家寿司酒吧打工，可以在工作时间喝酒。科恩和奥吉乐队以及许多其他的另类音乐组合时常在那家酒吧演出。那是一家兼营舞厅的餐馆，我在那里度过了很多开心的日子。那年我十九岁，我结交了一群全新的朋友，琦娜是当时风景中的一部分。

后来，琦娜与我最好的朋友兰迪走到了一起。在我们八岁那年，我和兰迪就相识了。无论如何，这种结果也很不错，因为这样一来，我既可以见到琦娜，又不必忍受她那些糟糕的问题。坦白说，有时候她让人头疼得要死。

琦娜的妈妈有毒瘾，她的男朋友经常虐待琦娜。琦娜从来不是一个来历清白的人，但她真的非常聪明，在绝境中幸存了下来。她非常非常美丽，身高大概是五英尺一英寸，是华人与美洲本地人的优秀混血后代。而且她……呃，那个时候我们都在吸食药品，她的体重大概只有一百零二磅。但她的身体却健康强壮极了，有时候她会暴打兰迪，兰迪就会哀号：“嗷！”我总是想：“妈的，我才不会说‘嗷’，我会说：‘再来一次!’”

我和兰迪搬家到亨廷顿海滩时，琦娜也跟着住了进来。问题是她没有工作，也不打扫房屋，不做家务，没有任何付出，只是寄生虫一样依靠我和兰迪生活。我渐渐觉得，似乎我和兰迪都是她的男朋友。她既拥有兰迪，那个与她同床共枕的男人，又拥有我这个提供大部分钱财、药物和有趣物品的冤大头。但兰迪从来不懂得如何控制她。我说：“哥儿们，如果你想对付她，就得挺起腰板，像个男人！”但他却是个小毛孩。慢慢地，几个月之后，她开始引诱我。我的意思是，这个过程很缓慢。

琦娜吸食一些药品，一天夜里我也试了一些。突然间，我变得精力十足，每周可以完成十天的工作量，可以把所有的家庭作业都做完。我每天晚上在餐馆把分内工作完成之后，还有大量时间忙于乐队的事情，学习成绩也飞快提高。后来兰迪也开始……但最后他说：“我再也不想沾这玩意儿了。”从此他每天早晨七点出门，而我则整晚熬夜，而且，不再是他和琦娜上床，而是琦娜和我一起玩耍直到深夜。于是兰迪开始有些恼火。

现在，这就是她的天分了。她对兰迪说出一些事情，到我面前时，说出的话却有所不同。她与兰迪的争吵越发频繁，而且她有本事让事情看起来都是兰迪的错。于是，琦娜和兰迪的恋情变得风雨飘摇。

为了让头脑清净，兰迪离开加州，外出了两个星期。就这样，琦娜开始采取行动。一天半夜两点，她走进了我的房间。我说：“好吧，什么？你很冷吗？”因为我没有……我丝毫没有生疑。而她几乎是赤身裸体地躺到了我的床上。我说："哦，哦，哦，好的。他妈的。行。"

一开始我想："呃，也许这没有什么大不了的。"但事实上这是件大事，仿佛是结束一件很久之前就该处理的事情。当她在锐舞派对上抓挠撕扯我的时候，我们就该开始了，而现在不过是彻底完成当时的那段体验。很快我就爱上了这件事，我意识到不仅仅是在和她交欢，我们是在开始一段恋情。我并不会在邂逅这段艳遇之后，就打发她回到我最好的朋友身边。不，我们真的越过了这条火线。现在她是我的人了。

后来兰迪回来了。我是个南方人，无法对我最好的朋友撒谎，我必须告诉他真相。那个时候，我已经对琦娜产生了深深的迷恋，我爱她，我相信我们的恋情。于是我凝视着兰迪，说："我喜欢你的女朋友。"呃，他彻底发飙了，他暴跳如雷："你必须给我停止！你必须现在就给我了断！"

我双膝跪下，摘下眼镜，放进衣袋，双手背在身后。正如我前面所说，我来自南方，如果你和别人的女朋友睡觉，那么，主动接受对方的惩罚，就是约定俗成的做法。我说："不，我不可能和她了断。"我让他揍我一顿。但他没有打我，却砸坏了房子，而后来只能由我替他赔偿。我宁可他打断我的鼻梁，我觉得兰迪砸坏房屋的行为是对我的羞辱。而且那时候，我还有保险。

但我能说的只有这样一句："我非常抱歉。我不知不觉就爱上她了。"

兰迪说："她会生吃了你的。"

而我说："对，我知道！"

他说："对。"

琦娜和我很快就搬走了，她有了另一个住的地方。我开始在汽车里住，因为不想回到过去的房子里。兰迪是我最好的朋友，而我正感受着极大的悲哀和愧疚。必须声明，我和兰迪至今仍然是好朋友，只是这件破事发生之后，我们的友情中断了两年。但在当时，我们着实没有别的选择，毕竟这件破事真的发生了。

总之，那个时候，我毁掉了一段友谊，又从大学辍学，对药物深深上了瘾。而且，那个怂恿我的人，我渐渐地熟识了她，又慢慢地被她抛弃。我明白。那么，既然这些我都明白，我想，随便来吧。就像电影《无瑕心灵的永恒阳光》（Eternal Sunshine of the Spotless Mind）的结尾。除此之外，我们还能怎样呢？

后来我们决定搬家到亚利桑那州图森市，那是我母亲居住的地方。到达那里之后，我们就住进了母亲的房子。没过多久，母亲就厌倦了我们。于是琦娜和我都在本地餐馆找到一份工作，搬进了一个属于我们自己的地方。

作为一对恋人，琦娜和我的身体十分相配。我的胸部和腹部肌肉强壮，她想捶我哪里就可以不遗余力、随心所欲地捶。她总能让我马上热血沸腾，不仅仅是在男欢女爱的时候。真的，她温存、热烈、有趣而且聪明。

我们日以继夜地播放音乐。我和琦娜喜爱同样的音乐，这对我来说太重要了：工具乐队、电台司令乐队、零七乐队、崔奇乐队，诸如此类的先锋音乐，从平克佛洛依德到火星沃尔塔。我从不认为我们喜欢的是某个特定的乐队，从不。我们可以一起发疯，用身体领悟音乐。我是DJ，每过几首歌就换一支乐队。我们会坐在屋里，沉浸在音乐的光辉之中。我们真的喜欢忘我地研究音符，如入无人之境，然后再从音乐中回来，换一种截然不同的视角看待世界，看待自己。这种经历真是刻骨铭心，又亲密无间。

我们总会创作一些艺术作品。有时候我们用三十个小时完成一幅画。我们不时地更换唱片，直到找到合适的音乐氛围。我们在每件事上都能珠联璧合，从节拍到演唱时的音准。那个时候，上台演唱的情景宛若就在眼前，我们甚至可以看到演员吟唱一行行诗句，仿佛在舞台上一样，仿佛乐谱在自行演出。琦娜的音乐修养达到了美妙而深刻的水准，可以与我比肩。

我们都热爱同样的旋律，能在歌声中听到同样的东西。在这方面，她或许比我历任女友都要出色，这在我看来自然极为迷人，因为音乐是……我不会说那种话，诸如“音乐就是我的生命”，因为音乐的世界恐怕仍然超越了我的理解。而琦娜对待音乐也是同样的欢喜痴迷。

由于我们沉迷于同样的药物，就会做出许多相似的事情。人类大脑中有个视觉降压阀，正因如此，你看不到氧气、氮气和空气中的其他气体。但当你连续三十六小时不眠不休的时候，那道阀门就会暂时失灵。于是突然间，你觉得你产生了幻觉，但其实，你看到的那些东西都是真实的存在。于是我们真的疯狂了，我开始与能量一起跳舞。我说“与能量共舞”的时候，我的意思是聚焦于某种磁场的热点，制造出一个光球，然后什么也不说，凝视着它，追随着它在房间里舞动。真的可以实现，磁场十分强大。琦娜对这些事物心态很开放，这真好，因为我历任女友对此都意兴阑珊，甚至我大部分朋友对此也觉得兴味索然。但琦娜和我则经常练习，比如使用身体能量四处玩耍。我们彼此在身体上非常和谐，两人之间没有任何界线。

我是人群中百分之一的特例，能够果断地戒除药瘾。我觉得已经吸够了，从此就没有再吸，而她显然做不到。她害怕，仍旧继续。我们吵了一架，她把墙上的东西都撕下来毁得七零八落。总之，琦娜没有戒成，而且狂怒了。

我不会吵架。之前我有过七个女朋友，从来没有和哪个吵过架。但每一次，琦娜总是挑起事端，让我发怒。她总能惹起我的怒火，让我忍无可忍挥拳砸在她脸上。她还经常直接过来冲着我的脸尖叫，为一些鬼才知道的小事责骂我，比如，我忘了关上碗橱的门。

就这样，她仍然熬夜和其他人一起胡闹，而我则倒在沙发上昏睡。我只是狂饮、狂饮、狂饮，将酒直接倒在嘴里。我多多少少在悼念这段即将分崩离析的感情，因为我知道我们快结束了。我看到她已经开始对另一个男人暗送秋波，我却无能为力。她已经开始为自己搜寻下一个男朋友了。

我去了母亲家，烂醉如泥地对她说："我不喜欢我的女朋友，但我不能和她分手。"

母亲说："哦，这听起来可不明智，你打算怎么办？"

我说："我觉得再过半年我会醉死。"

母亲只是直盯着我，似乎在说："你这卑劣的东西。"

我陷入了深深的颓废。每天都要灌下一大瓶伏特加，每天都醉得昏天黑地。我会整个星期无所事事。我醉酒开车，昏天黑地。我患上了肝功能衰竭和黄疸病，皮肤真的变得蜡黄。每次刚一醒来，我就又开始喝酒。

我懂一些心理学，知道人们经历创伤、痛苦、愧疚或者其他强烈感情时，走出的速度各不相同。琦娜回家时，总能见到我醉在沙发上昏睡，她就关掉闹钟，回到餐馆上班，告诉大家是我搞砸了一切，我疯了。事实上，我真的酩酊大醉。最后，我终于清醒过来回去上班时，却发现我被开除了。接下来的那个月，在我又一次醉倒之后，琦娜将我扔出门外，给我母亲打电话让她来接我，扬言如果我母亲不来接，她就报警。

我记得，接下来发生的第一件事是我回到了特拉华州我父亲居住的地方。刚到那儿，我就倒在地板上人事不省。醒来之后，我明白自己需要帮助。我参加了一场嗜酒者互助聚会。接下来的一年之中，这样的聚会我参加了大约四百场。

人们说，在参加过这类聚会的人之中，有3.5%的人成功地戒除了酒瘾。好吧，我不是其中之一。我又开始工作，但也再次开始喝酒。

在努力戒除恶习的过程中，我偶尔从母亲口中得知，琦娜将我开除之后，成了那家餐馆的经理，还交了一个新男友。搬到特拉华州五个月之后，我才终于给她写了一封简短的分手信——这简直笑死人，因为那时她已经又陆续交了两个男朋友。我几乎是片甲不留地被她抛弃了。

我困在特拉华州和父亲一起生活，因为母亲和琦娜生活在同一个小镇——而我再也不想见到她。

我是个重感情的人。我就是那样，总是和蔼温存，非常痴心。如果我和一个人交往，就看不到世界上还有其他人，正因如此，我才和琦娜在一起。分手之后我崩溃了，但大约一个星期之后，我就想，好吧，这段恋情本来就该这样结束。

不过，我的身体明白我仍在关心她，每当我在Facebook①上看到她的消息，身体就会有些兴奋，它总在好奇她在做什么。但它只是身体，只是自行其是罢了。我没有上钩，我和琦娜一起度过的时间，和她分享的亲密感情和对彼此的了解，超过历任女友。如果把一起熬夜的时间也折合算上，我们几乎一起度过了七年。她十八岁时我就认识她了，而她现在已经三十岁。事实上，我们七年前就已经分手。

从那以后，我再也没有真正交过女朋友。除了父母，我再也没有和任何人共同居住过。现在我几乎废掉了，因为我遭受了太多创伤以及鬼才知道的其他经历。我依然喝酒，但改成了威士忌，因为这种酒口感很差，我每次只能喝一品脱或者更少。现在，我的饮酒量不会让我醉死，至少在三十五岁之前不会。这就不错了。我本来以为几年前就会暴毙，所以，看到我现在的情况大家很开心。

现在我住在图森市，我一知道琦娜已经离开的消息，就搬了回来。我想她现在去了维加斯。我没有再见过她，只知道她还健康地活

① 脸书。

在世上。最后一次和她通话是一年前，那时我正要去看小精灵乐队的演出，就打电话告诉了她，因为她也喜欢小精灵乐队。但她大动肝火，最后挂断了我的电话，通话只持续了五分钟。我那时虽然醉了，但明白她很生气。我一直努力友好地待她，但她却误会了我。我再也没有她的消息，直到最近，才收到了她无意中发来的一封群发邮件……

2年6个月：有了爱情，地球就会继续转动。

凯莉·康博兰，女，30岁

我的第一段婚姻十分偶然。我们在一起工作，他是我的老板布莱特。一天晚上我们一起出去喝酒，然后他送我回家。我当时的男朋友——我不太喜欢他，当着布莱特的面，破门而入，将我的公寓砸得七零八落。每件东西都毁掉了：每一件衣服都被撕碎，每一件家具都被砸坏。他还在墙上砸出了几个洞。那天晚上我离家出走，和布莱特待在一起，他说我可以一直住下去，直到我买了新家具，换掉那些旧的。

我不想结婚。我甚至都不怎么喜欢他。但他的父母十分传统，执意要求我们结婚，于是他向我求婚。未来婚礼的奢华景象令我怦然心动，而且我只是希望有人娶我。而且他很会赚钱，我知道我不必为任何事情担心。

那是一场糟糕而可怕的婚姻。非常可怕。

他想让我留在家里生儿育女，此外什么都不做。他告诉我什么时候该去睡觉，我什么时候应该、什么时候不应该打电话。他不准我出去工作，不准我交朋友。他不喜欢我的发色，于是我染了别的颜色。他对我的体重不满意，于是我不断地增肥或者减肥。如此种种。

一天我坐在浴缸里，他说：“我没说你可以洗澡。”

我说：“好，我明天就走。”

于是这段婚姻以离婚告终。

离婚是在四月份。六月的一天，我坐在玛卡杜酒家喝啤酒。那是个小餐馆，我坐在酒吧区，啜饮着一杯米勒牌清淡啤酒。丹尼尔坐在我的桌子对面，喝一杯朗姆酒和可乐的混合饮料。

当时我和一个朋友一起泡吧。我一边对着电视看球赛，一边为巴尔的摩金莺棒球队呐喊助威。丹尼尔说："金莺队真烂！"于是我们你来我往，大吵起来。他的长相是这样的：光头，一双碧蓝的眼睛。就那种剃光的光头，类似纳粹光头党。身材不高，但有一副军人的体格。

他一杯接一杯，一路挤了过来，后来终于来到了我身边。

那时他二十四岁，在军中服役，两个星期之后就得去执行某项任务。他烂醉如泥，从凳子上滑了下来。过了一会儿，他被店家扔了出去，因为一个晚上消费了太多酒水，却没付钱。但后来我发现，他曾经趁我上卫生间的时候，用我的手机拨打了他自己的号码，于是他有了我的联系方式。

他打电话约我，我拉上朋友布丽一起到隅石酒吧和他见面。那个酒吧很小，简直像墙上挖出的一个洞穴。我赴约只是觉得好玩，还可以免费喝酒。

我们一起喝酒聊天，最后是丹尼尔送我回家的。那是我第一次一夜情。这样的事情一生中我只想有一次。那时我二十七岁，却还没有一夜情的经历。

太可怕了，他因饮酒太多而不举，无法完成。已经六个小时了，我说："够了！现在一点也不好玩了。"他依然在一遍一遍地尝试。早晨我跳下床，告诉他："嘿！我告辞了！"

回家之后，我给布丽打电话说了这件事，讲到他毛茸茸的乳头时，我们放声大笑。一起泡吧非常有趣。但之后的性爱呢？一点也不好。尽管接吻的感觉很不错。

接下来的那个周末，丹尼尔又给我打电话："嗨！我们一起泡吧去！"只是这次我们没有喝醉。他来到我家，我终于有了一夜情的经历，感觉很好。虽然不是极棒，但比第一次强得多。

后来，每个周末他都会来。我依然不知道他姓什么，除了知道他名叫丹尼尔，我对他一无所知。我真的喜欢他，但我仍然不想交男朋友。

嗯，后来到了我的结婚纪念日，那是九月，恰逢劳动节。我坐在家里喝了几杯闷酒，正自怨自艾的时候，他打来电话说："嗨，我们出去玩吧！今天是劳动节。我们可以在外面做饭。"

我说："不，不要恋爱，不要男朋友，不要周末爱情。我们只是一夜情，这就够了！"

我刚刚经历了一场离婚，只想要一段独处的时间。

第二天晚上他打来电话说："嗨，我是丹尼尔。昨天晚上我被逮捕了，你能不能来接我出去？"

之前的那个夜晚，他出去泡吧，刚喝了几杯酒，就被警察带走，送入了牢房。那个时候，我每天打三份工，但赚来的钱却只是刚刚够用，我几乎是困在十字路口。不过他孤身一人，我知道他的亲人都在外地，虽然不知道在哪个城市，但肯定不是本地。此外，如果我被捕了，我也希望有人能把我保释出来。

我到法院大楼之后，仍然不知道他姓什么。我见到了一个手拿写字夹板的男人，我想："嗨，我想那就是我的男朋友，或者是我专程来这里打算接出去的那个人。"

于是我把他弄了出来，随即想拼了老命飞奔回去上班。他问："我能不能在你的公寓里洗个澡，好让我出去找我的汽车和别的东西？"

我说："可以。"

后来才忽然醒悟，我究竟在想什么？他完全有可能将我家里洗劫一空！现在回想起来，我会觉得："嚯，那时我真傻！"

那只是一时心血来潮，而且……如果我陷入类似困境，我也希望别人能那样对我。那天，他本来可以直接离开，相忘于江湖。如果他走了，我今天也不会想起他。

但我让他使用我的浴室，我回去上班了。那天晚上，我下班回家之后，发现他躺在我的沙发上睡觉。第二天我说："不好意思，但你必须得走了。你得给你妈妈打电话，让她来接你。否则我会带你回你汽车里去，或者采取别的措施。"

后来我接到一个电话，听筒中一个女人对我歇斯底里地尖叫。我还以为是他的妻子之类，却是他的母亲。她说："你把我儿子还给我！"她说我是个烂醉的婊子。所以我告诉丹尼尔，他在我家想住多久就住多久，因为我不想让他回到那个婆娘身边。

就这样，他在我家住了下来。

记得我爱在家里随处摆放首饰。药柜里，厨房水槽下，随意乱丢，小碟子里也是。圣诞节时，他出去给我买了一只非常漂亮的珠宝盒，在里面放了一张字条。我这才意识到，他确实会花费时间思考我是个什么样的人，需要什么东西，而不是随便给我买件短袖衫或之类的礼物。

好吧，后来他因酒后驾车，不得不进监狱服刑，刑期是二十三天。在他临走之前，我问他："你怎么想呢？因为假如你在外二十三天，我可能会出去泡吧，玩耍，因为我们不是男女朋友。"

他说："呃，我在乎你，我爱你。"

我们一直说"我爱你"，因为他始终住在我家。但那都不当真，我们只是说着玩的。我也不知道为什么要那样说。只是有一天他突然说"我爱你"，于是我也回应一声："好吧，我也爱你"但那并不是真心的爱情宣言。

嗯，我无法忍受。他入狱之后第一个星期我就对他朝思暮想。我去狱中探望他，他哭着说："我太开心了！我在这儿非常孤独！"他溃不成军，我也一样。

我曾经告诉他，他可以爱一个人，也可以和某个人相爱，或者二者兼有，因为两者之间存在微妙的不同。他不明所以，因为他从来没有交过女朋友。所以，他出狱那天，对我说："现在我终于明白了爱和相爱的区别。而且我发誓，一定要在余生里和你相爱。"

他每天都对我展示这一点，因为他在和我相爱。

虽然都是一些小事，但毕竟他肯花费时间思考与我有关的事情。他为我建造了一座花园，因为我想要的唯一生日礼物就是花园。那是他独自为我造起来的。

每一天我们都会做些有趣的事情，比如在咖啡桌边做拼字游戏，花费时间彼此陪伴。无论生活多么艰难，工作多么繁忙，我们都会一起做些事。

我们决定每个星期都要尝试一件新鲜事，虽然并不总是与性有关，但多数时候真的很性感。有时候我们尝试不同的食物，比如在蔬菜水果店见到奇异的东西，就买来尝尝。我们也是这样开始打网球的。有一天我们买来网球拍和网球，说："我们学打网球吧。"

我对爱情的定义是和一个欣赏你本来面目的人在一起，而且我想，这是有生以来第一次，我可以做自己。

一生中有一段时间，我总想自杀。过去我非常害怕爸爸，我总是结束一段非常糟糕的有虐待关系的恋情，再开始一段糟糕恋情，然后又是一段糟糕恋情。我交过一个黑人男友，因为我知道爸爸肯定会厌恶他。我还当过女同性恋，因为我知道爸爸肯定也不会喜欢。我做过许多叛逆的事，最终让我无处容身，让我……那些事并不可耻，但让我惘然，我不知道我究竟是谁。离婚之后，我努力挖掘心灵，因为我不知道自己喜欢什么，不喜欢什么。这么多年来我只是随波逐流，所以我从来没有做过自己。

丹尼尔让我深深地相信，我就是我，我不需要依靠任何人。我们都有各自的生活，我们是独立的个体，我们在一起，只是为了彼此相爱。他帮我开始探究自己，寻找自己。他始终陪在身边推动我前行。

有一次，我们出去爬山。那座山非常陡峭，而且那时我比现在要胖，所以爬得很艰难。到了半山腰，我想放弃，但丹尼尔说："我可以背你上去。而且，我不会和你一起走回山脚。如果你想放弃，你只能自己一个人放弃。因为和你一起做的任何事情我都不会放弃。"于是我坚持爬到了山顶，我欢呼，尖叫，激动得热泪盈眶，眼珠子差点给冲出来！

他说："好了。擦干眼泪，不就是爬山嘛。"

而我却感觉不仅仅是爬山。我克服了我从未克服的困难，不仅翻越了那座山，而且过了我生命中的一个坎。我自由了。千真万确，我的感觉就是，哇！太棒了，现在我可以征服世界！从那以后，我减轻了六十磅的体重，而且直到今天，我仍然在瘦身。

过去，我非常执迷于清扫房间。如果丹尼尔移动了某件东西的位置，我会立即跑过去，把它归位。或者，他喝完酒或饮料之后，我会马上拿起杯子，飞快地冲洗干净，放回原处。我之所以这样做，是因为在上段婚姻中，我就是这样服从丈夫的。他命令我必须这样做。后来终于有一天，丹尼尔攥住我的手腕，说："我不是他！我是个截然不同的人！"

对我来说，那不啻于一声响亮的叫醒铃。我如梦方醒，从此我真正将自己交给了他。我相信他将照顾我的心，体恤我的情感。

他曾经在阿富汗参战，产生了创伤后应激障碍，我们也因此有了一些暗无天日的时刻。比如，有时候他会突然崩溃，藏进衣柜里拼命想躲开敌军，但事实上屋里只有我们两个人。

白天他通常很正常，但到了晚上，他会做出一些匪夷所思的事，极其怪异。前几天，他忽然捉住我的乳房，说："遥控设备在这儿，如果你正在找的话。"诸如此类的事！当时他睡得像死猪。但你知道吗？我们克服了这些，如果他变得烦人，我就会起身到沙发上去睡。

而且，虽然他还在服用药物，但他的创伤后应激障碍已经控制住了，渐渐好转。我们都已经戒酒。我喝红酒，但不喝烈性酒或啤酒。他偶尔喝两杯啤酒，这是最高限度了。这样，事情有了很大变化。

现在，我们的性生活非常完美。我想应该说是越来越好，因为我们现在相亲相爱。我想，我们的恋情比过去好多了。他总是想速战速决，于是我们有时候避而不谈此事。我会要求许多前戏，然后再准许他速战速决。所以，我们多多少少还是面对了这件事。

我仍然不能百分百舒适自在地谈论性事，尽管他可以做到，比如我们淋浴时，他问："刚才你喜欢我这样吗？喜欢我那样吗？"

对他来说，这是件重大的事，俨然是一件大事。如果性爱之后我没有欢喜地与他击掌庆贺，他就会以为我感觉很糟糕。因为第一次高潮来临时，我说："对，哦，哦！击掌！"最后我说，"整个击掌庆贺阶段完成了！"

丹尼尔喜欢每天都在床上缠绵一番。他和我真的不同，但这样很好。我有一件T恤衫，穿上它，就表示今晚没有性爱。它非常难看，宽宽大大，袖子覆盖过我的手肘，下摆几乎触及膝盖，上面还有无数个窟窿。如果我穿上这件T恤，他就不会试图与我调情。这件衣服我每周穿一次。

他和我以往认识的男人都不同。他过去不喜欢社交，现在也不爱与人交往，但为了我，他会忍受。他不喜欢野餐之类的活动，但由于我喜欢，他便会陪着我去。他改变了这么多。我想我们两人都改变了很多。

我们极少吵架。我们曾经发誓，绝不彼此伤害。如果想和另一个人在一起，我们一定要开诚布公，事先说明白。我们不会背叛对方，因为那种痛苦不值得经历。

在丹尼尔的父母婚姻存续期间，他的母亲总在背叛丈夫，直到他九岁那年父母才离婚。因此可以说，他在母亲对婚姻不忠的阴霾下长大。他的父亲倒是非常忠诚，从来没有背叛过母亲。而我想，母亲对他影响深远，她总在躲藏、偷欢，总让他帮忙圆谎或做类似的事情。十岁那年，父亲取得了对他的监护权，后来在一番抢夺之后，他又回到了母亲身边。从那以后，父亲再也没有和他讲过一句话。我想，这件事对他影响至深，因为他一生中始终想做个好人，想忠于自己的诺言。

和我初次相遇时，他已经失业一个月了。我一直在想，我总为他买食物、啤酒等等，这样的做法似乎不对。但出于某些原因，我还是这样做了。去年夏天，我决定回到学校全日制读书。我现在不上班了，我们的活期储蓄存折里只剩八十七美分。真的是这样。不过他的薪水就是我的薪水。每个周四，他发工资之后就交给我。

我想……现在我明白了，我要拼命不让自己流泪。现在我知道，你爱一个人，并不需要很有钱，即使你是世界上最落魄、最潦倒的人，但是，有了爱情，地球就会继续转动。人们总在说，金钱可以为你买来幸福，这句话我再也无法苟同。我认为事实上一起赚钱、共同做事才是我们工作的动力。不过，我仍在等他还我五十美元。我一直在跟他说，在他去世之前，请把我为他支付的那笔五十美元的保释金还给我，当年要不是我为他交了那笔钱，他怎么可能从牢房里出来?

我放弃了许多改变自身的念头。过去，为了取悦男人，我总想改掉自己的许多特点。但丹尼尔，他能百分之百地接纳我。我亭亭玉立的时候，他爱我；我肥胖的时候，他同样爱我。我陷入低谷的时候，他找到了我。他只是努力让我欢笑，不管是不是有意为之，我们都很开心。

丹尼尔·詹姆士·布朗戴尔，我必须做一次深呼吸，我爱他。

4年4个月：你有没有给过谁无条件的爱呢？

肖恩·怀特沃斯，男，31岁

我出生在佛罗里达州奥兰多。我的名字叫肖恩，因为我的亲人非常乡土，在出生证上他们就是这么写的。我出生的时候父亲在军队服役，母亲没有麻烦他，连怀孕的消息都没告诉他。所以，直到我出生之后，他才知道。三岁到五岁期间，我见过他两三次。但后来我们搬到了洛杉矶，再后来又去了田纳西州，于是我再也没有见过父亲。

我有了继父。虽然他和世界上大多数慈爱的父亲不一样，但他确实为我们提供衣食无忧的生活，而且我爱他，我叫他爸爸。可是，我的第一任继父真的很喜欢虐待我。他烫我，抽我的耳光，用拳头砸我，暴打我。他在我身边抽大麻、醉酒，而那时我只有两三岁。我真真切切地记得，他曾经拿一只酒瓶烫我。他用火烤那只酒瓶，所以瓶身一片乌黑，然后将滚烫的瓶子摁在我的乳头周围。瓶子直接嵌入了我的肉里。我的母亲是个醉鬼，从不会真的打架，但她总是指责他太固执。家里充斥着冲突和争吵，非常激烈。

比如说，有一次我和母亲到家门口的河边，在那里遇见了一个男人，于是母亲和他一起喝了几瓶啤酒。那是个小镇，人们之间互相熟识。他的手始终放在她的腿上，而那个时候，她已经嫁给继父十五年，或者十年，也可能十二年。他们当着我的面这样做。两三天之后，一个男人停在我家的行车道上，我说："哦，该死。"我十分平静地走出家门，向他的汽车迎面走去。

他问："你妈在家吗？"

我说：“我爸爸在家。我想你最好赶紧消失。”

于是他退出行车道，走了。这时爸爸走出门，问：“那家伙是谁？”

我说：“他记错地址了。”那年我只有十二岁，能这样镇定很不容易。所以说，母亲很大程度上毁掉了我对女人的信任。我觉得我无法相信女人，至少不会立即相信。

大约七岁至十四岁之间，我在田纳西州长大。当地人有着混杂的观念，那里还有大片蛮荒的森林和许多落后的风俗。我记得祖母是割腕自杀的，我目睹血从手腕涌出。我六七岁时，一个名叫凯文的男孩儿猥亵了我，他说：“不要让任何人知道。”

我说：“嗯，好吧。我谁也不告诉。”他那年十三岁。

我四岁时，街坊里有两个女孩儿总爱取笑我。那是一对姐妹，她们当时七八岁。她说：“对我这样做。对我那样做。”

十一岁那年，我拔出一支手枪对准了弟弟。那是一支子弹口径0.410英寸的鸟枪，单发。我拔枪对着他，只因为他太吵了，我说：“你给我闭嘴，你必须听我的话。”于是我被送到了精神病院。从精神病院回来那天，母亲因酒后驾车，正在狱中服刑。

在我十三四岁那几年，母亲每天夜里都要出去纵酒开车。我坐在窗前或门廊外等她，就像一只小狗等待主人回家。我不知道自己会等到什么。母亲会不会死？会不会再次坐牢？

后来我遇到了杰琦，当时她十二岁，我十七岁，我们就有了那次小小的恋爱。但她却公布了我们的恋情，大家都知道她喜欢我。我说：“你才十二岁。”那个时候，我生活中有许多女孩，所以我更多时候觉得我和她只会是朋友。

我们确实成了朋友。她非常成熟，我想那也许是因为她童年时曾经受到过猥亵，因此特别早熟。她从来没有告诉我那人是谁，因为她害怕我会因此做出过激的行为。

我从来没有试图和她做出什么事。也许我吻过她两三次，但我从来没有脱下她的裤子，因为她太幼小了。我想那个时候，她十三或十四岁。她告诉我她曾经遭受猥亵，但没有被强暴，因此仍是处女。她告诉我，她随时准备为我献上她的童贞。那时她和姐姐一起住在佐治亚州。她给我打电话，说："嗨，我们想和你在查塔努加见面。"她说："我准备好了。"

我想："哦，我的上帝，不会吧？我不知道该怎么办。"但我想见她。我带弟弟一起前去，我在电话中告诉她："如果你没准备好，不必做这些。"

她说："这就是我想要的。"

我说："好吧。"于是那天晚上，我破了她的童贞。

但第二天我立即觉得难过。而且，她的姐姐嘉丽比她年长，相比之下，我觉得嘉丽和我更投缘。我多多少少开始躲着杰琦，这让她真的伤心。她会想："他对我再也没有感觉了。而他已经夺走了我的童贞。"我和她住在不同的州。我会不时给她打电话，但不会追求她。

几个月过去了，我到佛罗里达州去看她。行至半路，我的汽车抛锚了，她的父母出了个绝好的主意，让她住在佐治亚州的姐姐去接我。于是嘉丽来到途中见我，带我回到她住的地方。她是这样说的："嗯，我太累了，我明天再带你回家。"又过了一天，她仍是说，"嗯，我太累了，我明天再带你回家。"同时，她每天都换着花样吸引我的注意。日子一天天变得越发艰难，我度日如年。并不是因为我和杰琦有什么承诺，而是因为我不想伤害她。我知道那样做也许是错的。一个星期过去了，那天，嘉丽穿着浴袍从浴室里走出来，问我："你想做个按摩吗？"她使用了热油之类的东西。于是我再也无法忍受。后来，我在她家过了大约一个月。最后，我终于说："听着，我不能这样下去了。"

于是我让她送我回家。后来，杰琦来到佐治亚州和姐姐同住……

这段往事我记不清了。总之，我能记得的就是我回到了佐治亚州，嘉丽不想告诉杰琦我曾经和她上床，因为她不想让妹妹恨她。而杰琦知道真相之后非常恨她。但是，当杰琦到那儿的时候，她想和我上床，于是我茫然了，不知道该怎么办。后来，我在一天的不同时间内，分别和她们两人上床。一个去上班时，我和另一个做；另一个上班时……那段时间让我非常迷惑，精疲力竭，她们两人也隐约猜到了真相，尽管我觉得那时她们都不肯对自己承认。

后来，杰琦开始和她所有的朋友出去厮混。当时，她和一个十五岁的男孩鬼混，结果怀孕了。她告诉了我，还说："我不能接受堕胎。"她打算生下那个孩子。好吧，我很愧疚，因为是我夺走了她的童贞，我还和她的姐姐上床。我有种感觉，她之所以做那些破事，是因为想将我从脑海中摆脱，或者忘掉自己的处境。我觉得我必须娶她，带她远离那帮人。

就这样，在我二十一岁、她十六岁那年，我们结婚了。我爱她，但并不深爱她。无法像童话故事那样爱她。就在我们结婚之前，我曾经和另一个女人上床，因为我觉得一旦和她结婚，就不能再做那种事了。

我收养了她和那个男孩（他叫罗比）的孩子。不是法律意义上正式的收养，是精神的收养。但很快我们之间就出现了问题，她关于童年的记忆全都刻意摒弃在脑后，但其实无法真的忘记。比如，她的父亲虐待她的母亲，在一场家庭恶战中，将她的膝盖摔成粉碎性骨折。每次我刚一提高声调，她就吓得魂飞魄散。而我又是个情感激烈的人，在出现冲突的时候，我习惯于冲着对方的面孔大吼。

于是她打算离开我。我信任她，但由于我在婚前就背叛了她，心底总觉得她会试图报复我。我真的以为她会故意让我心碎。我因此变得猜忌多疑，又十分恐惧。时不时地，每当她生气时，就会告诉我一些鬼话，而这只是为了激怒我。在佛罗里达州时，这样的事情仍在继续。每次报警，警察总会抓走几个人。因此，她入狱了一次，而我有三次。

但她爱我。直到今天，她依然会说“我爱你”，她甚至会“崇拜我所站立的地方”。而我对此丝毫不感激。我非常以自我为中心，非常自私，我会说：“好，我要上班了。你待在家里看孩子、做饭、洗衣服、打扫房间，而我挣来的钱都是我自己的。”那个时候，我也没有什么好工作。我是个护士助手，每周工作五天，值十六个小时的班，每过两三个星期，拿回家一千五百美元。非常可怕。现在回顾往事，我会觉得自己竟是那样荒谬的一个人。非常糟糕。

有时，她会说：“你能给我买瓶水吗？”我说：“我才不会给你买水。你有病吧？”如果她哭了，我会说：“闭嘴。坚强起来！”我会因为她哭，就满地追打她。因为我童年时，从来没有真正哭过，我只记得被抽了几个大耳光，耳朵里嗡嗡直响，但即使那样，我也没有哭。奶奶死的时候，我也没有落泪。

我们的婚姻持续了四年。然而，我们共同生活的日子大约只有一年。结婚三四个月之后，杰琦就怀上了我们的孩子贝瑟尼。后来，她又生下了杰森和安珀。

离婚之后，我搬回田纳西，仍旧和杰琦保持联系。我和弟弟共同住在一座复式公寓里。后来，继父的父亲去世，继父给了我们兄弟俩每人四千美元。于是我打电话对杰琦说：“我想去看你。我们可以在你家住吗？”我们想用那笔钱尽情玩一场。“你能不能把安德莉亚介绍给我弟弟？”当时她和一个名叫安德莉亚的女友住在一起。安德莉亚十二岁时，我就认识她了，而这个时候，她已经二十岁左右。于是我问了安德莉亚，她说：“没问题。”好，于是我们到了她们的住处。一切顺利，我的弟弟和安德莉亚住在一起，我和杰琦住在一起。

后来，杰琦和我又陷入争吵，于是我只好离开。吵架时，我们的钱已经花得差不多了。所以我来到一座码头，想要登上一艘捕虾船，因为我听人说不需要任何证件或文书就可以上船。交易都是私下进行的，你只需要跳上船，就可以长久地航行。于是我上了船，而我的弟弟在杰琦的公寓住了……我猜大概有三个星期。我说：“哟，你不觉得该回家了吗？”

他说：“对。只是我需要点钱。”

我说：“行。那你找份工作吧。”

于是，三个星期变成了三年。安德莉亚搬了出去，而我呢，我去了基韦斯特市。我们的船长吸食海洛因，我无法接受。这时，一个朋友介绍我到纽约工作，于是我搬到了纽约。

每当我给几个儿女和杰琦打电话时，我都会说：“哟，得让他走。这样做不妥。”我的孩子们毕竟在那里，那样的状况似乎不对。

大约一年之后，一天，他们说：“我们在一起了。”

我想我神经崩溃了，一败涂地。我对弟弟说：“听着，哥们儿，如果你和她上床，那没关系，我能原谅你。但是，拜托你搬走。”

他说：“不。我们在一起了。”

这时，我像个疯子一样尖叫起来。我说：“他妈的，我要杀了你！”还说，“你一分钟都别想转过身。如果你眼角看到一个阴影，那就是我。我会杀了你。你最好相信，你死定了。你死定了。”

首先，他是我的弟弟，从小住在邋遢贫民窟的拖车里生活。此外，我感觉几个孩子一生中万难摆脱的穷苦气质，这下是铁板钉钉了。他们肯定也会长成那样的人。现在，他不再是他们的叔叔，他是特雷弗了。他们现在已经结婚，而且生了个孩子。所以现在，我那几个子女的姐妹，也成了他们的表亲。我气得七窍生烟。他们还没生孩子时，我满以为他们会以分手告终，但是我错了。

我不和他说话。我打电话时，假如是他接电话，我就问：“我的孩子们在哪儿？”但是……有个笑话我很久没有反应过来，现在终于明白了。一个男人坐牢十年，出狱后回家，敲响了自家拖车的房门。

妻子打开门，将他迎进屋内。他环顾四周，发现沙发上睡着一个男人，便问："他妈的，沙发上这该死的家伙是谁？"

她说："是过去十年里付账单的人。"

男人说："哦，该死！快给他盖条毯子，他看上去挺冷的。"

我的弟弟在付账单，照顾着我的几个儿女。如果孩子们需要，他会为他们请家庭教师。我说："哦，该死！"这个男人比我做得好。我想他们真的相爱，我为他们高兴。我的孩子们也很开心，所以我不会太多窥探他们的生活。

和杰琦离婚时我心情恶劣。她求我别走，而我则说，我无法和她过下去了，我受不了。我最小的儿子当时刚满月，我压根没意识到自己的责任，我非常自私，这是我的损失。而现在成了孩子们的损失，因为在他们幼小的时候，身边没有父亲的陪伴。

如果你见过十年前的我，肯定不敢相信和现在的我是同一个人。我养了一条鲻鱼，养了大约五年。我童年时，你恐怕听不懂我在说什么。我是……我把我的话给你拼写出来吧。我想说"我不在乎"时，会说"不在"。读书时，我就是这样对老师讲话的。可见那个时候，我是一个多么郁郁寡欢而且惹人生厌的孩子。

我刚到纽约时，根本不知道将来会怎样。五年前，在田纳西，街区里时刻停着一百辆破车，前门的门廊塌陷进去，人人都住在拖车里，没有谁想为更好的生活而奋斗。人们似乎觉得知识就是罪恶，你知道得越多，你越与众不同，人们就会觉得你是个蠢蛋。"

而在纽约，我看到人们不仅上班，还要上课，同时还拥有自己的社交生活。对我来说，真让我畏惧。人们是如何做到这些事情的？就在这个时刻，我受到了启迪，决心奋发图强，改善自己。我想，在我心底有一种根深蒂固的自强的渴望。我想学习。虽然我没受过多少教育，但我聪慧过人，渴望求知，这一点弥补了教育程度的不足。我的确以自我为中心，但我也博爱、体贴、乐于助人。我学会了许多，深深明白了人该如何自制。我想一个人年长之后，会多多少少沉静下来，开始懂得哪些言行举止是人们不能接受的。除非你学会应对愤怒情绪，否则不可能让别人感觉舒服。

我觉得自己从来没有与哪个女人相爱，也没有信任过哪个女人，除了杰琦。我从她身上学到的，比我一生从其他女人身上学到的都要多。而且，她处理得比其他女人都好。当我回溯往事时，那一刻忽然明白，她真的爱我，而我却彻底利用了这点，占尽上风。

如果我今天认识她，她和当年完全相同，而我是现在这个人，那么事情一定会迥然不同。我想，对，我会爱她，那么我会很幸运。我不认为我将来有机会领悟比这段恋情更深沉的爱情。我想真的是我毁掉了一切。

我敬佩她，尊重她，因为我的儿女在她的羽翼下安全成长。她能成长为这样一个人，我深感幸运。她七年级就辍学了，但现在她不喝酒，不吸毒。我的儿女们处境安全。他们每天上学，做家庭作业，而她一心陪伴着他们，在情感上，也在身体上。她爱他们。她不在孩子们面前贬低我。她完全可以对着孩子历数我对她做出的一百万件坏事，彻底毁掉孩子们对我的印象，但她没有这样做。至少据我所知是这样的。

最近，我刚认识了一个人。在她主动之下，我们之间开始了男女朋友性质的交往。但我觉得十分怪异，她才十七岁，虽然在纽约州，这是合法的。我的工作是在一家酒吧跳舞，等待上台的间歇，我出门抽了一支烟，她也在门外，我说了声“你好”，最后她给了我她的电话，后来我打给了她。这件事大约发生在一个月之前。

我非常多疑。可能是年龄因素。事实上，她的许多男性朋友，过去可能都和她发展过恋情。关于这段关系，我不想多说。

我对爱情的看法在脑中非常矛盾，等我想清楚的时候，恐怕都老了。我觉得对人类来说，某种形式的“友谊”和“爱情”十分必要。

也许不是每个人都如此，但就多数人来说，有人陪伴或有人爱，无疑能够帮你治愈创伤，减轻生活压力，尽管有时候，爱情会让生活压力更大。但爱情飘忽不定，难以捉摸，如果有精确的定义，那我肯定早就知道了。

我很肯定，一生中有许多次我感觉到爱，我明白它的存在，是因为我爱孩子。然而，我有没有给过谁无条件的爱呢？即使是对孩子，我的爱也是有条件的。我想，也许世事就是你感知到的样子。如果你觉得自己在爱，那就是在爱。我愿意选择相信我曾经爱过，或者有能力去爱。我几乎敢肯定爱的存在。但是，假如事实给我当头一棒，那么我会告诉你，真相是什么。

4年4个月：如果我死了，请你帮我操办葬礼。

托马斯·奥克，男，58岁

我在越南出生。我是生活在越南的柬埔寨人。村里不准开办面向柬埔寨人的学校，因此如果有人想学柬埔寨语，就必须去佛教寺庙。1967年，十六岁的我成了一名僧人。白天，我到越南语学校学习越南语。晚上，我去佛寺里学习柬埔寨语和佛教语言巴利语。出家为僧之后，父母就将我送到柬埔寨金边，学习柬埔寨文化。

僧人必须严格遵守规则，用功学习。每天我们只吃一餐，一顿草草的早餐。僧人不能娶妻，不能交女朋友。禁止跳舞，禁止看电影。

我明白在佛教教义中，爱是人类的基础。任何宗教都是如此。它们都告诉你，如果没有爱，人类就不能得救。爱自然，爱神灵，如此众多各不相同的爱。但佛教要求人爱一切生物，爱众生。不杀生是佛教第一要义，这就意味着爱。不杀生，不偷窃，这意味着爱。重中之重是，不杀生，为善行，自制，爱自己。我们身边的万物各具其用。即使是细微的物品，也会对我们有用。你必须呵护它们，与众人分享。这是佛教教义的规定。

1975年，红色高棉统治了柬埔寨。

红色高棉告诉所有僧人，必须脱下僧袍。他们废除了一切。再也没有任何僧人。没有货币，没有学校，没有市场。

他们强迫所有僧人都去劳动，将我们遣送到农村，禁止我们多吃。我们不知道他们都把大米运送到了哪里。于是，人们越来越瘦，越来越虚弱，没有力气反击。而且，我们的工作非常辛苦，从早晨六点一直干到傍晚六点。

许多人饥不择食，找到什么就吃什么。我吃过草，吃过生物，什么都吃过。任何东西！像昆虫、壁虎、蜥蜴，什么都吃。有时候，一个人走不动了，死了，也没有人埋葬他。尸体就是那样，骨瘦如柴，皮包骨头，形同骷髅。

那是我举步维艰的一段时期。我们把红色高棉士兵称作宪兵，他们身穿黑色制服。其中许多都是些非常非常年轻的孩子，十四岁、十五岁、十六岁或者十七岁的样子，个头还很矮小。如果你站起身，他们是杀不掉你的，所以他们命令你跪下，跪下之后他们会拷打你或杀掉你。

我住在南越的时候，人们不肯接受我作为越南人。但当我去柬埔寨时，柬埔寨政府也不肯承认我是柬埔寨人。我没有柬埔寨绿卡或护照或证件，我什么证明都没有。我出生在南越，但我是柬埔寨人。

他们问我，你是柬埔寨人吗？我说不是。你会说越南语吗？我说会。你能阅读越南文字吗？我说能。你能阅读柬埔寨文字吗？我说能。你为什么要阅读越南文字？为什么你要学习越南文字？我说我住在南越，所以我必须学会越南文字，用以保护自己。我不知道为什么会有那么多柬埔寨人生活在那里。现在，生活在越南南部的柬埔寨人达八百万之多！

有两次，他们让我挖墓坑，为自己挖墓坑。但是，在他们杀害我之前，忽然想要从我这里得到些情报，于是他们最后赦免了我。

一天，他们把男孩儿区或者说男人区所有单身的人都喊出来，再把女人区所有单身的都喊出来，说是要开会。

他们来了以后，站在两群人的中间，一次就让六十对男女成了夫妻。就是喊着名字，把一对男女推在一起，让他们拉起手。“行了，你是老公，她是老婆！”一个牧师模样的人说，“现在你们可以接吻了！”随意拉个男人，再拉个女人，拉到一起就是夫妻了。我们彼此根本不认识。也没有任何仪式。什么都没有。仅仅是让两个人拉起手，说："你们是夫妻了！大功告成！"

我们不期望这样做，因为柬埔寨向来具有优秀的文化和传统。男婚女嫁，光是庆贺仪式就要进行三天三夜，而且双方至少要已经订婚一年。出嫁之前女方要对男方观察一年半载才能决定成婚。如果你言行举止有什么异常，女方就会终止婚约。如果男方表现不错，女方才会准许两人结成百年之好。

所以说，我和妻子那时素昧平生。那时我都快二十六岁了，还从没有过女人。但是，假如我们胆敢不在一起生活，他们会杀了我们。

晚上，他们就在村庄里四处巡逻。宪兵挨家挨户刺探，看看人们都在干什么。你在说什么？你在吃什么？他们不允许你藏有平底锅、碗碟、刀叉或炊具。什么都不许有。明白吗？如果他们发现我们在私自做饭，我们就死定了，因为他们禁止我们在屋里进食。

那个时候，我们对人的漂亮或善良都没有多少想法。我不觉得她是我的妻子，她也不觉得我是她的丈夫。我们只是觉得自己侥幸逃脱了遭受荼毒的命运。我们不接吻，只是说说话。过去，我们国家有货币，有学校，外国大使馆还会帮助我们。而现在，我们一无所有。没有外国人，没有大使馆，没有学校。我们只是虚妄地谈着，哪天哪些人会来拯救我们。基本上我们说的就是那些话题。我们装作夫妻，但我们没有爱上对方，不，没有。

遗憾的是，在我们清醒的时刻，男人和女人的感觉是不同的。我们入睡的时候，也是同床异梦。我们开始喜欢帮助对方，彼此理解。一个月之后，我们睡在了一起。

我是怎么知道如何接吻，如何交欢的呢？你了解动物。那些家畜，你明白吗？那就是生命的方式，天然的方式，爱与此相似。自然而然地，两件事联系了起来。你不需要教给孩子如何行男女之事，不是吗？

在美国，你会寻找爱情，爱情。而在那边，我们根本没想过要寻找乐趣，寻觅爱情。这些都是不可能的，我们活得仿佛囚徒。你明白吗？美国的囚犯甚至都能看电视，食物充足，有游乐场之类的地方。但在红色高棉统治时期，我们的处境堪比地狱。地狱，你明白吗？

如果你活得没有乐趣，没有学校，没有货币，没有集市，没有食物，一无所有的时候，你会有什么感觉呢？如果你连吃的都没有，你的念头便全部在与饥饿抗衡，根本不想跟人说话，对吗？你只是苟活于世，还不能多说什么。真的，我们怕死，每天每夜都怕。

我们不知道自己哪天会死，因为每天都能看到白骨，看到骷髅，看到饿乏已极无力行走的人。我们看到他们将许多人带走杀害。夜间，我们一听到屋外传来什么声音，就会瑟瑟发抖（双手做出颤抖的模样），就像这样。

我们思考如何才能活下来。如果我和她不在一起生活，他们就会把我们带走杀掉。我们无能为力。我们对未来没有什么想法。但是根据自然规律，孤男寡女在一起生活，日久便会生情，明白吗？一天天过去了，我们渐渐亲密起来。

我想，我在柬埔寨孤身一人。我如此孤独，因为我的父母和所有亲人都在南越居住。当我有了妻子，对，我会感觉略好一些，因为我有了一个可以谈天做伴的人。在那个地方，那段时期，不管什么事情，你都不能让第三个人知道，一旦第三个人传出去，你就必死无疑。事情基本上就是这样。秘密只能告诉自己的至亲之人，只有夫妻之间才能互相保守的秘密，声音还不能太大，必须悄悄说。

于是我觉得略微舒适和开心了些，因为我有了一个可以讲话的人。所以，对，我也变得自信了些，可以说很高兴。但那个时候，我们没有幸福可言，我们怕死。直到今天，我还会不时被梦魇惊醒，这是个很大的难题，迄今都是。噩梦会悄然潜入，我梦见我在为自己挖掘墓坑。每一件可怖的事情都在我心头萦绕不去。

我结婚时是1976年，当时红色高棉已经统治了一年。后来我们生了两个孩子，老大生于1978年，老二生于1979年，一儿一女。

1979年，越南军队入侵柬埔寨。我们听到枪声炸响，就在我们家门不远处。红色高棉倒台了，越南人夺取了政权。

我不能留在柬埔寨，因为1968年，我曾经反抗南越，支持身在越南的柬埔寨人发起的独立运动，所以他们知道我是谁。我隐瞒了自己的背景，更改了姓氏，更改了一切。我谎称自己是土生土长的柬埔寨人。但我提心吊胆，知道他们迟早会发现真相。后来，他们果然得知我来自越南，开始四处搜捕我，于是我逃跑了。

我不得不离开妻子和儿女。妻子不能随我离开，因为她的父母已经非常非常老迈了。我逃亡之前，至少和她商议了四个月。我陪着她生下我的又一个孩子。我走那天，女儿刚刚四个半月。

离开妻子非常艰难，但我别无选择。第一，你想让我在监狱里生活吗？第二，你想看着我死吗？第三，你想让我活下去，但有一段时间背井离乡，将来可以重逢吗？你选择哪一个？我们不知道会有什么事情发生。如果运气不错，我会活下去，有朝一日回来重聚。如果我没有回来，那我就是死了。我有一半的可能客死异乡。

于是我逃到了泰国。那个时候，泰国和柬埔寨边境总是炮火纷飞，恶战不断。我们刚刚翻越高山，又有许多人踩到了地雷，死了一大片。但是假如我们转身回去，又会被枪打死。我们的处境非常非常艰难。

逃亡到泰国之后，我在难民营中志愿做了一名僧人。后来，我得到了天主教慈善机构的帮助。我想他们可以理解佛教，因为他们将我送到美国华盛顿特区，去建造那里的第一座佛寺。后来我又被派到明尼苏达州，在法明顿地区修建另一座佛寺。

我来到了美国，十分辛勤地工作。那段时间我过得格外艰难。比起其他人，我是如此幸运，因为他们在越南或者柬埔寨被杀，还有许多人来到美国之后患上癌症去世。我的运气真是不错。但许多时候，我的生活几乎一无乐趣。

有连续五年的时间，我和妻子儿女彼此之间音信全无。柬埔寨禁止一切通信联络。五年之后，那里有了电话、邮政和大使馆。妻子开始和我通信，我们也开始通过电话交谈。

那个时候，妻子儿女都想让我回家。但法明顿还没有任何僧人，我孤身一人去那里建起了一座佛寺。我不能走，不能让那个宗教机构空荡荡地留在那里，我必须留下。我告诉他们暂时不能离开，我过一阵子再走。

安全也是个问题，这里的法律和治安都比柬埔寨要健全。在柬埔寨，我们根本不知道他人的真实身份，不知道谁会暗中杀害我们。

六年之前，我的儿子被人绑架。而现在，我只有一个女儿仍旧活在柬埔寨。我与她们远隔一方，只能尽我一切努力帮助她们。

至于我的妻子，可以说她变得富裕了。当然，与美国百姓相比，她的生活境况不过尔尔。但在柬埔寨，她算是富人。她找了个帮手，可以开车送她去她想去的地方，可以说是个专职司机。现在，她的生活过得不错。她找了这个男人为她帮忙，但他们没有结婚。她再也不想结婚了。

我这一生都献给了我的儿女。但孩子被绑架的时候，我真的无能为力。这件事让我伤心欲绝，犹如万箭穿心。正因如此，我有时候会……疯狂。有时候我大发雷霆。我不知道我在生谁的气，我不知道。有时候只是气我自己，我为什么要来这个国家？我的妻子儿女都在那边，父母双亲都在那边，我来这里要干什么？仅仅是干活，挣钱，糊口。我只有一辆破车。你明白吗？就是这样。有时候我真的大惑不解。

我可以回去。但现在看来，我回去得太晚了。我获得了美国公民身份，所以可以走。但如果在那边生活，我却两手空空，一无所有。我从宗教机构里不拿一分报酬。我一直是个僧人，付给我的报酬，我都贴了回去。我用那笔钱买了一片土地，建造了那座佛寺。所以我现在一无所有。

我曾经住院三次。没有告诉任何人，因为我不想给任何人增添麻烦。第三次住院的时候，手术之前，医生要求家属签字，但我没有任何亲人可以为我签字。最后我说：“好，我可以给一个朋友打电话。她在这家医院工作。”

“哦，你有个朋友在我们医院工作？”

“对。”

“她叫什么名字？”

好吧，我便告诉他：“钱妮。”我和钱妮一家已经认识许多年了。二十五年。她的母亲和她都曾帮助我修建明尼苏达州的那座佛寺，因此我们彼此相当了解。

于是医生给钱妮打电话，钱妮来了。我说我在医院里，要动手术，医生让亲友签字。她说没问题。我问：“我可以签一张五千美元的支票给你吗？如果我死了，请你帮我操办葬礼。”于是我给她签了张五千美元的支票，办妥诸如此类的事情之后，她才走了。

感恩节那天我去了她家。她邀请我一起进餐，晚餐之后，我们去看了场电影。这是我一生中第一次看电影。但是我的注意力根本没有放在电影上。

那时钱妮已经离婚了。因此，我们似乎可以彼此信任，互相帮助。我们渐渐萌生了感情。于是，虽然我研习佛经，但我仍是有血有肉的凡夫俗子。我不是佛陀，我已经尽力而为了。我对她说可以。自从感恩节那天之后，我和钱妮的生活就纠缠在一起。你来我往，你来我往，直到今天，每天如此，已经四年了。

和钱妮生活在一起。她很善良，因为她支持我，我也支持她。我们相知很深。我们住在一起，钱妮对人介绍我说是她的“丈夫”。这也没错，因为在美国，只要同居就可以说是夫妻，但在我们国家的文化中，却是另一种情况。

如果你有儿女，你会分出一半给孩子：一半时间，一半欢乐，你至少要将一半的所有都献给孩子。所以就我来说，我无法忘记我的儿子和女儿。我对孩子倾注了极深的情感。我对孩子有强烈的感情，甚至对妻子仍有旧情，因为她是我的第一个女人。

我的妻子可以做她想做的任何事，她甚至帮助我和钱妮。我带钱妮回柬埔寨的时候，她热烈地欢迎我们。在那边，她为我们花了很多钱。我们有两辆汽车，所以可以随意出行。我们住在她家的房子里，他们为我们负担一切开销。

钱妮就像我最好的朋友，你明白吗？我们无所不谈，毫不隐瞒。我不想为她带来任何麻烦，她对我也是一样。但这并不意味着她对我的一切负责。她的几个儿女都已经长大成人。如果我和她生个孩子，事情便会截然不同。对，我们彼此相爱，但我们并不像夫妻那样互相负责。

区别在于环境。现在，时机已经不同了，截然不同。就我来说，这里仿佛港口，轮船入港。你明白吗？我的第一任妻子养育着我的儿女，她是我的船籍港，而现在这个名叫钱妮的女人是个不同的港口。我只是借了这个港口暂时停泊，她是临时的。

我仍旧挂念我的第一任妻子，因为那是我一生第一次了解女人。那个时候，我们处境艰辛，生活困顿，没有乐趣，没有幸福，一切努力只是为了求生。我对患难之妻仍旧有感觉。

长久以来，我都以第一任妻子的安全为念。但至于爱情，没有，或者说不多。我担忧她的安全，不想为她在那边的生活招来祸患。那里有个男人在帮她，所以，我任她自由行事，也让自己的心自由了。所以，我们能够理解彼此的选择。

我们仍是朋友。她真的想让我去那边，但我不想去，因为钱妮在这里。那会让钱妮不开心。她说不去，去了没用。我还能在世上活几年呢？我不想给别人惹麻烦，因为真爱意味着分享和关怀。

爱将人们联结在一起。他们对彼此的爱虽然并没怎么说出口，却心心相印。这就是真正的爱。如果人们理解爱的世界，就能明白，爱会带来更多幸福，更多宁静和欢乐。

但真爱却不容易寻觅，几乎是千人万人中才能找到一个，就像天堂。人人都希望生活在天堂，但其实，天堂很难到达。就算是从这里到华盛顿特区，都绝非易事。去华盛顿特区需要两百美元的路费，真的很难。所以，想象一下，就会明白去天堂该有多难了！

相爱时间

五年——十年

5年：我们拥有一种甜蜜、温存、动人而且相知的爱情，但并不热辣。

萨曼塔·莱特，女，38岁

我和亚当相识之前，曾经有一面之缘，当时他在剑桥攻读博士学位，一天课间休息的时候，我对某个人打招呼，而他就坐在那人旁边。亚当穿着一条女式牛仔裙裤，有点像牛仔短裤，见到这一幕，我的脑中闪过一个念头：我永远也不会与这个家伙上床，我不可能和一个穿女式裙裤的男人上床。

那时我在伦敦一家公司工作，为申请美国大学的英国高中生辅导英国大学测试预备课程。我是公司高层管理人员，执行董事，需要承担无数责任，基本上是一份孤独的工作。从来没有人约我到花前月下，员工开派对的时候，不会邀请我。或者，有人会仗着自己拿了博士学位，就与我夸夸其谈，试图获得我的垂青，但他们的谈吐却非常乏味恼人。

后来有一天，我们公司开了一场员工大会。公司有两百多名员工，当时大老板吉姆正发表致辞。我隐约意识到，亚当也在场。致辞中，老板谈到了那些学生的成绩单，于是我发表了一份宣言。我说："今年我们要在学生暑假之前，把成绩单项目全部完成。这一直是吉姆最痴迷的梦想。"我又说，"我的职责就是帮助吉姆实现梦想。"

这时亚当插嘴道："是吗？我们也听说你是这样的人！"该死的，整个会议室里哄堂大笑。我大吃一惊，很想知道："这家伙是谁？"他有一丝邪恶的气质，看上去格外勇敢、直接而且性感。

会后，大家纷纷去饮料接待处喝茶聊天，亚当像鲨鱼一样在我身边逡巡。我们略微谈了几句，感觉他不愿意让任何人接近我。接着大家去了酒吧，一起步行回家的时候，亚当和我几乎是出双入对，而且后来，我们刻意落在大家后面，几乎是躲进一条僻静的小巷。亚当说："你想再喝一杯吗？"其实那时我们都醉了。我说："想，当然想！"感觉如此直白，如此性感，简直像拉着我的头发穿过剑桥的大街。在我看来，他几乎像个穴居人。你，我。男人，女人。

我们去了一家酒吧，漫无边际地谈啊谈啊。他的性格非常迷人，我像是被牵引传动杆驱动了，坐在酒吧里，被一个如此可爱的男人欣赏和赞叹。我们用两根吸管，啜饮同一杯麦芽酒，那就是当时的感觉。我们都醉意蒙胧了。

我还记得他是如何做的，一个温柔而缓慢的吻，一种热力射穿了我的身体。我记得如此清晰，那大概是我一生中最美的吻。他步行将我送回大学，路上我们又开始拥吻。

第二次约会时，我们去了一家在河流上方凌空而建的印度餐馆。我们点了香槟，欣赏着淙淙的流水与成群的天鹅。在这座小镇中他有一个朋友，名叫威林，来自缅因州。亚当对我说："你是否介意我们出去看望威林？"于是我们走出餐馆。片刻之后，威林从街道对面跑过来，迎面对着亚当绽放出开朗的笑容。我记得威林说："哦，我的天哪！哥们儿，见到你真是太好了！我想死你了。"一种势不可挡的感觉油然而生。我想："亚当这家伙太独特了，人们对他的反应方式竟会是这样的。他真的很迷人。"那是第二次约会，我知道我已经爱上了他。

第三次约会，我们便上床了。千真万确，他走到我的卧室，除去每一件衣衫，说："我们做了吧。脱下你的衣服，躺到床上。"他就好像在说，"现在我要和你上床，然后我们去吃饭。"就像剔去事件一览表上的一个项目。感觉很怪异，但也很舒服。又一次，我感觉到像原始的穴居人那样，异常直白与坦率的感觉。

与他相比，我的经历更丰富，动作更老练。但我觉得我不应当这样想，就像侧翻跳、倒立和空翻一样，我为他示范我学会的所有技巧，而他只是躺在那里，一脸敬畏地看着我表演。仿佛我是个性爱女神，而他倍觉幸运。我不想显得粗鲁，但我得说，虽然我不是最漂亮的女人，但我可以让你体验最销魂的口交。

到了第五次约会的时候，我在宾馆订了个房间。我们疯狂地交欢，我旋转，尖叫，像全身带电一样骑在他身上。这次约会之后才过一两天，我就离开了。他留在英国，我去了芝加哥。其后的一年之间，我们只重逢了五次。九月，他来找我。十一月，我去找他。圣诞节期间，他来我这里住了两个星期。复活节期间，他又来和我共同度过了几个星期。我们经常打电话。老天，我们每天都要通话，大多数时候我们每天夜里都要说两三个小时的话，总是非常有趣。

他非常直接，从我们在一起的第一刻便是如此。他会说："你和我。"让我情感上十分满足。他对我说了所有正确的话，对我做了所有正确的事。他非常深情，格外欣赏我，爱我至深，也完全支持我。他如此果敢，待我的方式与我过去所见的任何人都不同。在我过去的几段恋情中，那些男人要么废话连篇、含糊其辞，要么骑墙观望、举棋不定。我在芝加哥遇到的许多男人基本上也是这样的态度"有朝一日我会爱你"，或者"我理解爱的概念"，却在暗示，爱的不是你。

我在十分年轻的时候就匆匆嫁人，很快就以离婚收场。那个男人喜欢探索新颖的性爱方式。后来，我和男人约会时，遭遇了许多可怕的错误，比如性爱很完美，其他方面却一无是处。我有过许多经历，许多伴侣。

一个朋友用"世界各地风味大全"来指代我交往过的所有男人，因为他们来自世界多个截然不同的文化。比如我曾经约会过斯里兰卡人、菲律宾人、华人和印度人，异国风情总会让我欢喜痴迷。基本上，我会钟情于麦色肌肤和黑发的男人。尽管在亚当之前，刚与我分手的那个男人是纯种白人，他体格健硕，身高六英尺，金发碧眼，身材完美，眉目如画，甚是俊朗，仿佛金色的希腊雕像。

我想，那时我真的已经完全准备好接受亚当。许多人执迷于对方的身体，比如，“他必须身材高大”或者“他必须长这样或那样”。从身体上看，亚当不符合大众对英俊的定义，他大约五英尺七英寸高，与我身高相若，身材敦实，像个长着腿的木桶。他就是那种人，当你看着他，会暗想：“等他年纪再大些，一定会发福，而且会谢顶。”我知道这样说很可怕，但他真的会。

但在性格方面，他和我再合适不过了。甚至在我与他第一次或第二次约会时，我都有强烈的预感：“这就是我要嫁的人。这就是我将与之白头到老的人。这个男人安稳、可靠、聪慧、热烈，爱我至深。”

重点在于我希望这些感觉与他相通，他对我也有同样的感觉，就是那种瞬间的感觉，某一个人能够一眼看出你是什么样的人，你有多么优秀。就是这种相互之间的感情，让你刹那间就能明白这就是你要找的那个人。这些感情与你的生活非常契合，我们有相同的气质，因此一见如故。

他是个学者，持有剑桥大学颁发的博士学位，真是宝贵。他真的非常非常聪慧。他在芝加哥找到了一份绝好的工作，而且只用了两秒钟。无疑，他的智慧非常性感。他对自己的头脑和成就深感自豪，却又十分谦逊，我想这种品质实在可爱至极。而且他没有丝毫的不安全感，真是有趣。

但他缺乏运动，从不锻炼，这一点在床上暴露无遗。可以说他是个懒惰的情人，只是骑在我身上蛮干。太有意思了，因为这就是我爱他的理由，彻底的简单直接。他在床上也如此，像传教士那样，也很不错，很有趣。

当我说亚当在床上不是最棒的一个时，他一脸茫然，不知道我何出此言。他以为自己像种马一样勇猛。你能明白我的意思吗？他以为自己刚刚享受到最棒的性爱。不错。我喜欢，我也永远不会削弱他的感觉，永远不会。在他看来，在这件事中意识不到自己，真是好极了，能让他脱胎换骨。

但就我来说并不如此，你不能连续五年都当这样懒惰的情人。当我感觉所有努力都要由我来做的时候，我只觉得乏味。这并不是一场迎面而来的大危机，没有哪个人出来痛哭流涕地控诉没有性生活。我始终明白，身体吸引不是最重要的事，但我们已经形成了一种几乎没有性生活的惯例。而我想，这就是我们现在的处境。

我和亚当结婚之前的两天，我的历任前男友纷纷开始联系我，想来真是怪异。我不知道该死的出了什么事，但是，许多多年音讯全无的人却突然开始给我打电话。不是一个男人打来电话，而是三四个。于是，我和其中一个男人在哥本哈根体验了一场热辣的性爱。

感觉这似乎是上天给我的一个重大的暗示，曾经与我享受过火热性爱的男人纷纷打来电话，而我却马上要嫁给一个只能给我平庸性爱的男人。这个男人说，似乎有人在给我下套。谈起曾经和他恋爱一年的某个女孩，他说："每次一见到她，我就想撕下她的衣服。只想和她上床。"而我只是说："胡说八道。我对亚当就没有那种感觉。"就在这一刻，我暗想："该死，难道我和他真的没有问题吗？"我给闺蜜打电话，说着说着便崩溃了。她说："你并不是必须嫁给他。你不必忍受这样的婚姻。"

我的第一反应是："你这该死的在说什么？我当然要嫁给他！他是我遇见的最好的男人！"于是话题的焦点成为我爱他什么。他很专情，我时时感觉被爱、被呵护。他听我说话时，确实是全神贯注地听，非常纯粹。我们拥有一种甜蜜、温存、动人而且相知的爱情，但并不热辣，不像火焰那样热烈。而且我明白，如果我嫁给他，我就要放弃炽热的性爱体验。你明白我的意思吗？我们的性爱不会特别销魂。

事实上，我们的性生活不够完美，问题不仅是亚当造成的，部分也与我有关。我体验过太多奇异的性爱方式，没有人能够与我匹敌。遗憾的是，当你尝试过太多性爱，经历过千姿百态的旖旎风光，体会过一切新奇、狂野的滋味，其实已经置身于棘手的处境。好比男人看过太多色情电影，便会渴望每个女人在床上的表现都像色情明星。当你和众多男人尝过性事之后，脑中对性爱的看法便会成为一种非同寻常的执念。而在婚姻和凡尘生活中，你不可能每天都拥有繁花似锦的性爱。

那么，尽管他没有运动员的体魄，无法成为身体的发动机，但让我们携手同行的，本质上是那份深沉的感情，是那种排山倒海的感觉，“再没有哪个人能比得上你”。我想，无论我们的恋情将来发生什么变故，身体或其他方面出现什么麻烦，我都不会放手，不会放弃如此独特的一个人。我想我足够聪慧，也足够历练，能够明白他有如一只世所罕见的珍禽。找到这样一个人，太难得了。

当我开始回想这段恋情中有什么时，发现都是些琐碎的事，微不足道。譬如，我去他的书房，那可是个圣地，我们将它戏称为会所。当我走进他的书房，即使是现在，我们相识五六年之后的今天，他也会停下手头的一切事务。你明白我的意思吗？我不是谈论酒会，我也并没有穿着奢华的晚礼服。我们只是待在家里，然后我走进他的房间。由于我们都在家里工作，所以，生活中的每一天都待在一起。当我上楼走进他的书房，尽管工作就是他的全部，他也会停下来，从转椅上回眸注视着我。这一瞬间，我就是他万千世界中的唯一。一切工作在刹那间停息，他将我纳入他的视野，对我绽放出明媚的笑容。我可以在心中清晰地看到这一幕。他对我说：“甜心，什么事？”

他完全是个早睡早起的人，而我不是。他一向比我起得早。当我睁开双眼，迎面便是他含笑注视的双眼。亚当有一双格外美丽的淡蓝色眼睛，皱纹柔和，目光璀璨。他的相貌有些像华人。当我睁开眼睛，他往往会说：“我渴望你。我迫不及待等你醒来好跟你玩。”他如此激动，因为我们能共同度过这一天。他迫不及待要我醒来，和他在一起。

7年：我的感觉是：是上帝创造了高潮。多么销魂啊！

布拉德·凯拉姆，男，36岁

高中时，我与一个非常漂亮的女孩约会。我们非常亲密，但没有性关系，只是做了高中生会做的那些事。

那段恋情基本上建立在身体吸引的基础上，只有极少的情感交流。我记得当时试图说服自己，让自己认定，她比我以为的要更有内涵。我知道内心一直在交战："我们没有真正的联结。我对她的身体感兴趣，但她的内心世界并不怎么吸引我。"

我在一个保守的家庭长大，任何形式的婚前性行为都是令人侧目的。所以，有几次我会想："这对她不公平。"我们的行为超出了我的信念。然而，我依然是个血气方刚的少年，也会有欲望，有时便对那些信念弃之不顾，你明白我的意思吗？

我渐渐生出一种愧疚感。譬如，有一次我们在一起厮混，突然间我觉得索然无味。我不能这样做。而且我知道为什么，因为我虽然在享受这些妙不可言的感觉，同时却深受着内疚的可怕折磨。

我觉得，我想做得更好。分手的时候，我决定至少要努力为最高理想而奋斗，绝不将女人当作性玩物对待。

我上了利伯缇大学。那所大学由杰瑞·法尔维尔创建，有原教旨主义与福音派的人文环境。那段时期，我对爱情的信念变得非常理想主义。和女朋友在一起的时候，我们的行为只限于拥吻。对女人发乎情止于礼，有种贵族气质存乎其间，游侠精神依然未死。我将它视作一种骑士风度。

那是一种崇高的标准。有人会说它不现实或压抑人性，但它自有独特的魅力，几乎与另一方向的极致举止同样迷人。

如果你对爱情的看法非常现实而实用，那么，爱情就是发端于非常原始的欲望。我相信这是上帝的旨意。所以，性爱是好的。我的感觉是：是上帝创造了高潮。多么销魂啊！我认为人生来就是滥情的。我天生就懂得去发现每一个漂亮的女人。

但性爱不只是身体的体验，还是灵魂的体验。人们通常以为性爱只是神经末梢和身体组织的感受。但它远远不止这些，它是两个人心灵层面的联结。

我相信这就是上帝希望我们做的事。这种妙不可言的共同感受，将我们联结起来，仿佛孪生子，当我们穿透、深入，你会明白，我将自己展现给你，进入你身心深处，你也深入我的内心，我们融为一体，合二为一。千真万确，每当你与某个人共眠，你就交出了自己的一部分。你占据过的每张床上都留下了一分自己。即使你离开了，也无法将那部分自己收回。

正是这个原因——我们因性爱而完整，所以性爱要留给婚姻。这是基督教的理想境界。成熟与爱情的部分意义，就是学会自制，将这些欲望指向我们将来与之携手走入婚姻的那个人。

高中时期，在我想要满足身体欲望的环境中，这种欲望似乎格外错误。我是基督的追随者，我的价值体系要求我必须等到成婚之日，才能与一个女人在身体上发生性爱的联结。因此在我来说，结婚是一种现实的巨大释放。坦白说我需要婚姻的承诺，好满足我的性爱狂想。

当然，我的成长背景也让我相信，恋情必须超越仅仅满足自己需求的简单目标。所以，爱情中的性爱层面仅仅是一个方面，必须与其他层面协调共存，比如牺牲与柏拉图式的效劳。

我与妻子妮可尔初次相遇时，两人都刚刚进入一家名叫世界助援的机构工作。那是一家非营利组织，致力于各种福利事业，从为穷人发放食品到协助创造工作机会，不一而足。同在这家机构工作的朋友告诉我："布拉德，你会爱上这个女孩的。"因为不知道为什么，他们看出了冥冥中的一种联结。

和妮可尔初次见面时，我的第一感觉是："哇，她真美。"她不仅有令我怦然心动的美貌，而且颇有些风情，很性感。我觉得她相貌迷人，但也觉得她似乎很肤浅，而且对我来说，她有些幼稚。

我对她印象不太深刻，她对我也是如此。当时我穿着一件长袖法兰绒衬衣，金色灯芯绒长裤。基本上，她对我的整体印象就是："好个书呆子！"我的言行举止都太严肃了。

然而，在与她共事的过程中，有一些事情触动了我，让我开始对她萌生出异样的情感。事实上，我已经开始考虑，她会不会是那种我可以献上婚姻和爱情的人。

迄今为止，我想，我已经深深了解爱情了，意识到仅仅感觉到爱或吸引，是多么的飘忽不定。你必须斟酌这个问题。因为，想要一段恋情历久弥坚，需要的绝不仅仅是爱情。当你将生活与另一个人的生活联结在一起时，还有许多现实的考虑，譬如金钱、子女、工作责任等等。这需要你衡量诸多因素，真的，与其说与爱情有关，不如说更多取决于各人的性格与生活管理技能。

和妮可尔在一起，我对她最初的感觉是身体的吸引。我第一次见到她时，第一个念头不是："哇！看她多有责任感！"我感觉必须客观对待自己的感觉。因为过去，我无疑在这件事上遇到过不少麻烦。

大学期间，我曾被诊断出强迫症。患这种病的人一天会洗一百次手，因为他们永远不会觉得自己足够干净了。这是一种生化失衡，患者的大脑无法恰当处理5-羟色胺。这些重复行为会让人疯狂。

我倒是不会反复洗手，但心中确实有许多恼人且古怪的念头，杂念奔腾，难以静心，这无疑为我在恋爱和爱的能力上招致了巨大的麻烦。所以，我真正寻求的是系统地对待情感、克服内在浮躁状态的途径。

当时，一个朋友说："布拉德，你对这个女孩感兴趣。你知道你被她的美貌打动了。为什么不做个实验？观察她六个月，看她是什么样的性格。"

我依言照做了。其后的大约六个月间，我总在观察她，比如观察她的工作习惯。我见到了妮可尔最好和最坏的一面。我看到她在不同情境下的千姿百态，她的热烈、疲倦、局促，如此种种。我开始发现她不再是浮华而青涩的模样，事实上，在许多方面，她比我圆熟得多。她是个领袖，颇有才干。

后来，在我与她相识大约一年之后，这家非营利组织派遣我们去印度出差，我和她在同一个团队里共事。一天休息的间隙，我们一行四五人围坐在一张小桌旁玩起纸牌，我和妮可尔相邻而坐。

突然间，她的腿在桌底下碰到了我的腿，她看着我，开始轻轻蹭着我的腿。过去我们从来没有这种互动，我欢喜极了。但我不知道该怎么回应。

真的，之前我们从来没有过类似的醉人缠绵，这时却突如其来地出现了。于是，我便放任这种感觉。

我相信，爱情是一种碰撞，一方面，那个人的性魅力将你吸引到她身边；另一方面，你对这些事情历练得多了，便会对它们熟视无睹。于是，起源于性吸引，又被我们的经历放大。思来念去，爱情便在我心中渐渐增多，像一条线在我心中萦绕痴缠。

我在观察她的时候，不时问自己："我能和这些特点共同生活吗？抑或不能？"忽然有一刹那，这句话变为："没有她，我无法活下去。"

在从印度回来的飞机上，我试图吻她，她却拒绝了。你知道夜间的飞机是什么样子。一派昏昏欲睡的气氛，灯光幽暗，于是我换到了她身边的座位。有一瞬间，我的手臂碰到了她的手臂，心里有两个声音激辩：“我要不要拉住她的手？或者，我不能那样做？这种感觉很不错……布拉德，你这该死的究竟在干什么？！一旦你开始了，就会像推倒多米诺骨牌，引发连锁反应！”

但我一拉住她的手，就心荡神摇。我无法用语言描述出来，我唯一能说的就是这种感觉我从来没有过，非常强烈，妙不可言，却真真切切地就在那里，就好像我被爱情蓦地击中。被击中之后，这种感觉再也没有离开过我。

后来，她渐渐入睡，头向我这边靠过来，我迎上她的双唇，她却无意接吻。她说：“你为什么要这样做？”这并不是拒绝，感觉她似乎在说：“我将来自会打开大门，却不打算让你这么早就进来。”

从那以后，我就像一只追捕猎物的雄狮。我的脑海中，再也无法摆脱她的倩影。

那个时候我知道，她确实对我有兴趣，也被我吸引。但问题是我爱她比她爱我要深。她不太肯定会和我在一起，她同时也被我们共事的其他男人吸引。在她看来，此中必有机会。作为男人，我的角色就是追求她，这是一场追逐。男性的这种品质，她最终必定会选择。

现在，我不再认为爱情要么存在，要么不存在。我想爱情是一件可以培育或成长的事物。这就涉及了我所谓的对情感的认知。有一种科学叫爱情学。于是我出门买了一本书，名叫《让任何人做任何事》。读过之后，我明白了应该如何去做，非常系统且有战略意义。

读了关于魅力的章节之后，我开始有意地做些事，比如和她单独一起工作。我会若无其事地邀请她：“嗨，我们一起出去谈谈工作吧。”我们会一起出门慢跑，理论上，共同锻炼有助于机体释放多肽。

我还学到了一件重大的事，那就是我需要按兵不动。因为太早告诉对方你喜欢她，反而是危险的。这种美妙的情感会让他们窒息，肆虐的爱意会将他们淹没。他们会觉得："哇，哇，快后退。太早了，太快了。"如果我把所有的爱都展露出来，有如过早登上巅峰。所以，我学到了一点智慧，要懂得隐藏柔情蜜意，明白什么时候是示爱的最佳时机。

书中的另一个建议是讲究策略，不给自己欲望高涨的机会。所以我时时觉得，虽然你真的爱她，但你必须冷静下来，展示信心。我绝不是个屈尊乞爱的家伙，你也不是我感情世界的核心。即使我们不在一起，我一样能过得开心。我是个沉稳、充实的人，有目标、有梦想。我壮志凌云，那就是我正道直行的方向。如果你愿意和我结伴同行，我自然会很欢喜，但如果你不愿意，那么我依然会去我要去的地方。我想，正是我坚持目标的个性吸引了她，我想，她也想拥有这种品质。

然而事实上，我并不完全是个沉稳、充实的人，因为我有强迫症。我会和她待在一起，但也会想起其他人。我不知道这意味着什么，仅仅是因为强迫症吗，或者有更深的寓意？强迫症让一切都糟糕了许多。有些时候，我对这段恋情将信将疑。

我极力理清这些极其强烈的情感头绪。和妮可尔真正开始约会时，我已经二十六岁或二十七岁，我完全准备好迎接与她的身体接触。对我来说，好比是这样：好，你只是享受目前的交往吗？或者，你爱这个女人吗？

多数人不会如此深入地探究爱情，他们委实对爱情没有形成清晰的认识，比如爱情是什么，对他们来说爱情意味着什么；在恋情中，爱要求他们具备什么。他们几乎只是率性而为，做自己认为没错的事情便可。他们随心而动。

但我总是喜欢琢磨是什么让爱情持久不衰，爱情的永恒总会让我感兴趣。你知道有句格言是："爱过然后失去，胜于从未爱过。"我的感觉却是："爱过然后失去，胜于爱过却让爱情分崩离析。"因为当你爱上某人的时候，你会给她什么？你把自己整个给了她。爱是两颗心的交织缠绕，所以，当你拔出小刀，将两颗心从中割开，一定会造成无法挽回的伤害。

所以，我希望我们的爱情非常稳定。

但妮可尔和我的恋情却大起大落，格外颠沛。我们分手又复合，如此上演了六次之多。就是你和某人今天还卿卿我我，明天便一刀两断，忽而如胶似漆，忽而形同陌路。

我想，她的易变，呼应着我的犹疑。我想，她需要我在情感上更稳定一些。我费了许多功夫，极力让自己理性而逻辑，但对我来说，真正主宰我们关系的却是情感和感受。

有一次，我干脆放弃了。我终于觉得……我献出了这么多的情感力量，却让自己无处可去，于是我认定自己受够了。太疯狂了，我打算结束，彻底告别这段恋情，我已经将它划掉了。

最后，是妮可尔向前一步，引导我们进入真正带有承诺的恋情。正如我刚才所说的，她是个领袖！而且比我更成熟。她打开心扉，冒着遭到拒绝的风险，告诉了我她的感受。她说："我思来想去，觉得我真的在乎你，我希望我们能在一起。我想，那会非常美妙。"

我感受到了她的真诚。当我们开始带着走向婚姻的共识再次开始约会时，恋情便风和日丽了。

去年六月份，我和妮可尔刚庆祝了结婚六周年纪念日。我们在蜜月期间，妮可尔就怀上了我们的大儿子伊森。我想，她宁可孩子来得晚一些，但是，当你每天两三次冒险，怎么可能不中招？你知道我怎么说的吗？你拦都拦不住。

我们的家庭迅速膨胀。短短几年，我们已经有了三个儿女。现在我在《圣经》洗礼堂做牧师。我在那里已经当了五年牧师了。

我们会继续成功吗？有时候，我确实会问自己这个问题。会的，我们会继续成功。我们对婚姻有着同样的愿景。我们注视的是同样的地图，它虽不完美，却永恒。

而且有时候，我们彼此会生出势不可挡的爱意和温情。她是妻子，是母亲，是财务秘书，是牧师的妻子，是敬拜首领。我观察她作为不同角色的表现，对她萌生了源源不断的敬意。我愈发爱她，这真是太棒了。所以，我们现在的处境非常好。

此刻，关于如何去爱、如何去追以及如何步入婚姻殿堂，我并不是说我们已经写下了最后一个字。不，不，根本没有写完。但由于我是牧师，我会倾听恋人们讲述他们的挫折和美好经历，意识到爱情的许多脆弱。你必须保卫爱情。仅仅感觉到爱，并不能持久。你必须仔细思考爱情，因为它不仅是一种感受，还是一种选择。

7年：性生活肯定是我们恋情中最棒的部分。

詹妮·加特林，女，20岁

我的家乡在劳德代尔堡，我生于斯长于斯。我的父亲和母亲在十八岁时从印第安纳州来到这里，没几个月就生下了我。在我八岁那年，父亲在一场摩托车事故中死去，只剩下我和妈妈相依为命。生活很艰难，但还不算什么大问题。最创痛的是这件事对我之后的整个生活影响至深。并不是说生活的变化本身，而且现在想起这件事时，我的情感上也不会有太大触动了。

在学校一场舞会上，里奇正式约我。那时我上七年级，他上八年级。与我之前交往的那些男生相比，他有一些清新不俗的地方。他经常去教堂，他的母亲酷爱教会生活。周末，他们常会去校外的教堂。

我们年少的时候，主要是玩那些有趣的玩意儿，比如坐四轮马车、汽船和轻便马车。我们在一起度过了许多开心的日子，渐渐觉得，这些仿佛都是生活伴侣才会一起做的事。我们明白，我和他可以轻松惬意地一起度过余生。我真的感觉我们似乎已经结婚了。最后，朋友们每个人都会把我们当成小夫妻来取乐。

现在，里奇二十一岁，我二十岁了。我在本地的社区大学读书，里奇也是在这所大学取得了紧急救助技师学位，这是他成为消防员的第一步。我将来会取得初级教育学位。其实，我宁肯在大学里多交几个男朋友，醉酒、狂欢，体验所有不该做却只因你是大学生就得莫名去做的疯狂。

我错过了生活中的许多事情。在中学里，我是拉拉队和体操队队员，这两件事是我的心头至爱。但我都放弃了，因为我喜欢和里奇在一起。我常常回想起自己在高中身为拉拉队长、舞会女王的情形，想起人们千方百计约会我的一幕幕。但舞会真是一件令人大失所望的事，我只身前往，因为他不想去。

我是个热情疯野的女孩，绝不是那种柔顺的人，他却踏实冷静。我想是他帮我沉静了一些。我们互相靠近，各自获得了更好的平衡。我点亮了他乏味的生活，而他又让我变得略为冷静。我的意思是，我们让彼此变得更好。

如果没有他，我现在就不可能拥有这么多目标和美德，我会长成一个疯狂的人，不断地被警察逮捕，或者登上《坏女孩》杂志。他是个居家男人，总在他的汽船上工作，说到出门嬉闹玩耍，根本不可能。他宁肯与自己仅有的几个知心好友待在一起，也不肯出门认识世界上的任何一个陌生人。

我随时准备特立独行。比如说，如果我们去海滩，我是那个能够做出疯狂行为的人——在酒吧里和另一对恋人谈天。后来他变得很高兴，偶尔会有几个夜晚，他会和我一起出门找乐。一旦他出门，就非常享受这种日子。但他心态还不够开放，不那么肯尝试新事物。我擅长爬山、骑自行车、跳伞之类的活动。而他是那种人：“不！我不想那样做！”

高中毕业之后，大家都觉得我会住进里奇父母的房子里，和他们一家共同生活，因为毕竟，我早就习惯了隔三差五地住在他家。而且那个时候我们已经交往多年了。他们开了家汽车配件公司，我全职为他们工作。我每周白天为他们工作四十小时，每天晚上去上夜校。于是我将我的东西都搬到了他们家。

我们现在仍然住在他父母的家里，却产生了许多不快的感觉。我痛恨住在他父母的房子里，因为这让我总觉得亏欠了他们。在那里我一直觉得很不自在。我觉得我有义务做家务，假如水槽里有个脏碗碟，那么就该我去洗。如果房间里脏乱，我可能会觉得该由我来清理。于是，爆发了一些争吵和可恶的口角。

我上大学之后，希望里奇和我一起搬走，但他绝对不会搬走，因为他明明可以免费住在家里，为什么要花钱在外面租房呢？他被父母宠坏了。他的母亲甘心跟在他身后为他辛苦操劳，永远把他当孩子来宠爱。因此，他究竟有什么理由搬走呢？

他认为女人应当做一切家务，尽到女人应尽的责任。如果我能改变他，他一定会更加感激我为他所做的一切——洗碗、洗衣、每周将他的工资存入银行以及为他清洗卡车。我更希望他用一句“谢谢”来表达对我的认可，而不是一句“那是你分内之事”。我不知道我是不是想变成他的母亲，变成那种包揽所有家庭琐事的南方女人。

我全天工作。如果他也全天工作，那么我们的区别是我下班后还得回家为他洗衣做饭，打扫房子，但他却会乘坐汽船找乐。我告诉他：“家务也是男人的责任，把你自己的垃圾带出去。”

和他争吵十五分钟之后，他会说：“好，那行，我会把垃圾袋拿出去，但你必须再放进去一个袋子。”

“啊，那我洗衣服晾干之后，你叠衣服了吗？你把衣服收进衣柜了吗？没有。所以，我也不管你的事。”

里奇是个大男子主义的男人，他具有乡下和南方男人的一切特征。他根本不愿意在大庭广众之下和女人牵手、拥抱，更不可能拥吻。他不喜欢谈论任何让他沮丧的事情。他时刻保持泰然自若的神情。我认为我完全能读懂他的心思，明白他每个行为的缘由。那么他能否懂得我的想法呢？我想他压根不懂。他根本不明白，当我对他使小性子时，是因为我心情难过，想让他过来和我谈心。在我们两个人之中，是我更渴望他的爱，更需要关注。我想这很可悲。

他始终是一副强硬男人的姿态，总说不想要孩子。我呢，心中却总怀有二十五岁生几个孩子的打算。我希望孩子们长大成人之后，我仍然年轻，可以继续享受生活。他的话非常让我伤心，因为我全部的生活梦想就是生儿育女，享受天伦之乐。

我和妈妈相依为命，母亲为了养育我，随时都在辛苦操劳，我从来没有家的感觉。而他却拥有完整的生活，有个大家庭，因此在他心中，家庭的意义远没有在我心中那样重大。好几个夜晚，我是在独自饮泣中入梦的。我们多多少少已经达成了某种共识，不再就这件事进行彻底的讨论。但我总会时不时地提起这事，说上一两句。我想要个男孩儿，因此他说："好吧，如果你能确定怀上男孩儿，那我就肯定愿意要孩子。"

当他知道某件事让我伤心而且他知道我在伤心的时候……我不知道该怎样向你描述，如何了解这个男孩儿的内心世界。任何时候，想要了解他的任何感受，都是个艰巨的任务。但他会给我写情书，文笔非常非常平庸，字体又笨拙难看，信中画着拙劣的小小爱心，用绰号称呼我们，还会在信末画一幅将来的家庭图景。每幅画中都会有一座小房子，用粗线条画着我们两人、几条狗、一个孩子，还有他的汽船。我觉得他简直有毛病，每次都要把汽船画到我们未来的生活画面里。但我太喜欢这些情书了。我爱它们。这是他独特的方式，让我了解他的想法。他不想和我讨论这些话题，是因为他不适应或者不舒服，或者别的原因。

每天我们都要对对方说"我爱你"，每天说，整天说。我们挂断电话的时候，会特意用力说一句："我爱你。"如果我们晚上入睡前忘了说"我爱你"，如果他不知不觉入睡没能对我说这句话，我就会吻着他的背，在他耳边轻声说"我爱你"。说这句话，会让我感觉内心平安，上帝因此给你好运，让你在次日早晨依旧醒来，而不会就此长眠。

真正充满深情的"我爱你"，就是深深地凝视彼此的双眼，表达"我真的爱你，关心你"的意思，通常发生在我们吵架之后。当你们解决了矛盾，哭着拥抱在一起时，就很自然会说出那句真诚的“我爱你”。类似的甜言蜜语总会让人想起这些小插曲。

我还发现他很有魅力。只要我们融洽，在我眼中，他就是深情而体贴的人，而这让他无论外形还是情感都很迷人。他完全可以接受挠背之类的小事。如果我需要按摩，或者我疲惫、急躁了，他肯定会为我挠后背。虽然他不喜欢这样做，但他明白我很享受。他对性爱的态度也十分开明。只要我需要，他什么都肯做。我们在付出与得到方面是平等的。这次我付出，下次就会得到。我得说，我们的性生活肯定是我们恋情中最棒的一部分。这一点虽然悲哀，却是事实。

我们从来没有两个人出去度过假。如果真的一起去了，我不知道会怎样。他仍旧热爱与朋友们一起欢乐，我们从来不曾两人结伴单独去做什么。我始终有种莫名的感觉，认为我们会厌倦对方，因此我和他从来不曾有过两人共同独处的时间。

我全身心地希望他能够最终成熟，能够满足我一切要求，做些能让我开心的事。我希望随着时间推移，我能完全理解他想要什么，希望我做些什么。我想，我们将得到更多的东西，那是生活中的一切：我将得到最佳中的最佳。而且在内心深处，我依然觉得我们的恋情可以更好。

我曾经考虑过离开他，想过搬出去，尝试一种全新的生活方式。但我是否觉得这就是结束呢？如果我们分手，将会导致大量的问题，他的兄弟姐妹和亲戚将不得不选择站在哪边。很可能我也会失去工作。那可不好。当然，我们还将面对嫉妒之情。将来我们一定会在大庭广众下见到对方与其他的异性在一起。无论是我还是他提出分手，见到那一幕，我们都一定会陷入疯狂的嫉妒。我有成千上万个机会离开里奇，由于我觉得他不能给我想要的那么多关注，我很希望从其他男人那里得到。我和其他人有过来往，没有性关系，仅仅是谈话、见面、互相了解而已。曾经有两三次，我会出去和其他男人吃饭。这些事情一点也不严重，但当我开始好奇是否可以转入其他关系时，事情就有点严重了。

有两三次，我曾考虑自己是否可以找其他人。这样的想象持续了几个月，我热爱这种想象，但哪次都没有成真。我想，这些事情确实有些其他的意义。和其他人在一起，事情最终还是停滞了。乐趣都停滞了。我不知道究竟是因为乐趣停止了，还是因为我厌倦了秘密行事，或者是觉得自己在背叛里奇，但我知道，假如里奇和其他女孩聊天，我一定会崩溃的。

我明白自己仍然爱他，唯一的原因是我对他还有感觉。这无法用语言描述，但这份感情，我对其他人都没有过。我假设这种感觉就是爱，和里奇在一起，这种感觉从来不曾磨灭，也永远不会磨灭。虽然我会在他面前变得十分暴怒，也会扬言我要永远离开他，但这种感情永远存在……我无法想象他做出什么事来才会让这份感情幻灭。

现在我们最大的冲突，最近我们争吵的原因是……是好几件事情的纠结。但正如我说的，我和别人谈话的时候会想："哦，我本来可以走得更远一些。如果我不和别人约会，那么我会和这个人交往。"

我每天都在想这件事。这些杂念简直要了我的命，因为大脑有百分之九十的时间都在反复掂量这些事。我并不是总这样，但我的大脑最近一段时间始终翻腾着这件事。

如果我离开他，那么，对，我可以找到许多男朋友，绝对可以。但仍然不能保证我们能不能向前发展。而且我不会更年轻，只会越来越年长。然后会想，嗯，人们一般是在多大年纪结婚？或者人们应当什么时候结婚？我不知道。整件事复杂得让我心乱如麻，还不如简单地想："该死的究竟为什么要对此大惊小怪？保持现状不就得了？事实就是这样。如果问题能够解决，它自然会解决。"

我们一起度过了那么多艰难的日子，我压力重重，他也一筹莫展。我们现在还不算相处和谐，但问题肯定会解决的。我会威胁他：

“也许我们不应当在一起，也许我们需要分开一段时间。”而他会那样看着我：“你真蠢。你一直这样说，但从来没有真正分手，我们也根本不想分手。”

终于，事情圆熟地变淡，回到了鸟语花香的好日子。在我的想法中，我们将来会是什么结果呢？我们会在一起，结为伉俪，白头偕老。

9年：信仰帮我度过了最难的日子。

凯茜·巴雷特，女，72岁

我是个非常活跃的人，沉迷于许多活动，非常喜欢和人打交道。我还去过一些地方。在阿拉斯加教过一年书，在德国教过两年，教三年级。然后我回到了佛蒙特，因为我热爱滑雪，而且我的家人都住在这里。我越来越重视教书事业，于是进了佛蒙特大学，拿到了硕士学位。同时，我还活跃于滑雪俱乐部，参加各种社会活动。

在欧洲的时候，我至少邂逅过二十场恋情，但都只是同甘不共苦的爱情。年轻的时候，你会喜欢和一个年轻快乐的男孩儿一起度过充满欢笑的时光。值得谈谈的有许多，但我不会想和他们结婚。

到了1970年，我已经三十四岁了，参加了康涅狄格州曼彻斯特的一场派对。在这场活动中，我认识了鲍勃·巴雷特。他在哈特福德工作，我们一见如故。宴会散场时，他主动要求和我一起去滑雪。后来他总说是我邀请他的，但管他呢。

两三个星期之后，一个朋友邀请我去康涅狄格州，鲍勃说下次我再去时他也想去。于是我们就一起去了。那是我们两人第一次共同独处。他说："我们得谈些什么呢？"相信我，我们根本不必为此烦恼。

两个周末之后，他终于不再去佛蒙特滑雪。他是个天生的运动员，擅长高尔夫球、网球和其他的运动，但滑雪对他来说是一项全新的运动。我赞叹他忘情投入滑雪运动的样子，他真的很善于滑雪。

如果鲍勃和我相识更早，我不认为我们能够一见倾心。在我看来，他恐怕太过沉稳、严肃了。但当你渐渐年长，就会开始寻求其他不同的价值。我能够在他身上看到我将来想要的特质。我认为他是个可以谈婚论嫁、共同生儿育女的人。

对于和他交往的人，他真的是全情专注，同在一个房屋内的其他人他都毫无兴趣。他真是个绝佳的倾听者，不仅可以听到你说出的话，还能听到你没说出的话。他非常温厚，不仅对我，对身边其他人也是如此。

我想鲍勃之所以能够和他人和谐相处，是因为他曾经是一名神父。高中毕业后他上了神学院，然后去罗马，又去了非洲，然后到了华盛顿。

鲍勃非常聪明。在罗马，他拿到了两个或三个硕士学位。学校将他派到了加纳，让他在那里教黑人传教士，将他们培训成神父。这项工作他做了三年，然后回到华盛顿。那个时候，他已经知道他不适合这些工作。他在极好的信赖中离开，然后我遇到了他，那时他已经成了一名世俗人士，罗马特许他离开。

他对神职非常虔诚。他热爱那些使命。但对他来说，结婚生子也至关重要，独身生活不适合他。

我们交往六七个月之后，鲍勃向我求婚。1972年6月，我们结婚了。

我们在康涅狄格州有个非常甜美的家，那是我们建造在格兰比的房子。我在两所学校找到了阅读顾问的工作，鲍勃在联合技术公司工作。

一年半之后，我生下了女儿蜜雪儿。大约又过了一年，我生下了艾琳。如果我结婚再早一些，我恐怕会生十个孩子。也许不是十个，但家庭对于我们双方来说都至关重要。他来自四口之家，我来自一个五口之家。他对我们的几个乖女儿都格外疼惜，非常疼爱。

在大多数问题上，我们所见略同，而在琐事上的不同，我们又懒得争论。我们都是罗马天主教徒，遵循一致的信条。我真的认为爱情有灵魂的一面。真的。

我们都不爱挥霍。我们热爱自己的家庭、亲人和大家庭中的亲戚们。我们都相信与人为善的道理。我们喜欢旅行，去沙滩和大海上游玩，热爱运动。我们两个都喜欢美食。

生活也始终在善待我们。我们的女儿在街坊四邻中结交了许多好朋友，鲍勃和我也交游广泛。我们有个邻居刚刚从悲惨的离婚遭遇中走出，鲍勃会到他家看看有没有什么可帮忙的。左邻右舍也总会来请鲍勃为他们出谋划策。他深受爱戴，是个诚恳可靠的人。

鲍勃是我最好的朋友，至少迄今为止是这样。如果我为一件事情烦恼，他不会问我怎么了，而是耐心等我主动告诉他。我觉得这样太好了。虽然我不会沉默一年零一天，但如果我有烦恼，他一定会等我有能力说出为止。在我们的生活中，他的角色就是一个神父，他无与伦比的倾听能力不光我和我们的女儿从中获益，他的朋友和员工也受益匪浅。

每天结束时，我们两人总会有个深情而美好的夜晚。我永远不必担心他去找其他人。这一点我从骨子里明白。即使我们去参加社交酒会，即使两人不在同一个房间内，我也丝毫不必为此担心。

我深深记得一件事。那时我参加了一场派对。鲍勃不喝酒，但我并不会因此感到痛苦。有个邻居是正宗的爱尔兰后裔，他不断地对我暗送秋波，因此我总是与他调笑，只是为了好玩。就是那样。那天晚上我们回家之后，鲍勃有一个小时不跟我讲话。该死的他一个字也没说。

他是真的愤怒了。我说："你根本不必担心，我只是跟墨菲开玩笑的。"但我得告诉你，从那以后我再也没那样做。

1980年5月，事情转向了糟糕的一面。我记得有一天，鲍勃醒来之后，说感觉自己的肺坏掉了。

于是我开车送他去医院，医生诊断他患上了神经肺炎。他在家休息了三四个星期，没去工作。后来的一天夜里，在一阵极为剧烈的咳嗽中，他咯血了。我们又把他送回医院。十天的检查之后，医生发现他患上了肺癌。

医生认为那是局部的肺癌，还没有扩散，要他接受手术。他去医院的时候，有百分之九十的生存率。但我永远记得手术之前的那个夜晚，我带着两个女儿去病房，全家人短暂地聚会了一场。那天晚上，我对女儿说，我不知道将会发生什么事情，但我告诉她们："我不觉得爸爸会完全好转。"

到了手术前的那一刻，家属要提前离开。根据计划，鲍勃要在上午八点开始接受手术。但那天上午他手术期间，我有一种非常怪异的感觉，我有了一阵离奇的感应，无法用语言解释。我打电话给一个打算帮我照看女儿的朋友，说："马上过来。"其他朋友开车将我送到医院。我们刚到那里，医务人员就开始给我打传呼。我想："噢，不会吧！"

鲍勃因心脏停跳而去世。

我最担忧的是如何把这件事告诉我们的女儿。我究竟该怎么向她们解释这件事？其实，这是最容易的部分，就好像上帝赐予你做这事的智慧，也赐予她们应对这件事的智慧。我能想到的就是这些。她们拥有与父亲共度的时光，也在医院里见了父亲最后一面，她们见过父亲病重的样子，而且我还说过他可能不会好转。

我得说，是信仰帮我渡过了这道难关，千真万确。但假如我听到医生对他病情的预测，知道癌细胞已经扩散到了心脏，那么，我永远不会想让他那样死去。所以说，信仰真的帮我度过了最难的日子。

最后，我们在康涅狄格州住了三年。那是我们的家，有我们的邻居和共同的朋友。我觉得那是我必须要做的事。我只是让自己忙碌起来，忙于为孩子们做事，忙于工作，忙于家务。

但我的家人都住在佛蒙特。我的母亲仍然健在，那里还住着我的两个姐妹和一个兄弟。于是我回到了佛蒙特。

那个时候，恰逢一个学年已经开始，各个学校没有空缺的教职，所以我在精品熟食店找了份工作。这大概是我一生中最明智的一次搬家，因为我得以从大恸中走出，结识新人，与往日的朋友见面。

两三个月之后，我找到了一份教师工作。而我的女儿呢，一旦你了解了孩子，就会发现她们调整得非常好。她们也进了学校，结交了一些朋友。当然，亲人为我们提供了强大的支持。

人们说你的配偶死后，你会对他们大发雷霆。我从来没有生过鲍勃的气，因为我知道他重病缠身。但是，鲍勃生前处理所有的财务问题，他走之后，我会因自己不得不面对这些琐事而恼火，财务的事情我真是一窍不通。还有一大片草坪需要我自己修剪，有许多事情需要我亲力亲为。

我酒瘾不大，但有一段时间，我常常大醉。我的邻居正经历一场非常糟糕的离婚过程，于是我带着女儿到她家玩，两家五个孩子在一起玩耍，我们两个女人喝下了一加仑的酒。我们一起解决各自在人世间的所有问题。这样的情形大概持续了六个月。

有人说："为什么这样的不幸会发生在我身上？"我从来没有这样问过。我从来没有因为这个理由而追问上帝，从来没有。

如果夫妇情深，那么，你们之间会结下极为深厚的友谊。这种感情难以取代。我有两个姐妹，二三闺蜜，可以与我分享心事。她们真的和我分享了许多，但从她们身上，我从来没有感受到鲍勃对我的那种深情。

后来我倒是真的又约会过几个男人。其中有一个妻子去世，膝下五个儿女。我确实和他见过几次面，但我觉得他负担太重，不堪重负，而且我对他着实没有兴趣。

鲍勃去世之后，有些女孩邀请我参加一些单身聚会，可以到别人的家里醉饮狂欢。在我曾经居住的康涅狄格州有许多类似的活动。这种活动有时候会有五十人参加，其中少部分是丧偶的男女，大部分是离异人士。在许多事例中，我发现他们大多离婚两三次，而不是只离婚一次。我想："呃，这些人不适合我。"

我有非常活跃的朋友圈。我从事许多志愿工作，冬季我会去佛罗里达州度假。我所做的这些事情，都不必多出一个男人陪伴。现在，假如一个男人突然冒出来，我们一定会拿他取乐。在佛罗里达，你会在泳池边遇到几个男人，随便聊上几句，但也仅此而已。就是这样，十分友好，而这就是目前我想要的状态。

我拥有的时候，便明白我拥有什么，而且我不知道以后是否还会再次得到。我不觉得对这件事稳操胜券，但我对我的生活十分满意。我心满意足。

我觉得鲍勃始终在护佑着我。我真的这样感觉，他在冥冥之中保护着我和我们的女儿。我想："噢，上帝啊。我知道他进了天国。"

我给你讲一个可爱的故事。过去每个星期五，鲍勃、我和我们的两个女儿都会去一座高尔夫球场，鲍勃每次都会打进去一桶高尔夫球。这是他至爱的消遣。

因此，鲍勃去世两三个星期之后，我对女儿们说："我们去打一场小型高尔夫球吧。"

她们其实根本不知道怎么挥杆，而我也不比她们出色多少，那场球赛自然打得很糟糕。在那个地方如果最后你能够一杆入洞，就可以免费再打一场。如果你成功了，一只小铃铛就会奏出清亮的响声。

好。我简直无法相信——我们母女三人都成功地实现了一杆入洞！难道你不认为这是鲍勃在暗中帮助我们吗？我真的这样想。我说："哦，我的上帝啊。"我说，"我知道，这场高尔夫不是我们在打。"

我曾经拥有过如此独特的感情。我深感幸运，现在看来，无疑至美至纯。平时我喜欢观赏鸟类。我望向窗外，目光穿过树木之间的冰柱，看到冰雪覆盖的常绿草木，只觉得美极了。我爱大自然，我想大自然是上帝的恩赐。我客厅的窗户上都没有挂窗帘，我家装着尺寸超大的窗户，仿佛是要把窗外的整个大自然都纳入我的客厅。太美了。

相爱时间

十年——二十年

10年：恋人之间，必须有三方面的投缘：智力、情感和性爱。

丽贝卡·丹尼尔，女，47岁

那年我三十六岁。当时我在一家英国人开的小餐馆工作，每周要工作十八个班次，因此大部分时间都在店里。后厨工作人员多数是南美人。出入在餐馆里的多是美国顾客、商人，还有像我这样讲英语的服务员。

当时我的男友想要孩子，他是意大利伯爵。我知道我也想要生儿育女，但一想到要和他孕育孩子，我就忧心忡忡，因为他总是躺在吊床上懒洋洋地抽烟。他非常迷人，但……我打三份工，他却不去上班，无所事事。我常常暗想，先不必说我和他要不要孩子，他本身就是一个需要我养活的孩子。

后来，餐馆里新来了一个勤杂工。记得那天他出门的时候，我望着他出了神。我对朋友卡洛尔说："这人真帅！他是谁？"

她说："新来的勤杂工。"

他叫赫克托，是巴西人，一句英语都不会讲。一个巴西老乡在机场接他到这里来，第二天他就开始在我们餐馆工作了。他对这里一无所知，他的家人都在巴西。真的，好像是离开了妻子，他们分开了。他离开那个女人之后，就直奔美国，来到这家小餐馆工作，挣钱之后寄回家——这才是目的。

我们在一起共事很久。他的气息真的美好。他十分善良，又勤劳肯干。我猜想我真的喜欢他。我第一次见到他，就对卡洛尔说："我真想为他生孩子。"但我是认真的。我有这种感觉："这就是我注定要与之生儿育女的男人。”我想和一个我真正欣赏又喜欢的男人生孩子。而且当时，我和男朋友已经没有实质上的性关系了。

赫克托比我年轻两岁。我们不时在一起谈天，他会问我：“请问我可以喝一杯可乐吗？”

我说：“你以为你是谁，可以喝饮料？快回去干活，你这衰狗。”他顿时面红耳赤。我就说，“我和你开玩笑的，别当真。”

我们的谈话大多在墨西哥勤杂工的帮助下进行。赫克托不会讲英语，他就对那名勤杂工讲葡萄牙语，那是一种与西班牙语相似的语言。勤杂工为我翻译成英语。有时候，赫克托会用支离破碎的英语为我写简短的字条。后来，我们打算开始约会，约定在东村电话亭幽会。他手捧鲜花，西服革履地出现了。

我记得我对他说：“你想喝酒吗？”他没听懂。我说，“酒！酒！”他随身带了一本小词典，这时便掏出来。我当时想：“他怎么连‘酒’都听不懂？上帝啊。他确实英俊，却是个白痴！”后来，我们上床了，一起经历了各种事……我真的很喜欢他！

后来我回到法国看望母亲，这段艳遇也就中断了。我还是和原来的男朋友在一起，但也没事，因为我已经发现，无论他哪次回意大利、回罗马，都会有小小的艳遇发生，而之前我从来没有这样对他。因此我想：“哦，我现在终于理解了。”我理解了为什么我们之间的关系不协调。我从法国归来之后，赫克托和我又幽会一次。后来，两人几乎是真正开始恋爱了。我们没有告诉任何人，直到有一天人们无意中发现我和赫克托在角落中拥吻，我们的恋情才终于曝光。

我告诉赫克托，我想和他生儿育女，而他却慷慨陈词一番，说到金钱、饮酒、责任云云，总而言之，现在我们没钱，因此养育孩子是一桩重大的责任。结果是，接下来的那个月，我就怀孕了。

我们本来不必结婚，但我们需要结婚，因为他需要获得合法的身份，就要取得各种证件文书。于是，我只好拿到公民身份，尽管我之前从来没有想过为此烦恼。我和赫克托的女儿多米尼克出生之后，我们终于结婚了。事实上，我们结婚两次。他发现他在巴西还没有彻底离婚，因此我们只得宣布之前的结婚手续无效，于是有了第二次结婚。

我的几个兄弟都取笑我。因为我和那位意大利伯爵分手之前，他总在吹嘘自己在国内的巨大产业，那份他即将获得的巨大财产，后来他竟然真的得到了。于是我的兄弟们总会这样取笑我："啊，对，她抛弃了一名深藏不露的意大利伯爵，投入一个没有合法身份的外国人的怀抱……而且他不会讲英语，智力低下。"但现在，我的几个哥哥弟弟都很喜欢他。

我爱他，但有时候我讨厌他。我们经常吵架，有时候是为金钱而争吵，因为我花得更多。我真的很爱挥霍，而他花钱很有分寸。他是一名水暖工的帮手，薪酬很低，工作时间很长。有时候我们会因为我和其他男人出门而争吵。我有许许多多男性朋友，在我和他交往之前，我就认识这些朋友了。我们纠结的就是这件非常古怪的事情——我究竟该和哪些人来往，不该和哪些人来往。他会连续几天对我不理不睬。

哦，有时候，我们会因为我不让他说完话而争吵。他讲话太慢，我忍不住帮他说完，而假如我说出的句子不是他的本义，他便会恼怒。我们因缺乏沟通而争吵。打电话的时候，我不知道他该死的究竟要说什么。他无法用英语准确地表达，我又不会说葡萄牙语。所以，有时候他在讲话时，我会说（尖叫）："我听不懂！"就在前几个星期，上班期间我在网上帮他找了一份水暖工助手的工作。我打电话告诉了他，他却问："什么？你究竟在说什么？"我说："我他妈的在帮你！"简直让我抓狂。

我想，这样的情况很大程度上跟他没有受过正规教育有关……他不识字……他甚至都没上过学。在他十八九岁的时候，曾经上过一段时间的补习班。我的意思是，他真的很聪明，但他从八岁就开始打工了。他非常努力，但他对学习真是一窍不通。我以为他能学会点什么……但他什么也没学会！不过我在这方面也不怎么样。

一个朋友说恋人之间必须有三方面的投缘：智力、情感和性爱。如此说来，我们俩在智力上并不协调。但有这样一件事：我在知识分子圈也有许多朋友，对他们来说，那个圈子很重要。因此有时候我想："我是不是错过了这一切？"但这毕竟是我的选择。

许多恋人之间由于各自生活方式的原因，虽然性爱不多，却仍然非常相爱。但是，还有许多恋人似乎很久都不谈论与知识有关的事情。他们经常争吵。他们谈论伴侣的方式，彼此交谈的模样，还有其他的方式……每件事，让我愁肠百结。

我给你举个例子。我有个朋友，我觉得她的恋情堪称完美。她和伴侣携手走过了十年，两人在智力上珠联璧合、棋逢敌手，在传媒行业以及各方面都很成功。他们无所不谈，看上去似乎是非常亲密的朋友。后来她遇到了另一个男人，很快陷入爱河。问题出现了。这些问题他们从来没有讨论过，或者都是人们认为不是问题的问题。

她彻底倾心于这个与她十年的伴侣截然相反的男人。她弃绝旧情，离开儿女，放下一切，和这个男人在一起。现在回想起来，我发现那两人之间曾经有无数次出现轻蔑。他不太擅长具体事务。我想，假如灯泡灭了，或者保险丝烧断了或者类似的事情发生时，他不太敢肯定该怎么办。她会说："你放下吧。"然后开始用绝对轻蔑而嫌恶的目光盯着他。

我想，与一个人有身体的亲密接触，也许会让你比这更仁慈。我想，如果你和某个人有不错的性生活，你会对那个人产生基本的尊敬。在行为方面，那是你不能跨越的界线。

当你的恋人成为你最好的朋友，你会告诉他一切，与他分析一切想法。你们会一起劳作，一起做所有事情，也许到了最后，你会觉得很乏味。比如，你不再能嗅到他身上独特的气息，而这种心态会影响到你们的性生活。最终，假如你们之间没有肌肤之亲，你会离开伴侣，或者会发生艳遇，或者会找另一个人，因为这正是你内心渴望的。我想，性爱是人们唯一一件在本能驱使下所做的事。这绝不是泛泛之谈。我认为恋人之间要想保持历久弥新的性吸引，就需要有一定的神秘感和独立空间。

我有许多朋友谈到与伴侣之间的性生活时，会说："噢，我无法忍受。"她们会佯装睡着了。这样的朋友不是一个，而是大多数都如此，比例大概是百分之九十七。她们说他们一两个月才有一次性生活。听到这些话，我会想："为什么我的结果和她们不同？"我想，那是因为我们能够在性爱上亲密相连。

有了孩子之后，恋情不再是"我爱你。哦，上帝，我爱你，我爱你的心"。生活完全围着孩子转，围着琐事和家务分工转。一切美感顿失，不可思议。我知道，这是因为我始终围着孩子转。我们现在已经有三个孩子了，但我们仍然让生活充满欲望到了荒唐的地步。非常可爱。

甚至比过去更棒了。我们的感情也比过去更深厚。我和他紧密相连，渴望与他同床共枕，渴望看到他，亲吻他，渴望与他缠绵。我喜欢他身体的气息。许多与他相关的事，都是些简简单单的事，是从我们相遇那天就开始的男人与女人之间的那分流连。他非常清楚自己的能力。他每天晚上都要，仅仅这一点就十分性感，你明白吗？感觉非常自然：交欢，然后共眠。我们因此而与某件事息息相关，与生活密切相连。与生活中至关重要的一件事相连。

但让我欲火焚身的，并不只是因这个麦色肌肤的性感外国帅哥，而是他某种丰富敏锐的情感特质。他的情感本能非常发达，无论是对人还是对事物。他比我沉静得多，他非常害羞。在纽约，这一点尤其可贵。那么多人丝毫不体谅他人，毫不考虑别人需要怎样努力才能生存。他们在街头匆匆路过，看到露宿街头的人们，从不会停下脚步，思考那是怎样的生活，思考无家可归和缺乏食物意味着什么。这些人随时在忙碌，说着："哦，我应该得到这个，得到那个。"赫克托却是另一种人。他过着艰苦的生活，理解那些人的辛酸。他会停下来给他们钱，从不评断他们。他非常善良，内心有种非常可贵的善良品质。

我听从了自己的直觉，从来没有为此后悔。我想，我永远也不会和一个我无法亲密接触的人、没有爱火迸出的人在一起生活。我并不是说，哦，我想和某个人发生完美的性爱，然后结婚。我没那么幼稚。和赫克托在一起，吸引我的是他的独立、能干、勤奋，还有，和我最后一任男友截然不同。还有那种念头——这个人可以照顾我。这几乎与本能有关，一个认真可靠的人会让我怦然心动。

我是那种来历复杂的人。我从来没有选择过终身的职业，也没想过什么事情要做一生。但有了这段恋情之后，我就开始想要做一件持续终生的事情。无论是个好主意还是蠢念头，都没关系。我想和这个男人一起生活，和他生儿育女。我从未想过这段感情能持续这么久，但我希望能和他白头到老，为什么我不任由这件事发生呢？

12年：艳遇就像误入奇幻仙境。

阿迪由·阿金耶来，女，38岁

一月一日那天，我收到了高中男友里克的一条短信。当年他是学校的篮球明星，事实上我和他已经有二十年没见了。

每逢节假日他就会发短信给我。然而，那天的短信是他从一个新号码发来的。我不知道是谁，便没有短信回复，而是拨了回去。我们在电话中谈了片刻，然后整个白天又都在短信往来。

开始时非常纯洁。他将妻子儿女的照片发给我，我也将丈夫和孩子的照片发给他。后来，互通短信的时间越来越晚。

我的丈夫出差了。有时候我有一张非常放浪的嘴，“你好吗”变成了“你现在穿的是什么衣服”，渐渐又变成了其他内容。

妙不可言。激动人心。非同寻常。而且我很渴望。

我的丈夫非常呆板。他性格沉稳，不喝酒，对孩子很好，为人宽厚，工作努力。我爱他。但他不是特别温存，他没有浪漫的一面。我们之间没有情意绵绵的拥抱。他出差时，不会打电话告诉我他到了，也不会祝我晚安。他出门或回家时不会吻我。我们结婚时，我希望我们上舞蹈课，但他不想学，所以我们从来不曾一起跳舞。他就是这种人。

他是个软件咨询师，大部分时候都出门在外。哪儿都去，包括国外和美国各地。星期五刚出差归来，可能星期日就又要出差。

里克给我发短信时，我已经结婚将近十年了。我想我只是感觉生活乏味，而另有一个男人更迷人，这个念头吸引了我。我的丈夫非常被动，而里克却激动人心。我的丈夫不喜欢在电话里谈天，里克却总会给我打电话，谈新闻，谈旧事。我想，他所做的都是我丈夫不习惯去做的事。

我买了一张二月二十五日飞往加利福尼亚的机票。而他就住在加州。加州也是我出生与成长的地方，我在那里有许多朋友。我告诉丈夫，我需要休息度假。那时，我的大女儿已经十八岁，于是她留在家里做饭，送弟弟妹妹上学，到车站接我的大儿子回家。

星期二晚上，我到了加州。我深深记得，我到里克的侄女家和他见面，哦，天哪，简直像一场电影。我们在汽车里相逢，还在大街上，我们便开始长久地拥吻。周末我们驾车去了维加斯，又开车回到洛杉矶，有两个星期，他下班后我几乎每天都能见到他。真是太美妙了。我喜欢。每一分钟我都喜欢。

我感觉事情与我预想的如出一辙。但后来，事情变得恼人了。那就是距离。我不知道我下次什么时候能见他。他的妻子——我不知道她是否觉察到有些异常，但她委实开始盘问丈夫："你要去哪儿？什么时候回来？"

后来到了这样一种处境，我们觉得："好了，我不能继续这样了。"于是我们分手了。我想我确实终结了这段艳遇。我没有后悔，即使是在我们分手的时候也没有。我也不觉得内疚，因为我的丈夫始终不知情，所以他并没有受伤害。

十二年来，我一直在叮嘱他，出差在外，要记得给我打电话报平安！但他从来记不住。前几天我告诉他："我受够了，我一直让你给我打电话，以后我再也不说了。"现在他出差已经三个星期，我和他只通过一两次电话。

每次他都说："下次我会努力。"每次都如此。

我说："行。随便吧。"

我尽力去理解，他就是这样的人。我真希望能改变他，但是……我不知道。

他非常古板，而我欢闹爱玩。结婚之前我是个派对女郎，我喜欢出门玩耍，喝酒，随时开心。但在1997年，我搬回佐治亚州和母亲同住之后，我就成了这样的人：“好吧，既然来这儿，我就得规矩起来。明白事理！”是的，我和母亲及我的子女住在家里，妈妈就在我身后看着我。我对那片地区完全陌生，看不到丝毫前景。我渴望嫁人，而这时，他就是最佳人选。

之前我从未结过婚。我知道我需要安全感，财务和情感上的安全感我都需要。我必须确保他不会背叛我，不会因失业而令我担惊受怕。

和他开始约会之后，我觉得其他男人没有的品质他都有。与他相识之前，我生过两个孩子，他对两个孩子都很好。无论我们要做什么，他都会提议我们大家一起做事。他从来不会设法让我与两个孩子分开，更不会想独占我。他和我儿子一起踢足球。他花费大量时间和我的两个孩子待在一起，辅导他们做功课，比我表现得都好。他擅长数学和科学，非常聪明。正是这几种品质，让我明白我这一生需要和他共同度过。

然而，他从来没有主动试过任何事情。我是个主动的人，因此，在我的内心深处，总会疑惑地想，好吧，也许他的鸡鸡很小。后来有一天，我们又一次约会。我去了他的公寓，而他刚刚下班回来，想要冲凉。我进浴室取一件东西，朝淋浴喷头下悄悄瞥了一眼，一切尽收眼底。我想：“好。有些事物我们必须面对。我可以训练他！”

但事实证明，他虽然有工具，却不一定有合理使用工具的天分。他非常被动。我以为他只是害羞，不想做错事。我们约会的时候，说了一个笑话是我会到他公寓里强暴他。我不想伤害他的感情，所以会让他自行其是。比如我说：“我喜欢这样。”或者“刚才这个动作你能不能再做一次？”而不会说：“停！你这样做不对！”我们的交往就这样渐渐深入。基本上是这样的。他不喜欢中间过程，他不想停下来轻嗅玫瑰，只想径直到达目的地。

所以说，我们之间没有迸出什么火花。你明白吗？我们的家庭生活真的很温馨，处于一种不错的状态，只是没有火花。

我甚至都数不过来我们有多少不同之处。比如，我很喜欢阅读和文学。如果我要读一本书，会随时随地带着它。我还写诗或类似的文字。好吧，我的丈夫根本不爱阅读。但是，如果他从公司带来一本两千页的产品说明，他倒也愿意读。这让我抓狂。他根本不想拿起一本书。于是，这多多少少引发了下面这个故事。

这么说吧，我在一个类似于MySpace或Facebook之类的网站注册了账号。最初，我登录之后，将我所有的亲戚朋友都加成了好友。后来我上瘾了，无法自拔，便删掉了许多人，只留下几个男人。这时，哦，我的天哪！你几乎可以和陌生人聊任何话题，于是我开始在页面里贴我写过的色情诗句。

我在这家网站认识了一些人，曾经和其中三个男人在现实中见过面。是在星巴克，我们只是单纯地聊天。后来有一天，我回到那个网站之后，有人对我说“你好”，我也回了句“你好”。他说：“你知道吗？我真的很喜欢你的诗。你对我的诗有什么见解呢？”他写了些诗句贴出来，文笔真的非常美。我们就这样开始交往，写诗应和。这样的交往持续了两三个月，我称呼他为“乡间诗人”。

我们常常短信唱和。他会发一些这样的话，比如“无论你什么时候难过，都要明白，我在远方陪你伤心”云云。后来我们通了电话。他是个美发师，三十岁，离异，独自生活。住在离我二十五英里的地方。我每个星期有两三次开车去他那里。我们一起看电影，谈天。他的想法总是独特而绝妙，和他在一起，我感觉十分自在。在那里时，一切都完美无瑕。

这个男人，他是那种……相貌还不错，中等吧。但他如此诗意，几乎显得奇异。我们真的很投缘。我给他发短信，他也短信回复我。有时候，我们会同时发短信，内容几乎如出一辙。你明白我的意思吗？

我从不觉得自己善于亲吻，但和他在一起，我却变得擅长了。他亲吻的方式让你觉得不仅是身体的更是情感的相融。不只是亲吻。我曾试图对我丈夫描述过，我说："你能不能这样吻我？"我不知道该怎么解释。我能在身心深处感觉到他的吻。

活了这么多年，从来没有这种感觉。我们有相似的想法，相似的兴趣。当他触摸着我，当我思念着他，每一件事都很神奇。每一件事。这就是缘。我遇到他，是上天的安排。和他在一起，我觉得即使是登上公共汽车，在沃尔玛找到一份工作，也很快乐，只要我回家之后能见到他。

但三个星期之后，他说："我觉得我们不应该这样做。"他是个虔诚的教徒，每天黎明起床之后，他和邻人就会做每日的祈祷仪式，朗诵《圣经》经文。我想他的决定多少与此相关。

他说："我不能这样下去了。你是有夫之妇。"我想我差点失去理智。我大喊大叫，哭闹起来，而我其实根本不是个爱哭的人。那时我已经决定与丈夫离婚，但这丝毫没用，因为他决心已定。

所以我是那么的……一蹶不振，直到最近才真正完全地走出，不再为这个美发师介怀，但他仍旧留在我内心深处的某个地方。

后来，我认识了一个我称作"学步儿童"的人。这是我对他的昵称。他二十二岁。他住得很近，就在离我家四十分钟路程的地方。他很性感，哦，真的性感，但情感方面我们没有什么交流。在精神上我没有体会到知己的感觉。他只是个孩子，即将去上社区大学，依然和父母住在一起，恐怕会成为街头霸王之类的人。他很平凡。

我觉得他只是将我视作一个可以获得财物的老女人。比如他说："哦，你打算什么时候让我开你的车？"

我说："哦，呃，永远没机会。"

事情就是这样。于是……没错，我们结束了。

现在我意识到，我是在搜寻一件不存在的东西——或者，至少在真实世界中不存在。我想要的这里没有。几乎像那部电影——《尽善尽美》（As Good as It Gets），无论我和谁在一起，都不能满足百分之百的需求，所以我需要学会接受。

我不认为自己会在网上寻找别的朋友，再也不觉得外遇有什么激动人心或者妙不可言了。

我想我只是偶尔地偏离了正轨。我带着孩子在家里生活已经好多年了。这些年来，我始终是个完美的母亲，总在参加家长教师联谊会、足球赛、田径训练等活动。这时我突然来了个一百八十度大转弯，彻底地改变。就像另一个我终于撬开了密室的门锁，跑了出来。

我想那就是我的需求。事实上，我真的需要这些事好让我继续生活，继续留在这场婚姻里。几乎像是充电。最后，我想我会变得丰盈富足。因为拥有之后，便会满足。

艳遇就像误入奇幻仙境，它是短暂的秘密，十有八九是虚幻的。我与丈夫经历的每一件事都与奇幻仙境大异其趣：我想，在我这一面谈不上忠诚，然而，我与他共度的一切于我来说都是最为重要的——承诺、信任和现世安稳。

我想我不知道什么是爱情。我不知道。我要说，在我眼中爱情只是一个字眼。不是一种感觉，不是一种情感，也不是任何类似的东西。只是一个字眼。你明白吗？我们仍在一起生活，做事，存在。无论我们是否以为自己拥有爱情，都要生活。即使到了最后，它也不会改变你的行为。

也许我只是需要放慢脚步。我逃脱惩罚的次数太多了。你明白吗？就好像假如我每隔几年就有一次外遇，那么，外遇就不会是个大问题。比如十二年一次？我最不想做的事就是让他伤心。但我不知道能否做到，因为我也想快乐。

12年：你怎么面对这个事实呢？枕边之人会恨你。

布丽吉特·艾顿，女，44岁

那是我和安德鲁共同生活的第一个夏天。那年我俩都是二十三岁。我觉得自己遇到了世界上最迷人的人，我的生活道路完全改变，走上了完全未知的方向。每件事都是一种了不起的经历，每件事都变得新奇而有趣。我们会放弃寻常的生活，做一些挑战常规的事，反抗那些令生活乏味而艰难的事情。

我们刚开始约会就形影不离，我们似乎每天晚上都在一起。在一起的时候，真的非常舒服，不可思议的轻松自在。我和安德鲁像同一豆荚中的两颗豌豆一样相似。一开始就这样。非常平静，非常舒适，真是太美了。

你知道战无不胜与旁若无人的感觉吗？记得我们十指交缠在东村漫步，在每一个街角停留，有一点灯光就开始拥吻。我们把整个世界都置之度外，我进入了这样一种全新的生活。我们都有一种幼稚的幽默感，真的都很喜欢滑稽愚蠢的东西，完全沉浸在自己幸福的泡泡中。

我觉得，和别人在一起，我从来没有这么开心过。

安德鲁是那么的聪明，他注定要成功。我真的很爱慕他那种样子——与众不同，与大家的观点截然相反，与整个世界对抗，唯独对我却是不可思议的甜美温柔。他会用那种纯净到露骨的温柔声音像婴儿一样讲话。

不过，那些快乐的日子和玩耍只有一开始时才那么有趣……我长大了一些。他不停地吸毒，水烟枪是他每天早上嘴唇接触的第一件东西，也是每天晚上放下的最后一件东西。一天有好几次，他会躲到外面，享受狂乱迷醉的感觉。他吸得非常频繁。

从一开始，性爱就是个问题。他是个瘾君子，对性爱的兴趣远低于我。如果我不提出，他会乐于轻松地度过一个月的无性生活。即使我们享受了一场欢爱，感觉也很棒，但他也没有那么大兴致。现在回想起来，当时他肯定沉迷于色情图片和电影，而且日渐严重。我一丝不挂地站在他面前，并不会让他兴奋，因为色情场景中必须伴随许多其他的美感要素。

我觉得安德鲁对自己有着全世界最青春的梦想。我从没见过谁像他那样渴望成名。他总有这种念头："我有惊世之才，终有一天会改变整个世界。"这样的话，如果你不想成名，反倒肯定有些不对劲。

他有一支乐队，每周有四个夜晚以及每周五、周六全天排练。这意味着我们没有多少时间在一起。我们在一起时，真的非常有趣，但他不能总在我身边。

如果乐队确实越来越棒，那么这样辛勤排练也值得。但那支乐队太差了。基本上他们就是围在一起抽烟，自以为聪明盖世。

有时候，亲眼看他被人误导做出蠢事，眼睁睁地看着他渐渐陷入混乱，我心如刀割。你对他们无计可施，无话可说，因为那些话他们比你更明白。

如果我觉得事态光明，很有希望，就会非常善于鼓励他们；如果没有什么希望，我就会很诚实地说出来。但安德鲁无法接受，他觉得，作为他的伴侣，我应该无条件地支持他。我的意思是，只有孩子才能得到无条件的爱和支持。我不觉得三十来岁的成年人还应该奢望什么无条件的支持。

大体上，我不赞同他的艺术观点。他对观众咄咄逼人，而且效果很恶劣。如果歌手表演时表现得与观众那样敌对，那么令人憎恶，那么这样的演出很难让人接受。他们的乐队演出时，一开始房间里也许会有三十名观众，结束时可能只剩下三个。“你没有注意到观众，呃，似乎想走？”我尽可能说得委婉，但在他看来，我却是在嘲笑他整个艺术生涯。

从少年时期开始，他就是一个瘾君子。而他的父母永远爱他，任他为所欲为，他们的态度就是这样：“你太聪明了，太棒了。”他有这样优越的童年，让我十分恼怒。他的祖父母可是白手起家的百万富翁。

安德鲁遇到的最糟糕的事是他的父亲换了份工作，举家搬到另一座城市。而我呢，在我还很年幼的时候，爸爸就被人残忍地杀害，全家人的生活陷入了混乱。妈妈含辛茹苦地独自养大了四个孩子，我又做过许多整形手术。在某种程度上我不那么同情他了，因为在这个世界上，他拥有那么多的资源可以去为自己、为他人做许多事，却没有做到。

他眼中的世界变得格外狭窄，事情也越来越琐碎。他不喜欢与人寒暄，从来不会问别人“你怎么样”，因为他对此毫无兴趣，也绝不会因为无礼而道歉。我都记不清有多少次，我们一起去看戏，却因为他不喜欢那些人而在幕间休息时返回。他对许多事物都含着轻蔑之心。而他在生活中始终不得志，又让他非常不快。

我一直努力爱他，接受他。第一次与他相遇时，我想这是个与众不同的人，即使是在后来，我也能感觉到他有独特的天分和才华，他真的非常善良，非常脆弱，而且惶惶不安。所以我内心中有一部分始终对他极尽保护，因为……我爱他。

我劝说自己，假如我离开他，他就会陷入非常糟糕、可怕的状态。我劝自己顺应这样的事实，生活越来越狭窄，因为每件事都笼罩在他的情绪阴霾和对万事万物的轻蔑之下。

我想，虽然情况越来越糟糕，我却仍然留恋不去。有好几个原因，首先，我成长的家庭非常飘忽动荡，我早已习惯了不断适应或弥补环境。我以为只要我和安德鲁一起长久生活，事情终会好转，所以没有注意到事态已经恶化到了何种境地。

我记得我们的一个朋友曾这样说："布丽吉特，那家伙好像很猜忌你啊。"

我说："你说什么呢？不可能！"

我不能接受这样的评价。我开始搜寻记忆中的类似时刻：我在说话，而他满含轻蔑地看着我，我几乎可以清楚地听到他脑中的那句话："你他妈给我闭嘴。"这时我终于意识到："哦，天哪，真是这样。"我想他真的相当恨我。

还有一点，我曾经和一个家伙一起设计过一张专辑的封面。他有些迷恋我，他说我很棒，我就是太阳，是月亮，是大地。这种甜言蜜语我已经很久没有听到了，我发现我已经变得多么不开心，多么孤独。我感觉像一双旧鞋子，就像一个快要饿死的人忽然发现了绿洲。我告诉他："我不能接受你。我已经结婚了。我要竭力摆脱这些事情。"我甚至并不那么喜欢他。但是听到有人说："你真有趣，真性感，真美丽。"这样的感觉毕竟太棒了。

我搬出了家，住进了我姐姐的房子。我告诉安德鲁我们必须进行几次咨询。我让安德鲁挑选咨询师。我们的咨询大概进行了两个月。不作丝毫努力就放弃婚姻，似乎不应该。但我们的治疗师太烦人了。我想，可能正因为此，我和安德鲁都开始反对她。

我们一起回去了。

我仍然对他完全忠诚，但我想我们有些人的忠诚是一种病态。你知道吗？你怎么面对这个事实呢，枕边之人会恨你？正视这个问题真的太难了。你开始改善这种状态，比如用这样的方式："对，我确实令人讨厌。"

我想："这是我接受的东西。情况就是这样，我会长期浸淫其中。”我跟同事、朋友相处得都非常开心，因此我想我要臣服：这就是事实的真相，我要继续努力，改变这一切。我想有一句陈词滥调是这样说的，整个人生就是静静地铤而走险。我觉得，对许多人来说正是如此。但你打算怎么办呢？你只能继续前行。

我想这也是爱情以外的一个侧面：爱就是你与他共度的点点滴滴。每件往事都有意义，于是你不想轻易放弃。此外，我也不想让他的家人认为我是个弃绝爱人的坏人。

2000年秋天，事态变得真正糟糕起来。为了庆祝我的三十六岁生日，我们一起到拉斯维加斯旅行。是我安排的。但刚到那里不到半小时，我就开始恶心，在接下来的二十四小时内，每隔三十分钟我就会呕吐一通。十二个小时之后，他也出现了同样的状况，显然是我们在飞机上吃了不对劲的东西。那个周末过得十分悲惨。我们本来订了《佩恩和泰勒真人秀》的演出票，却没法去看。那三天假日基本上就是持续不断的呕吐和腹泻。

几个月之后的一天，我在欣赏Bravo的节目，地点是佩恩的一所房子，设计得好像一座感化院。因此我对安德鲁说：“我们为什么不去看看呢？”

他说：“我不能去。我真的很难过。我真的需要休息一段时间。”

由于上次没能轻松地度假，他好像遭受了难以置信的损失。

他并没有因此指责我，但确实好像遭受了极大的损失——比我的损失还大。他的眼中，只能深深地看到自己，位于全世界中心的自己。

从此之后，生活就真的复杂了，因为你也许会这样想：“这个人彻底以自我为中心。哦，但是，尽管他不喝咖啡，却会每天早晨为我煮咖啡。”在我们分手之前的一个星期，他的确是这样做的。没有哪个人会糟糕得没有丝毫可取之处。如果他们真的那样坏，傻子才会不肯分手，对吗？

后来，他晚上下班回来得越来越晚。我觉得他和助理科特妮有了外遇，我问了他，他说没有。

一次我看到他们两人坐在我家附近公园里的一张长椅上。据说她找到了自己的生父，而我记得当时心想："我敢肯定，找到生父这件事，一定比连续十二年听我谈论我死去的父亲要有趣得多。"我只觉得他们之间有什么事情发生。

那天是十月十一日，"9·11"事件发生之后一个月，他向我坦白，他已经看了好几个月的心理医生，但一直没有告诉我。

他说他不清楚与我结婚是否正确。

我觉得好像突然被一辆公共汽车撞倒了。我想知道，究竟是怎么回事？

第二天他对我充满仇视，我只好离开。我兜了一圈，又回到了原点。我只能住进一个比我家更差的房子，只能忍受一个比我家更恶劣的地方。

我回家之后，发现他已经摘下了我所有的照片，四壁上到处是空空如也的钩子。

我问："你再也不爱我了吗？"

他说："我觉得我从来就没怎么爱过你，不应该挂你的照片。"

他告诉我，在心理治疗的过程中，他决定结束这段婚姻。

我说："你的治疗师认为你应该不作丝毫的深入交流就结束一段十二年的关系？"

他说："没错。"

我说："你的治疗师知道你毒瘾有多大吗？"

他说："不知道。我们还没有谈到这一点。"

因此我知道他在对治疗师撒谎。他仍旧声称没有外遇，然而两年之后，那名助理的朋友告诉我，他就是因她才离开我的。

他拒绝与我见面，他说和我见面太糟糕了。他给我发过几封极其刻薄的邮件，历数他多么不应当和我结婚，这段婚姻又如何导致他在艺术上无所作为，毁掉了他的梦想。

我再也没有见过他。

整个离婚手续都是通过电子邮件办理的。

在你心中有个地方，埋葬着关于某个人的所有往事。无非是关于他爱吃什么，有什么趣味等等。后来这些记忆完全都没用了。

我仍旧记得有一次去药店时，没有买到他想要的药。当时我在莱德爱药店，由于买不到治疗痔疮的塔克医药护垫而哭泣。现在我想：“我竟然会为这东西哭鼻子？”

14年：我知道将来会有一天你离开之后，我需要有人陪伴。

亨利·汉米尔顿，男，47岁

我不知道是不是每个人一生中都经历过伟大的爱情。萧娜肯定会给我这样伟大的爱。她也许不会赞同这句话，但……她肯定会爱我。

1986年，我们在新墨西哥州的一座大学校园里相遇。在数学班里，她是个非常非常甜美可爱的女生。面对难题我常常不知所措，这时她就会过来为我指点迷津。她天分极高，像数学家一样聪明。她温柔和蔼，让我如沐春风。虽然我们在智力上差别较大，但我认为，恰好是智力上的差异让我们彼此爱慕吸引。我倾向于直觉，擅长视觉思考，而她逻辑严密，最喜分析。

这就是我们关系的基础。就这样，我们成为朋友，渐渐密切起来，在一起的时间越来越多。我不知不觉爱上了她。

萧娜有一种绝佳的爱尔兰式幽默感，没有任何病态，却充满讽刺，效果极好。这在新墨西哥州更是了不起的本领，因为这里的学生多数来自加利福尼亚州，他们不善于嘲讽，有活泼而热诚的运动员气质。

所以，我们是两个独特的人……我们会冲着对方转动眼珠。作为土生土长的新英格兰人，我们身上带着许多共同的区域特征。萧娜不会滑雪，我就开始教她，后来我又带她攀岩，玩其他类似的运动，我们的友谊越发向课外发展。

后来，真的全在课外了。我邀请萧娜到圣达菲我的母亲家共度圣诞夜。那天晚上，我们狂饮香槟，一起跑到一套公寓里，那是她替别人看守的一套房子。那一夜真是情欲的释放，第二天早上我们醒来之后，是的，我对她完全心醉神迷。

这场欢爱后来变为持久的爱情。

我想，我们最擅长互相给予的，正是我们在童年最缺少的东西。我生长在一个古老的美国北方家族，而她家则位于新英格兰地区一座磨坊小镇，家人都是爱尔兰裔天主教徒。我想，我们成长的过程中，总会不知不觉受到家庭环境的影响。萧娜的家人阴郁严苛，没有多少冒险与新奇的经历。事实上，他们认为应当极力避免冒险，因为那太可怕了。我却学过所有经典的运动和游戏。我会滑雪、打网球、开快车，喝下几加仑的酒之后，仍然魅力四射，谈吐自如。

对此萧娜深为迷恋，因为这都是她既爱慕又渴望的事。她在贫穷中长大，认为金钱是极好的东西。而我家境富裕，从不觉得金钱有多好，它只会让人惰怠无为，不思进取，失去生存的本领。

我的家人可以搬到世界上任何他们想去的地方居住，而且没有一个人需要上班。但毕竟是个古老的家族，已经绵延了六代，信托基金也快要用尽了。只要我愿意，我就能获准开一家纽约游艇俱乐部的分店，但我怀疑我有没有那么多启动资金。

因此，在成长过程中，我不时感到厌恶，因为许多方面家人都跋扈无度，显然已经是个没落中的王朝。家里的醉鬼和毒品瘾君子比比皆是。真的，我根本不想当这个家族的一员。母亲所有的注意力都放在上流阶层以及与此相关的一切之上。她们那一代人的黄金盛年，是盎格鲁撒克逊族白人新教徒统治世界的年代。我想逃离这一切，看到萧娜那一刻，我明白自己找到了逃逸之路。

过去萧娜时不时对我说："你应该娶个头戴珍珠、身穿毛衣、金发碧眼的英国裔女人。"

我说："我不喜欢那种人。"

萧娜的父亲是典型的爱尔兰人。他在学业上颇有潜力，本想当一名化学工程师，但因女朋友怀孕，就与她结了婚，同时也放弃了读完大学拿到学位的念头。现在他是佛蒙特州的一名机械师，我想对此他是颇为痛悔的，因为尽管他的选择令人钦佩，但并不是他真正想做的事。

萧娜是他们的长女。她的父母本想要个儿子，却不是。她也是家中唯一考上大学的子女。她的几个兄弟都没上。她的父亲花费了许多钱供她读书，尽管他更希望儿子上大学。

我敬佩萧娜的职业道德和务实态度。我的家族中根本没有哪个子弟特别务实，因为他们都在优越处境中长大，对一切特权都觉得理所应当。因此我想，我们两个都渴望拥有对方阶层中的优良特质。

但在我们的恋爱关系中，阶层永远是个障碍。我的母亲对萧娜态度非常恶劣，她根本看不到萧娜融入得多么好。后来萧娜成了我的未婚妻，母亲则用尽了这个阶层的一切攻击手段，其中还掺杂着弗洛伊德所谓的俄狄浦斯情结。

到了商议婚礼的时候，与父母谈判就成了一个难题。出席婚宴的更多是那些老年人，真的。他们会刻薄地议论南欧人和爱尔兰人，那些话真的很难听。于是我们烧掉了所有的请柬，从头开始。最后，我们决定完全凭借自己的力量操办婚礼，这样我们就可以控制局面。

毕业之后，我们继续在新墨西哥州生活。在新墨西哥州，两个家族的差异对我们没有丝毫影响，因为那个地方人人都赚不到什么钱。我们就是那样，白手起家，从零开始。

我们有了一段田园牧歌般美好的生活。我和萧娜离开圣达菲，搬进了新墨西哥州北部农牧社区中的一座小屋。那是一座大草原风格的古老土坯房，也是世界上极美的一个地方，房东是我在圣达菲工作时的一名同事。他是一名完美主义的同性恋者，建起了这座小农庄。孔雀在绿茵上流连，花园随处可见，四周的田野上生长着连绵的薰衣草。

我们的长女出世了，我觉得非常幸福。孩子真的将我们联结起来，我们变得极其亲密，有无数时间待在一起，真是庭园静好的日子。每一件事都围绕着萧娜、我和宝宝展开，对我来说，这是一生中第一次感到对某个人生出了无条件的爱。孩子与父母之间，没有任何疑问，爱就在那里。是我们创造了这个完美的小东西。什么都不必说，什么都不必证明。那种感觉甜蜜至极，不必刻意，但始终不变，而且妙不可言。

后来，我们开始有些不安。新墨西哥是个非常迷人的地方，风景优美，不必太辛苦地工作，不必刻意追求什么。但是，我觉得我们两个人都是壮志在胸的人，应当离开这个地方，否则我们明白这样的日子会一成不变。我们决定回到纽约。

我们似乎弄反了顺序——本来应当先回到纽约，承受一些苦难，然后在其他地方生个孩子，但我们却完全相反！我们生下了第二个女儿。在这座大都市里，养育子女不那么容易。因此，在墨西哥州心旷神怡的育儿活动，在纽约却变得艰难困顿。

萧娜后来进入金融行业工作，而这导致了与金钱、志向等等有关的一系列新问题。在她来说，这是极大的乐趣，因为她的才华与能力得到了公认，这非常美好。我也高兴，但同时，我想毒蛇就是在这个时候潜入花园的。

我是个超级奶爸，在家照看我们的大女儿。同时，我会在家承接一些零散项目，比如出版机构的艺术创作、平面设计等工作。我们都开始长时间的工作，不能频繁地见面，而这一点点蚀去了我们的婚姻。我们一心所想的是：“嗯，假如我能找到一个更好的职业，那我就会在某个圈子里工作，经人推荐，我们的孩子就可以进入更好的学校。”你的生活和工作之间没有什么区别。真是一团混乱。

我想特别是对萧娜来说，看到华尔街上大把大把的钱滚滚而来，会让她紧张而兴奋。在那里随处可见二十来岁的百万富翁。跟上别人掘金的脚步，成了一种真实的压力，华尔街就是这样诡异。而在纽约生活，你永远不会觉得自己已经挣够了钱。

纽约生活的刺激之处在于，一切运转良好的时候，你会忙碌得不可开交。我想人们已经沉溺在这种奔忙中，无法聚焦于事情的本质。这样的事情在巴黎和伦敦都会发生。你来到大都会，人人都壮志凌云，人们不必真正彼此面对，于是，规则以许多方式悄然发生了改变。

我们曾经拥有过一段非常纯真而亲密的感情，是在一个很小的地方生长出来的。而来到纽约之后，它无法在这座大都会里继续成长。在纽约，我们的婚姻没能存活下去。

这时，我遇到了几位我离家去往西部之前结识的朋友。我带萧娜进入这个圈子，而且，我变得像埃米莉·普斯特[①]一样，不停地向她讲解社交禁忌——像对待动物学展品一样对待他人。一位来自纽约某个古老家族的老朋友喋喋不休地讲了许久，说他九十高龄的祖母要在尼克波克俱乐部举行派对，邀请我们两个人都去参加我给她做了一场启蒙，告诉她在这种场合怎样才能行止有度。我说："说出的每一句话都不要太当真，只需要轻松明快，娴熟合群。这样你才不会露出破绽，别人也无法因此对你评头论足。就好像在演出《楼上楼下》《高斯福德花园》或类似的剧目。"

尽管我一直抵触这些礼节，但这却是我天性的一面，因此，看到我在这种场合潇洒自如、行云流水，她不禁瑟缩了。我的意思是，她说："我真不明白你怎么会对这些东西感兴趣。"在我成长期间，许多观念都已经深植在我心底。好比说，第一，你要拯救这个家族，让它免于被人遗忘的命运；第二，由于你是你家唯一的男性后人，因此，你会成为一家之主。

---

① 埃米莉·普斯特著有《礼节：社交惯例蓝皮书》，后再版无数次。

事实上，作为这个家族的准继承人，我做得很差劲，因此许多人都批评我。我对此缺乏兴趣，所以表现欠佳。我永远能感受到那份责任，但和萧娜在一起，我却不必为这份责任而忧虑。我们真的可以活得彻底像后现代艺术家一样，将我们的现实联结在一起。但当这两个世界倾覆之后，我就会坠回过去的角色中，像个勤勉负责的贵族子孙一样。我想，这个形象多少让她有些恶心。

与此相似的是，我们到佛蒙特看望萧娜的父母时，我会看到她变回了过去那个沉默寡言的女儿。人人都忌惮她父亲的威严。他是一个真正的沙文主义者及共和党人，他热爱枪炮，是个非常正派的佛蒙特人，而每次拜访期间气氛都非常安静，因为他们几乎从不交谈。这种无言的怨恨真的让我们开始便秘，一群人谁也不吭声的时候，似乎是一种紧张的态势。然后我们会离开，大约半小时之后我们就必须停车去上厕所。

那是艰难的两步舞。两个世界从来不会真正相融。我们在两个迥然不同的王国之间摆渡。

如果你在金融行业工作，那证明你真的很有天分，而且你会一心想得到数百万金钱的酬劳。而不为赢利而工作的人，比如我，更在意的是项目的完整，而不是金钱，因为假如你总想赚钱，反而可能会一分都赚不到。于是，我们在两个不同的圈子里渐行渐远。她所走的是一条高度公司化的路，而我却保持了追求创意的波西米亚性格。长此以往，几年之后，我们越来越疏远。

后来，事态恶化到了这种程度，朋友们会问她为什么总是缺席，我说："啊，她的工作太忙，下班很晚。我们真的再也没有时间在一起。她在家的时候，也仿佛心不在焉。"

朋友们说："听起来她好像红杏出墙了，亨利，你怎么这么迟钝？"

我想，其实我是在否认现实，因为我回答道："不，不，不，不，那是不可能的。她根本没有时间出墙。”

我想我得坦白承认这样一件事：我们之间的性爱也变得……不太亲密了。时不时还需要色情角色扮演的调剂。角色扮演的怪事悄然潜入我们的性生活。我不想说在性生活中我特别正统，但她开始想要更多游戏，她幻想被掳走，几近于遭到强暴，而这些事未免太诡异了，从来不曾在我们的性爱词典中出现过。你会疑惑：这些念头究竟是哪里来的？

我开始感觉自己像个性玩偶。“马上就做这个！”不管这个该死的角色扮演的是什么东西，总之我表现得不太好。因此，我开始害怕整个性爱过程。最后，我们索性不再有亲密接触。那更加古怪。一旦没有性爱，也就没有了交谈。因为没有身体的联结，就真的很难有精神的联结，因为身体联结是精神联结的前戏。于是，我们也不再交谈。

两人之间出现了一种沉默的压力。我还不能清楚地明白我们出了什么问题，为什么我们无法相处融洽。如果她对我说：“我有外遇了。”那么我会着手应对这件事。但事实上，我实在不明白出了什么事。

为了守住一个秘密，你必须撒谎，而真正毁掉婚姻的正是谎言。这对我们来说，不啻一种大灾难，因为长久以来，我们始终都愿意把内心最深处最黑暗的秘密告诉对方。她心怀愧疚，负罪感却以其他方式冒了出来：她变成了一个泼妇。她的处理方式就是发怒，因为她没有和盘托出的勇气。

我们的婚姻终于恶化至极，我提出了离婚，因为我不想让她过得太惨。她告诉我她有外遇，已经持续好几年了。那真的是外遇，只与性有关。我的意思是说那人只是她可以谋利的朋友，除此之外，她不会多喜欢他一分。

现在我们已经分开，让我想想，已经有三年了。两三个月之后，离婚手续就会尘埃落定。

最初的一年半非常糟糕，当然会是这样，我们两个人都表现得很恶劣。想要得到廉价的同情，最好的地方就是下等酒吧。而萧娜基本上开始沉溺在约会中。

然而，闹剧过去之后，我们开始直面业已发生的一切。我们竟然发展出了一份友情。

我想，我们不会只为维持婚姻或为了孩子就强行黏在一起。萧娜的父母彼此憎恶，却仍然是夫妻，我想，那绝不是萧娜打算效仿的婚姻。

但我不想让孩子生活在痛苦的离婚家庭中，萧娜也不想。我想，我们两个都意识到，我们应当斩断旁枝，寻求共同点，将养育孩子的干扰降到最低。我们要将婚姻变得健康而滋补，否则它会变得可鄙而贫乏。

我的大女儿十二岁，小女儿五岁。生下小女儿，是为了拯救我们急转直下的婚姻。不幸的是，这个婴孩并没有实现使命，但我们仍旧辛苦地维护着完整家庭的表象。我们希望，这两个女儿无论什么时候想来看我们，都可以无所顾忌。我已经搬出了家，租了一套公寓，但距离她们母女住的地方只有一个街区之遥。由于我住的地方很近，事情便有点荒唐，我还不如搬回去住。正因如此，我们仍然住在同一套房里。我住地下室，她占据上面的两层。这是一种独特的后离婚状态。

我原谅了她——好吧，你可以原谅那个人，但你不会原谅他们对你所做的那些事。我想我就是这样的。

我确实曾经爱上她，也深爱过她，那么，我爱上的、深爱的究竟是她的哪一部分、哪个层面呢？我想，就是因为我专注在那些地方，才得以原谅了她。许多时候，我已经顺应命运，接受这是生活的真相。时间是绝好的疗伤灵药，我想那件事已经灰飞烟灭了，它不再会激起我的怒火。那只是一段个人经历而已。

我不觉得我以后还会结婚。我虽然仍在结识女人，但于我而言多是为了性爱。我不想真的和她们太过亲密。我就是不想。我只想过得开心。萧娜沉溺在工作中，因此对她来说，没有真正两情相悦的长久关系也不打紧。我知道她时不时与某个男人约会，但很不正式，只是为了消遣。也许我会像巴勃罗·毕加索一样，他始终深爱第一个妻子，其后的每个妻子都要为此付出代价，特别是最后一个妻子。如果我这一生有多次婚姻，萧娜无疑会是我的头等爱妻，而图腾柱上的其他人都要排在她的地位之下。萧娜似乎也承认这一点。

我们结婚之前刚开始约会的时候，常常说我们是灵魂伴侣，而现在我仍然赞同。她对我的了解，比全世界任何人都深刻，我对她的了解，也远胜过一切世人。

她也知道等我们老了之后，我们会永远，呃，彼此照应，哪怕我们没有结婚。她曾经说过："我知道将来会有一天，你离开之后，我需要有人陪伴。"我就那么看着她，说："好，我也是这样想的，假如你先我而去的话。"

所以我不知道，随着事情的进展，我们之间仍然有爱意。这只是爱情的另一种形式，只是没有风流韵事。我们之间仍然存在许多温柔体贴。我们之间仍旧流动着昔日就有的感情。我们共同度过了许多时光，所以可以回溯往事，探究各自的生活，个中滋味也许就是既苦又甜的。

有时候，会让人恍惚困惑。直到最近，我们才重新开始交谈。在我们交流想法的时候，时不时地吃惊，因为感情上两人又开始亲密了。偶尔我们会恍然惊觉："哦，又是过去的你。"我们时不时地发现自己仿佛又成了夫妻，然后我们两个都会骇然而退，夺门而逃。

我不知道我对她的信任是否足以让我们再续前缘。有时候，我会幻想也许我们从此可以开始从未有过的单身生活，因为我们的爱情始于大学校园。也许，等我们到了六十岁，我们会复婚。就好像等我们到了六七十岁，性爱已经不是最重要的事。

更有可能的是，她的生活会继续向前。而我的未来会怎样，我却不知道。我不认为有谁能够代替她。我想，我内心的一部分仍旧深深地爱着她，我的前妻。

15年：一见到她，我就觉得，她是为我而生的。

弗雷兹·贝克尔，男，51岁

大约四个月前，我和前女友玛丽亚分手了。我们的恋情持续了十五年，然后，就这么倾塌了。

我们相识的那一年是1984年。那年我二十六岁，她比我小三岁。我们在Sprint公司的一家呼叫中心共事，她坐在我的对面。我从来没有见过她这样的人，因为她是古巴和夏威夷人的混血后裔。一见到她，我就觉得她是为我而生的。就好像那种感觉："我找到她了。"

我看过一部电影，名叫"来去美国"（Coming to America），二十世纪八十年代的老片子。电影中，艾迪·墨菲说："我想要一个能唤起我的情欲和大脑的女人。"玛丽亚就是这样的女人，拥有我寻找的一切。她容颜娇美，而且很有个性。我深深迷恋她的头脑、身体和灵魂。她是基督徒，爱上帝，我也爱上帝，而且她很漂亮。这真是梦幻组合。她穿得像商务人士，俨然是个具有模特美貌的首席执行官。

我对一个朋友说，"那一刻，我就想拥有她。"我发了句预言，"我将来会得到她。我一定会得到她。"过去，我从来没有说过这样坚定的话。

玛丽亚却并不想刻意进入一段感情。那时她已经结婚了，但婚姻岌岌可危。我隐隐地感觉到了这一点。我告诉她："我知道你心底有许多感情。"我说，"我会带你逃出困境。"非常鲁莽孟浪。基本上，我为她提供了进入下一段感情的条件。

很快我就和她成了朋友。六七个月之后，我们就常常在一起了。我已经深深爱上了她。

她带我结识了她的三个孩子，一起去公园游玩。她最小的孩子一岁半，中间的五岁，最大的六岁半。她问："对此你有什么问题吗？"

我说："不，没有。我接受你，所以也会接受他们。他们是组合的一部分。"

我带她租房，买家具。我预付了全部费用，每一件东西都是我花钱。我打算和她同住，所以我为她把一切都安排得非常便利。

我想我是她的守护天使。我从天堂降临，拯救她，帮助她。我觉得我将她的灵魂从流离动荡中挽救出来。有时候，《圣经》中会描述天使从天而降，救人于困厄的故事。我告诉她："我是你的守护天使。如果你曾经有过什么难题，或者受过谁的伤害，我会为你复仇。我会把他们碾成碎片。"于是我成了她的保护神，仿佛她的保镖。那是我最高级别的承诺。

第一年，我们的恋情进展得十分顺利，而且美好。她信任我，我信任她。她会在工作期间打电话给我，说："我爱你。"我会感觉："哇，我终于有伴了。我并不是孤身前行。这是一条双行道。我们在互相帮助。"

我觉得仿佛得到了重生。因为几年之间，我都没有女朋友。我终于开心起来。我热爱清晨醒来时的感觉，仿佛有人在我脑中扭亮了一盏灯，眼前霎时充满了雪亮的希望之光。

与玛丽亚同居几个月之后，我被Sprint公司解雇了。后来她也离开了那家公司。我为她如痴如狂，于是我的全部生活都以她为准。我不在乎要付出多少代价。我赖以生活的是父亲给我的钱财，但短短几个月之后，那笔钱就悉数散尽。我只好借了亲戚朋友的钱，拼命摆脱水深火热的生活。

最初的两年里，我们一贫如洗。我们时刻为钱财焦心，各种问题纷纷浮现，我只好宣布破产。我们甚至一度潦倒到差点露宿街头的田地。

1997年，我在一家保险公司找到一份工作。我们的生活渐渐好转，可以挣钱，可以维持温饱了。

但那几个孩子成了个大问题。如果仅仅是我和玛丽亚生活，那我们现在一定还在一起。但对她的几个孩子，我并不总是那么和善。

那大概是在问题真正浮现之前两三年的时候。他们渐渐长大，慢慢学会了顶嘴。有时候我会打他们屁股，或者严厉地斥责他们，有时候当我们恋情不顺时，我也会迁怒于他们。真的，这对他们很不公平。

任何时候，假如你要与一个带孩子的人开始一段恋情，你就必须以最和善的态度对待他们的前房儿女。一旦你待他们不好，你就会前功尽弃，这事就发生在我身上。她失去了对我的尊敬。我不断地爆发，一次次做着相同的错事，而她命令我别那样做。我毁掉了一段好姻缘。

最初我曾告诉她：“好。我会接受整套组合。”那时我其实并没有细想。虽然那句话发自肺腑，但我的头脑还没有准备好迎接挑战。我只是十分短视地看待那个问题。我并不真正想成为他们的父亲，我更感兴趣的是和她在一起。

开始的六年内，我们相处得很不错。然而后来，事情却恶化了。她将她的事业看得比我更重要，因为我们的财务生活不太顺利。基本上，她的生活就是睡觉、起床、上班，我们之间几乎没有交流。最后的五年里，我们只是偶尔欢爱，但更像是满足各自的情欲，没有亲密的感觉。有时候，她想要性爱，却不想和我拥吻。我不想这样，因此有时候我会拒绝她。

在这段恋情中，我更像个女人，而她更像丈夫。我们的角色颠倒了。我感情丰富，多愁善感，而她却是支付账单的那个人。她始终无法顺畅地表达感情。我只能主动地向她示爱，展现温柔体贴是什么样子。

她比我成熟得多，能够定夺大事。她决定凭借自己的力量，在事业上有所作为。十年里，我的职位始终不变，而她却已经自己开了一家办事处。某种程度上，我仍然像个小孩。我并没有和她一样目标清晰地前进。她工作时间极长，我因此十分懊恼，因为我留在家里照看孩子，而她却待在办公室，每天工作十六个小时。

许多次，我都告诉她："我想结婚。"

她一直说："不，不，不，不，不。"

我想拥有自己的孩子。但她不想要这些东西。我会不停地暗想："也许她会改变主意，也许，她会改变主意的。"

大约三年半之前，事态真的糟糕了。我们开始吵架。四个月前，我发现她和别人幽会。我不能允许这样的生活继续下去，于是搬走了。

我猜测到有什么事情发生，但我相信她。我信任她。去年一年中，我问了她好几次："你在和别人约会吗？"每一次她都否认。

那个男人是她十年前在工作中认识的。最初的三年，她是销售员，是他的下属，后来成为他的助理，再后来成了他的上司。因此，他们在一起度过了无数时光，有时候也会一起出去。我真的不喜欢这件事。我说："你得离开他。我不喜欢这样。"

办公室恋情总会引起许多流言蜚语。她承认大概八年前，她曾经吻过他，对此我颇有些恼火。我觉得自己被蒙骗了，因为我是那么爱她。她和这个男人约会了一年多，我才发现。

但她从不会背叛我，我的意思是，她不会对我不忠，但是……她本来可以至少对我忠诚，这不像是她有意对我撒谎，而是因为她害怕告诉我。我想她只是不想伤害我的感情。她的心……她这样做，不是好办法。我原谅了她，因为我也做过不少毁坏关系的事情。我放下了这件事。

我从灵魂最深处爱她。只要她需要，我就会万死不辞地帮助她。我的承诺仍然生效，它永远都不会消亡。我永远也不希望这个承诺与她一起消失。如果我再也不能和她说话，我的心会碎成千万片。我可能会心脏病发作或者遭遇别的事情。我也许会大病一场死去。

我想她有点把我的付出当作理所当然。我想，也许哪天她会和那个男人斩断情丝，回到我身边。而现在，时效已经过了，她无法再赢回我的心。一旦有效期过了，就像一罐牛奶过了保质期，一切都已经太迟。

我想，分手之后，最应当做的事情是疗伤。也许需要花费一个月左右的时间来重新评估自己的价值，探究自己是谁。但如果你不出去和朋友玩或者再找个恋人，你会过得很悲惨。我茕茕孑立时，便很悲惨。当你形影相吊，你会觉得害怕。你会倍觉孤独。

我想，通过网络约会是个很不错的办法，但一定要格外小心。我遇到过好几次这样的事，网恋对象想利用我或骗我。

比如，一个名叫雪莉的女人就想对我玩这种愚蠢的花招。和她聊天时，我问她问题，她只回答一半。我只好千方百计问到答案。她会说："噢，你太咄咄逼人了，太强势，Blablabla。"

我说："去你妈的。"

我不在乎。该死的……哦，上帝，这些人哪，我真不懂。

我对雪莉大发雷霆。我再也不想和她聊天。我还给她买了件圣诞礼物，准备送给她，是一张枪炮玫瑰乐队的精选CD，还有一张存有一些钱的银行卡。我把贺卡撕成碎片，扔进垃圾桶，取出卡上的六十美元花掉，打开那张该死的CD开始听歌。我说："我不需要这些"你知道吗？事实上，我一分钱都不欠她的。她可以滚蛋了。对不起！

然后，有个波多黎各女孩儿看上去非常不错。我们互通了几封邮件，后来和她见面了，她就问我各种问题。来到我的住处之后，她说："啊，我喜欢那个手袋，可以送给我吗？"然后就开始讲述她的一堆悲惨故事。"噢，我没有很多钱。"我觉得她是想利用我。我借给她一笔钱，后来她只还了我很小一部分。我想，她只是想找个冤大头榨干油水。

前几天我又见了一个女人。虽然我知道这样太快了，但是我已经和她说过我爱她。我认识她已经四天了。也许是因为我不顾一切地想找个伴，所以我对她十分主动。

我在Facebook上见到了她的名字，我从来没有见过那么长的名字。她长得很漂亮，很迷人。她的名字叫露西亚。我不记得她的全名，它比我的手还长。

我们开始用电子邮件交流，后来又用聊天软件。第二天我说："听着，我想给你打电话。"我们在电话上讲了——嗯，二十四小时之内，我们讲了十五个小时。她刚刚结束了上一段感情。她说她是个深情的人，喜欢拥抱。她一说这句话，我就对她倾心了。在我的脑中。她说了这句话："我是个深情的人，我喜欢拥抱，喜欢付出。"就是这样。我立即被打动了。她刹那之间便俘获了我。

我觉得她在乎的问题是："假如你前妻来找你，哭着要你关心她，你怎么办？"我说："听着。如果我和你在一起，我就会一心对你。我不会欺骗你的。"我说，"女人像金子一样。你不会把金子扔出窗外。你会把它穿戴在身上。你会花大钱去买。"

这个女孩打动了我的心，她的那种方式，哇！我很害怕。我只是说不出来。似乎随着我和她交谈，我们的生命渐渐合二为一。

她在纽约市的家得宝公司工作，而我住在佛罗里达州的奥兰多。我可能会乘飞机去看她，双程大约要花费二百八十美元。我打算两周之后去看她，她说她也许可以请几天假。我说："你知道吗？就这样做。抓住这个机会。"我说，"如果你成了我的女朋友，我会把我所有的资源都给你。如果你帮助我，我也会帮助你。我们的钱会放在一起。我们两个人会变成一个人。”

露西亚是那种人，为了帮你，她会宁肯自己破产。她会毫不犹豫地把最后一分钱拿出来给你。下这个结论也许有些操之过急，但我感觉她就是这样的人。她真是这样想的。我能够看到这段恋情终有一天会变为婚姻。她想要孩子。她来自哥伦比亚，因此我说，生几个美国和哥伦比亚混血的孩子真不错。

当我端详自己镜中的模样时，吓了一跳。因为虽然是我在照镜子，我却看到了她。我看到了我的影子。我看到了自己，我看到了自己的信仰。我想她有着基督徒的价值观。她是个好女孩儿，我觉得她似乎是一个与我相识多年的人。

我想我已经爱上了她，而我还没有见过她。我陷得太快了。我感情上的不成熟再次呈现出来。那就是我失败的原因——因为我过去很少约会过。我不想单独去，我想让别人陪我去，谁都可以。

我情感丰富，她的心中也洋溢着蓬勃而出的情感。我能感觉到这一点，我喜欢这一点。我需要爱她，需要拥抱她。我梦寐以求。我太渴望了。我想，我一见到她就会吻她。我不认为我会踌躇退缩。我只会说：“你知道吗？我很抱歉，但这是我发自肺腑的渴望。如果你不喜欢这样，也没关系。”我曾经多次告诉她，“我真希望我能给你一个巨大的拥抱，然后告诉你感觉好极了。”听到这句话，她说：“哇！”

我考虑过搬家到迈阿密去，因为我的母亲在南佛罗里达有一所房子。那座房子没有人住。露西亚一直在问迈阿密有没有家得宝公司的办事处，距离我母亲的房子有多远。她可以调到那边工作。她不想留在纽约。我不认为她想留在纽约。

那就是我的打算。也许我不该这么早下结论，但我已经不年轻了。我正处于人生中的关键时刻……说实话，我应该让她坐飞机来奥兰多，帮我打包整理这堆东西，装进优合卡车。我打算这样做。真的，我要这样做。我要弄一辆优合卡车，开车去往该死的迈阿密。

同时，我还会每天和她聊天。我不知道，我不知道我能不能等。我只想开车去那儿。我的感觉就像：哇，哇，哇！

15年：我实现了一个梦想，为了实现这个梦想，我错过了太多别的梦想。

玛丽亚·西艾拉，女，37岁

我出生于墨西哥城，但在年幼的时候，我们就举家迁到了一个名叫阿登辛格的小村，它位于普埃布拉州。我的父亲开了一家酒馆，但在我四五岁的时候，他就抛弃了我和怀孕的母亲，远走高飞了。他去了美国。

我的母亲继续经营那家酒馆。其实我并不是以她为耻，但这件事确实让我烦恼。我问过她，为什么不换一种工作。可是她不识字，更不会写，无法用别的方式养活我们。

母亲在那里赚不到多少钱。很多时候，我们饥肠辘辘，食不果腹。有时候我们就睡在那里，而母亲则等候客人上门。

我可以听到酒馆中发生的一切。我能看到一切。有时候，她会连续几天不见踪影。与她过从甚密的多是些已婚男人。街上的行人会讥笑我们是酒馆老板娘的孩子。在学校，别人拿我取乐，对我非常不敬。很多时候，母亲留我在家照看弟弟妹妹。那个时候我八岁或者十岁，我下定决心，决不让我的孩子重过这样的童年。

父亲会时不时给我们寄钱，但有一天，他告诉我们以后不会再寄钱了，他结识了别的女人，建立了新家。

十三岁时，我开始留意男人。在我们的小村里，我是个新奇的景观，因为基本上我仍然是个新来者。我很漂亮，许多男人都爱凑到我身边。

母亲不准我出去做我想做的事。我从来不喜欢别人告诉我该做什么，于是找到了一个男人。他叫罗伯托，十四岁那年，我开始和他交往。

后来我怀上了我和罗伯托的第一个孩子。我们在他父母家同居了两个月之后，他离家去了加利福尼亚。我才十四岁。住在他父母的家里非常艰难，因为彼此的生活习惯截然不同。我不知道该怎么烧菜做饭，不知道怎么洗衣服，不知道怎么烙玉米饼，因为在家里，这些活都不用我们做。我想回家，但母亲不肯留我。

我与罗伯托的关系持续了八年。他走之后，我再也没有依靠了，完全是孤儿寡母相依为命。1986年，我一走了之，将最大的孩子留在身后，跑到加利福尼亚和他团聚。我们在加州又生了一个孩子。

罗伯托开始贩卖毒品，曾经几次入狱。他最后一次坐牢的时候，我不知道该何去何从。

马丁是我一个朋友的朋友，我几乎不认识他。那个时候，我的身材也不好。我需要温柔体贴，而且我十分羞涩。马丁和我出去喝酒，我喝得烂醉如泥，记不起来发生了什么。当我醒来时，发现我和他睡在一起。他醉意没有那么浓，因此我认为他是在占我便宜，而且现在还这么想。我们的交往就这样开始了，现在我们在一起已经有十五年。

马丁长得不帅，但也不难看，身材矮小，仅仅比我略高一些。我第一次见到他时，他骨瘦如柴，蓬头垢面，一头长长的乱发，衣服也很不合身，过于宽大。有时候他会留胡子。他来自墨西哥伊达尔戈，在美国一家工厂工作。他酗酒，爱抽烟，这两个恶习我都不喜欢。我和他在一起，只是因为我自小所受的观念熏陶就是如果你和一个男人睡觉了，你就得和他在一起。而且，我很孤独。

我告诉他，我们的关系并不用当真，我不打算嫁给他。他在墨西哥有个女朋友，两人已经谈婚论嫁了。他来美国就是为了赚钱，赚够了就回去娶她。

有一个月，我们几乎每天晚上都住在一起。他想搬来和我同居，我们两个都觉得交两份房租太傻了。我有两个孩子，一个四岁，一个六岁。他说他会帮我。我说只要我的孩子同意就没问题，如果他们不答应，我不会让他搬来的。

他开始和我的两个孩子交往，他们真的喜欢他。他对我的孩子非常宠溺。看到孩子们和他嬉笑玩闹的一幕幕，我非常非常喜欢。

于是马丁搬了过来。但不久之后，我们之间就产生了严重的问题。我们总会争吵大闹，时有恶战。在墨西哥的那个女人也会写信给他，而我们也常会因为金钱烦恼。他在他上班的工厂为我找了份差事，但他永远攒不下钱。那家工厂似乎是他和一个男人合伙开办的，如果运营情况良好，他就能拿到钱；否则就拿不到。他努力工作，但收入甚微。我只好自己掏钱买食物，交房租，付各种账单。每当到了该他掏钱的时候，他就会失踪。等我付钱之后，万事大吉，他就会回来。

我们非常不同。我喜欢墨西哥传统音乐马里亚奇，而他酷爱摇滚。我喜欢墨西哥玉米饼和辛辣的食物，而他喜欢面包和清淡的食物，非常简单、不放辣椒的菜肴。我做完饭之后，他会将盘子扔到地上："我才不吃这东西！"但我不打算烧别的菜。如果他想吃别的，自己去做。

他总会告诉我，他不爱我。对，他是和我在一起，但他爱的是身在墨西哥的那个女人，而我却插足了他们的关系。后来那个女人发现他在和我同居。事情错综复杂。好几年来，他一直说是我毁了他的生活。

我感觉非常难过，但我不想让孩子们看到我今天和这个男人在一起，明天又换了一个。

我想马丁真的很喜欢我的两个孩子。他会拥抱我的女儿，轻柔甜蜜地抱她。他会带两个孩子去公园，到学校开家长会，或者一起去别的地方。而我对孩子非常严厉，格外专断。有时候我会打他们。他会劝我别打骂孩子，要和他们谈心。他对孩子们真是非常的温和。

但他和我会互相痛打对方。有时候我会任他打骂，也不还手，但有时候我会愤而反击。有一天，一场恶战之后，他离家出走。那时我们已经同居一年多。从那以后，每当硝烟腾起之后，他就会离家出走。

我就出门找他，寻遍各个工厂或商场的停车场以及一切我以为他能够藏身的地方。最后，终于有一天，他说他要走，我说："好，走吧。"我没有去找他。两天之后，他自己回来了。

我们的关系似乎只是一首反复无常的狂想曲，或一时心血来潮的异想天开，唯独不是爱情。尽管我不打算爱他，但我曾发誓说："终有一天，我会让他爱上我。"我就是这样的。

1995年，我们从加利福尼亚州搬到了明尼阿波利斯地区。1996年，我们生了个女儿，那时我们已经同居两年半了。我怀孕期间，我们的关系变得亲密了一些。现在，我们成了相依为命的人。最开始他得知我有孕之后，并不是很开心，因为他依然想回到墨西哥与那个等待他的女人结婚。但看到我日渐隆起的腹部，感受宝贝的胎动时，他忽然动了感情。他被感动了。

我们的女儿出生之后，他提议我留在家里照看女儿。我不喜欢这种安排。我不能向他提出要求："给我买内衣。"因此我们轮流上班。他夜里上班，我白天工作。之后的十年，都是这样度过的。那是非常艰苦的十年。

我们仍然会争吵。同居以来，我从来没有领略过高潮的风光，从来、从来没有过。我确实积极回应他，但比起照顾我，他更在意自己的感受。我把我的感受告诉了他，他便非常沮丧。他告诉我，我应该换个人试试。我说我想和他一起体验高潮，我不想找别人。我去找了治疗师，接受了几条建议，后来我们的关系也有所改善，但骂战仍然接连不断。

我在明尼阿波利斯的惠特尼酒店工作，他在华美达酒店上班。他完全可以开车载我上班，将我放在惠特尼酒店，但他从来不这样做。我只能搭公交车上班。而他开的那辆汽车是我买的！掏钱的是我，开车的是他。他时不时打电话给许多女孩儿，让她们坐顺风车，去商场购物，去接送孩子，哪儿都去，但当我问他："你能开车送我上班吗？"

他说："没有多余的地方了。"

这让我忍无可忍，我就和他吵架，打破了车窗。而他只会弯腰躲藏！

马丁无数次离开我。有一次，他回到了墨西哥，住进了他妈妈在奎埃纳瓦卡的家。我一路追踪而去。一到那儿，我就想跟他吵架。我告诉他："你离家出走的处理方式我不能接受。"我让他搞清楚，他想分手门儿都没有，只有我想分手的时候这段感情才可能结束。然后我就哑口无言了，因为他同意了我这句话。他还说出了我永生难忘的一句话："你爱我，你非常爱我，因为从来没有人对我做出这样的事。"

如果让我与他分手，然后回家，我会非常害怕。我非常确定，终有一天他会爱上我。我要向他证明，假如我想让我们两个人在一起，我一定能做到。我不愿意让我的孩子重过我所经历的生活，不愿让他们见到我从一个男人奔向另一个男人。这要回溯到我母亲的旧事，童年时我曾见到母亲换了好几个男人。我不是在批评她，但是，见到自己的母亲跟并非自己父亲的男人在一起，这种感觉太糟糕了。

我带马丁回了家。

回到美国之后，我发现他和另一个女人有染。但我并没有大发雷霆。我曾经告诉他，他应当找个能拥抱他、善待他的女人，因为我和他之间已经没有性爱，再也没有了。他会说："不，我需要和你在一起。”但后来，我在汽车里发现了一张汽车旅馆的账单。还有一张两百美元的国际长途电话账单，是他打往墨西哥的一个号码，通话时间比我和他的所有电话加起来都长。

我找到了与他发生艳遇的那个女人，了解到她的丈夫是马丁的朋友。那个时候，我终于失去了对马丁的一切信任。他无疑是不忠，而且他引诱朋友的妻子。

除了马丁出轨，我也与另一个男人有过外遇。那次出轨并不重要，持续的时间也很短。当时马丁和我关系非常恶劣，我决定和他分手。我厌倦了他总是扬言要走，厌倦了总要跑出门四处找他回来。

那个男人我并不爱，没有温柔体贴，什么都没有。我也不打算告诉你我不喜欢他的身体。我真的不喜欢。只不过是在我艰难困顿的时候，恰好遇见了他。他是当时唯一一个向我走来的男人。

我不明白为什么马丁依然要和我在一起。我是难以理解为什么一个人会在维持一份长久关系的同时，和别人约会。对我来说，这样做太难了。

直到今天我们仍然要面对财务困境。我们买了房子，而付钱的主要是我。马丁帮我还房贷，所以说他也有所改变。但负担家用、维持生计的人，是我。我始终在辛勤工作，向孩子、向母亲证明我自己。2001年，我弟弟的儿子从墨西哥来美国和我们同住。我收养了这个孩子，现在，他就和我的亲生儿子一个样。我非常自豪能给他一个家。

我从不觉得自己是个愚蠢笨拙的人。在酒店打扫客房之后，我决定做些别的。我又找了一份市内公交司机的工作，一直做了五年。后来我经过培训和学习，成了一名刺络医师。我取得了普通教育文凭，得以上大学。我开始学习英语。那段时间，我一周七天都在工作，周末还要开车。马丁告诉我他以我为荣，而且他发现，但凡我想要的，我总能得到。是的，我能。

我们在一起近十年之后，马丁告诉我他非常爱我。我想这是他第一次说他爱我。他说他不能没有我。

当那天终于到来，他终于说爱我的时候，我忽然对他兴趣全无。原因好像是此刻我得到了我想要的东西——他的爱和认可，但我并不想要他。我已经厌倦了他。我告诉他，我想换人。

他割破了自己的静脉。他倒在床上，鲜血汩汩而出，手臂垂了下来，而他居然开始唱歌！我不记得他唱的是哪首歌。他滚下了楼梯，又撞到墙上，身受重伤。我打了911急救电话，医务人员匆忙赶来救他，他却把人家揍了一顿。

他在医院关了一段时间。出来的时候，我害怕出事，于是又和他同居了。他一直说要自杀。我们有人寿保险，他告诉我，赔偿金可以用来养育孩子，这样我会活得不那么艰难。有两次，他想跳入我家附近的一条大河里自杀。

我并不太在意这个男人，我只是在意孩子们会怎么说。我不希望听到他们说："我们的父亲是因为你才自杀的。那是你的错。"于是我告诉他，我们应该住在一起，但各过各的生活。他可以住在我这里，直到他觉得足够强大，可以独立生活为止。但从今以后，我们的生活只与孩子有关。他说："我不想走。我想和你一起继续生活。"

在我们同居十年纪念日那天，他送了我几件礼物，还有这只戒指，求我嫁给他。我感动了。但这并没有改变什么。我不想伤害他，但我也不想嫁给他。

他是我一生中最重要的男人，今后也是。他有很多地方我都不喜欢，但我开始觉得……我发现我们两个人都有错。他变成了一个非常好的父亲，那是我们感情中最重要的部分。我们全家出门吃饭时，或者合家团聚时，我的感觉十分美好。我希望我的孩子能拥有我没能获得的一切。这是一段深沉的感情。

这是我最佩服他的地方，也是我唯一佩服的一点。有时候，他的话非常让我伤心。但他的改变特别大。他一心想让我开心，再也没有羞辱我，也不再扬言：“我要走。”他变成了一个很不错的朋友。他非常温情。但我不爱他。

有时候我们会谈论将来。两人都年老之后，我们要做些什么？我的未来应该是和另一个男人一起度过。我想要一段美丽的爱情，我想知道爱的滋味。

也许我并不爱他，但我确实喜欢他。我能感觉到对他的温柔关爱，而且习惯了和他在一起生活。我无法想象没有他，生活会是什么样子。这就是家庭生活的图景：父亲、母亲和几个孩子——我们都在一起。在我童年时，就常常憧憬这一幕。在我的想象中，家就是这个样子。而现在，我觉得已经实现了。

我实现了一个梦想。但为了实现这个梦想，我匆匆错过了太多别的梦想。

16年：天空下，万物都没有改变，然而天空已经不同。

凯瑟琳·兰罕，女，48岁

见到比尔死去的那一刻，无论人们何时提到死亡，我的渴望总是一样："我也想死。"

他的葬礼在星期二举行，但我想，我从星期五就开始服药了。本来，我已经把药片藏起来，好让自己足够清醒，能够应答不时打进来的电话，但我仍旧无法自制地服药。记得清洁工星期五来了我家，但他们发现我的时候，已经是一个星期之后了。对此我有缥缈的记忆。我只知道，丈夫已经死了。

后来，我的妹妹过来，将我带到她家，试图帮我恢复部分意识。于是我又努力试了一次。我试了……哦，大约二十多次。至少有这么多次。在2008年2月至8月之间，我要么是在从服药过量中恢复，要么是在密谋下一次吞药自杀。

那次，我咽下了六十四粒替马西泮胶囊和五十片安定。那真够我受的，因为苏醒之后，我发现自己躺在餐厅的地板上，硬木地板。由于药性发作，我的腰部以下部位全部瘫痪了。

我陷入了迷幻状态，喊着比尔的名字，不明白为什么他不答应。过去，比尔常常会梦游，我一呼唤他，他就会回到我们的房间。我一直在喊叫，让他过来扶我起来，因为我无法站起身。我不停地跌倒，摔得满身淤青。不知道用了几个小时，最后我终于爬回了床边。那时我才想起他早已死了，因此无法回应我。这一次，他不会来扶我了。

医生来了。他们无法相信我的自杀企图竟然没有如愿，我竟然没死。那时我有个绝佳的想法，而且现在仍然坚定地相信。我知道我的坚信并不是疯狂，而是真相。

在我看来，我和比尔一起待在人世间，但现在，突然之间游戏结束了。我独自留在这儿，而这是不对的。世界上有许多存在的层面，这不是我应该存在的层面。这是宇宙出现的断层，我必须找到自己回去的路。

直到那时，我才开始为自杀寻找合理化解释，因为我是个基督徒，信不信由你，而且我相信，即使你戴罪而死，也会在最后一刻得到原谅。耶稣会原谅我，上帝会原谅我。我在《圣经》中读到，耶稣会满足我们心底的渴望，而这就是我的渴望——与丈夫团聚。我想，上帝当然会满足我。

我开始考虑这件事。记得《圣经》中说，天国里有许多房间。我意识到，或许我可以得到原谅，也可以升入天国，但未必会和比尔进入同一个房间。或许我会获得永生，不会下地狱，但这并不意味着我可以和丈夫重逢。那年我只有四十八岁，那么，我该孤独地再活三十年呢，还是该现在就死但死后或许永远无法和他在一起？这些念头听起来很疯狂，但当时我就是这样想的。

于是我想，比尔不肯回应我，或许就是一个信号，暗示自杀这种方式他不能接受。

从那以后，我略微沉静了些，也不再故意过量用药。但很长一段时间内，我的目标是尝试或患上某种疾病，或者惹上祸患。我开车时不系安全带，或者突然超车。我会在喝完几杯苏格兰威士忌之后，蹬着梯子爬上阁楼。或者祈祷自己患病。

有个男人告诉我：“你是我认识的最珍视婚姻的女人，但你的丈夫已经死了。”

我曾经和一些孀妇及其他各色人等交谈过。对许多人来说，伴侣去世之后，他们似乎很容易重新开始自己的生活。我不想这样，那会让我愤怒。我曾经试着再次约会，但心底的渴望仍是和亡夫团圆。我不知道这一点将会如何改变，也不知道何时改变，甚至不知道能否改变。

我想在这个存在的层面找到一些略微有趣的事物，也确实找到了一些。但真的，让我继续活下去的，却是与亡夫团聚的渴望。我讨厌这一点。

比尔和我一起生活了十六年，婚姻持续了八年。其中有四年，他在与癌症做斗争。

那段时间，我的母亲因胰腺癌而归天。她一直是我的另一块试金石。她在2007年2月逝去。我越发意识到，我多么依赖丈夫和母亲两人，没有他们我会发疯。现在，我的疯狂无法遏止！我一直在极力控制。

我想，他是我的船锚，我的……哦，上帝，我能想起与之类似的所有平淡无奇的比喻，比如他是我的真正北方。他就是那种人，和他在一起你会觉得："真舒服。"在我一生中，只有极少数几个人让我有这种感觉，如此的自在，又如此的纯粹。比尔过去总是叫我"一团乱麻"，还有个爱称是"可怕的纯真"。极少有人能让我有如此感受，他就是其中之一。

我们两人在同一天开始在同一座博物馆上班。他是馆长，我是解说员。博物馆正举行一场展览，我负责撰写展览上的文字说明。我写得格外冗长，比尔身为馆长，恐怕自以为颇有专业才华，他对我说："你写得太长了，根本没人会看的。"基本上等于说："你只是浪费时间。"我想："你是哪根葱？不过是全世界最大的傻瓜罢了。"当时他已经结婚，我想他是我所认识的最可厌的人，此后就极力躲着他。

我们根本不是一见钟情。我在那座博物馆工作了好几年之后，在一家艺术中心找到了工作。

后来我听说他的妻子忽然去世。我们有一位共同的朋友开始用颇为正面的话语描述他，我不由想道："我们谈的是同一个比尔吗？"后来，我在艺术中心和他意外重逢。他身边带着幼子，风度翩翩，温文尔雅，我被迷住了。

很可笑，比尔邀我约会，我们便一起去吃早餐。我觉得放松、舒适，一见如故，而且非常惊异自己会这样。几个星期之后，我打电话给他，因为我很久没有性爱，我想他也一样，因为他的妻子已经亡故了。于是我说："我很久以来都是一个人，我想你也是一样。星期五晚上你想和我在一起吗？"后来他说，挂掉电话之后，他真的欢呼雀跃！

所以，不管怎么说，他来找我，我们上床了。感觉真的是……我们谈天，放松，在床上欢闹，比我想象的更为亲密。他超过我的预想，是个极佳的情人，真的很不错。但即使这件事之后，我依然以为："哦，这只是一次艳遇。"

但他太可爱了，第二天他打来电话说："我还要！还要！还要！"话中带笑。我们在一起时非常自在。仅仅是性爱，而且很好。几天之后他带我去吃饭，刹那间我意识到："我爱他。"我震惊了。记得当时心里暗想："我不能爱比尔·哈蒙德。"

可是，一旦我明白过来，便认定了他。这与身为基督徒是同样的道理，人们把这称作皈依经历。你会清晰地记得顿悟的那一瞬间你在什么地方。对我来说，那是1996年，我坐在妹妹家的厨房地板上。对于比尔来说，当时他正伸手取一把他以为已经遗失的扳手。你知道自己是什么时候恍然大悟的。刹那间，你明白你接受了基督。关于我和比尔交往时的突破，这是我能想出的最贴近的类比。

比尔喜欢喂我吃饭，喜欢照顾我，喜欢下厨做饭。他是个美食家级别的厨师。我们过得非常愉快，一起享受相守的时光，哪怕一起做着无趣的事情也觉得开心。过去我们常常笑着说，我们一起清理冰箱也会高兴。还有哪个人能让我在掏出冰箱里的老莴苣时也这么陶醉呢？我为他深深着迷，完全被他吸引，深陷在爱情里。

2004年秋天，比尔开始觉得身体不舒服。他喜欢夜里喝杜松酒，吃滋补食品，每天晚上七点钟，我们都要吃一顿浓香而油腻的晚餐。我以为是他的心脏出了问题，但所有的心脏检查结果都是阴性。

在他生日那天，我们出去吃饭。他的几个儿子都住在城里。呃，那次比尔甚至无法咽下口中的饭菜。医生以为是过敏，因为当时正值春天，阿肯色州花粉弥漫。最后医生让他做了内窥镜检查。检查结果出来之后，医生走进来告诉我："他的体内长了一个石头大小的肿瘤，完全阻断了食道。肿瘤恐怕已经长了好几年了。"

当时比尔患有一种名叫结节病的肺病，每年都要拍片检查，所以我问："为什么我们没有检查出来？"

医生说："X光片上显示不出来。"

有一年时间，他都要用饲管进食，这很讽刺，因为他是那么迷恋美食。我们放弃了每晚七点钟的大餐。他不再烹饪，而他平时最爱的频道是美食电视台。他无法再烹饪，为此我们非常伤心。那么，我们怎样才能代替美味的晚餐呢？

每天晚上，我开始为他读书。我们至少读了一百本书，真是美妙的时光。九点三十分，馅饼时间到了。比尔爱上了酸橙馅饼。他已经瘦了一百磅，而酸橙馅饼是他唯一可以借以增肥的食品。

卡特里娜飓风袭来的那个周末，我带比尔去看肿瘤专家。几名专家说他们想尝试一种新的化疗方法。他们说有百分三十的成功率，而且，假如他不肯接受治疗，就得将病历拿回家，因为他最多只能再活一个月。整个周末，我们都在观看飓风，深陷在风暴以及比尔的病情带来的狂乱之中。

我从蔬菜店购物回来的时候穿过后院，在那里发现了一只特别大的乌龟。我们的住所根本不临水，因此我简直无法相信。比尔也摇着轮椅，带着饲管和静脉滴注瓶等全套设备出门来看。他说：“凯瑟琳，乌龟代表长寿。”

第二天，专家打来电话说：“他的肿瘤指征都很好，很乐观。化疗开始起作用了。”从那以后，在我们心中，那只乌龟显得格外意义重大。

2007年12月，我们到佐治亚州一个名叫坎伯兰岛的地方过圣诞。岛上有一家名叫灰田的客栈。两天之内，全程都由他开车，一路上我们过得十分愉快。但到那儿之后，他的呼吸变得艰难起来。

我开车带比尔回到小石城，极力劝他上医院，但他说：“不，不，今天不去。因为我的弟弟在这儿。”于是我们看了场足球赛。他甚至无法行走。今天看来，我那时真是太荒唐了，竟然没有叫救护车。

他在重症监护室里住了一个月。正式的死因是他无法呼吸。所以我很内疚，我觉得我没有……都怪我没有尽早送他就医。他死于肺衰竭。在化疗和肺病左右夹攻之下，病情恶化，终于无法收拾。

他弥留的时刻非常宝贵。我独自陪着他，正午时分，我们去除了他身上那些维持生命的设备。他的呼吸越来越吃力。我一直在说：“这没什么好处。一点都没好处。”我的妹妹、妹夫和一名教士来了。

教士说：“我能为此替你祈祷吗？”她祷告道，“上帝，我们请求在这个生命的尽头见到你的仁慈。”这句话击中了我，因为这正是我自忖从未见到的。

没过多久，比尔忽然睁开了双眼，他已经三个多星期没有睁开过眼睛了。他充满柔情地注视着我。我唯一能做的就是哭着说：“对不起，对不起。”我不知道这句话从何说起，或许是“对不起，我没能救你回来”之类的意思，但他只是深情地凝视着我。忽然，他的目光散了，虚无地望着我身后的某个地方。我知道他……无论他去了哪里，一定能看到一些东西。妹夫说：“比尔，耶稣正等待着你，去他那里吧。”于是比尔闭上双眼，死了。

我们没能常常旅行。我希望我们曾经这样做，但在某种意义上，是点点滴滴的日常琐事让我们的感情更为珍贵。我不记得和他旅行的事情，但我永远记得和他一起清理冰箱！无论如何，我永远记得这些小事，正是这些记忆让我活下去。

我对他的感情是完全的尊敬、迷恋和信任。这几种感觉融合起来极好，因为你和他在一起时非常舒适，可以想当然地依赖他。你会变得有些懒惰。有了他，我几乎什么都不用做。他的谈吐，他的思维，他为我讲述的从未与他人分享的生活往事。我认识他已经十六年了，仍然觉得他非常迷人。

他非常开明，简直说不出有多爱我。我总在听他说爱我。他会对我大喊这句话。比如我们要去上班，我在卫生间，他在厨房，他会喊一声：“我爱你！”现在再也听不到这句话，太悲惨了。

我再也不让自己吞下任何处方的安眠药了。我也许会买非处方安眠药帮我入睡，但绝不会过量用药。我又找到了工作，所以现在，我必须振作起来，用心上班。

我似乎找到了属于自己的方式。我感觉只有三岁，试着学走路，学说话。这些日子，我几乎随时在对人道歉，穿的也很不合适。我分享得太多，说了许多不合适的话。我想如果我能够顺利度过一整天，而不伤害任何人，就可以算能够自如地独自生活了。

C.C.路易斯在妻子玉殒之后，写了一本《卿卿如晤》（A Grief Observed），其中写道：“然而生活还是不同了。她的存在仿佛天空，延伸至万事万物。”

有时我会去从前常去的食杂店，他们售卖的货物仍与旧时殊无二致。食杂店没有改变，只是体会已然不同。比尔的存在覆盖了万物。

天空下，万物都没改变，然而天空已经不同。

16年：我暗想："哦，也许我该找个伴儿了。"

比尔·冯·亨斯多弗，男，74岁

高中时期，我狂热地爱上了一个女孩。我和她跳过一次舞。后来，她邀请我参加她的婚礼。记得那年我十七岁，仍然对她恍惚相思。嗯，在婚礼上我崩溃了。我本来应该留在家里的，于是我们结束了。

后来我离家去读大学。对于自己究竟该学习什么专业，我大费周折。最初我学的是医学院预科，后来转到神学院。再后来，我又回到了医学院，学习的日子多多少少有些悲惨。我拿到了教师证，到一所高中教了两年科学。对于教这些高中小孩，我没有多大兴趣，因为他们对科学之类总是持满不在乎的态度。

几乎同时，我的亲人都渐渐年长了，他们开始需要找个人……呃，比如割草或者在想去某个地方的时候开车载他们去。怎么说呢？他们并不是自己不会做，但对他们来说，有个勤杂工在身边随时待命自然会方便许多。

我仍然单身，而且感觉亏欠他们，因为他们为我负担一切学费，供我读书，于是我想可以留在家里为父母工作。而且，如果父母觉得我待在家里也不错，那么他们会允许我追求自己的目标。

那时候我酷爱弹钢琴。我熟记了贝多芬的多首奏鸣曲、两三首肖邦的练习曲，诸如此类的曲子。我钻研数学，通过学习，还通晓了法语和德语。

我非常享受独处。我是个不需要出去泡吧的男人，我不需要和哥们儿一起喝啤酒，从黄昏直到黎明。我可以花极多的时间反复练习一首小提琴或钢琴曲，精益求精，追求完美。我更喜欢这样度日，而不是和大街上的某个人废话。

戴华斯维尔是个拥有大约四千人的农业社区。这里的许多人会开车到迪比克的工厂上班。约翰·迪尔在那里开了一家大型工业制造厂。小镇中大部分人都认识我，因为我的父亲开了家药店，从高中起我就在店里打工。戴华斯维尔的人口增长不快，因此在十年、二十年甚至三十年之后，小镇里大多数人仍旧认识我，我也依然能认出他们。从来没有人问过我，为什么我没有女朋友，反倒是许多人都说，我留在家中照顾父母，实在太伟大了。

好吧，时光飞逝，该来的都来了。先是我的父亲去世，后来母亲需要一个人在身边随时伺候。我的姐妹丽塔·梅和约琳以及弟弟朱立安都已经结婚，各自维持自己的家庭。父亲逝于1976年。1986年，母亲也故去了。

我在乡间旅行了一段时间，暗想："嗯，现在我该找个人做伴，一起享受财务利润和我能获得的好处了。"我只是觉得与另一个人一起生活，或许比独居要好一些。

我参加了祝酒师俱乐部。这个团体的成员经常聚会，共同练习当众讲话。在神学院学习期间，我最大的恐惧之一就是站到人群面前发表演讲，所以我想如果……如果当年我留在神学院，肯定要学习如何布道。祝酒师俱乐部恰好击中了我的某个问题，于是我在那里度过了两至三年的日子。

在那里我认识了一个女孩儿。我和她聊天，约过她两三次。后来我发现她有个年幼的儿子。她是个非常不错的女孩，相貌甜美。我并不是因为她有孩子才停止与她交往的，真正的原因是她曾经离过婚。如果你是个离异人士，而这时有个第三方介入，那就好比扳手卡入一组齿轮，那两个人永远也不可能和解了。

我俯首退出了这种局面。我不再给她打电话，不再与她约会，我想她也理解。那种局面让人不自在，我感到有些孤独。但我信仰天主教，此外，这也是我自己要坚守的道德戒条。为了彻底断绝这段关系，我退出了祝酒师俱乐部。

我发现有个单身联谊会可以帮助未婚人士相识。联谊会位于迪比克，他们经常在马绍尔公园组织单身聚会，于是，1992年的一个星期天下午，我想知道这种聚会是什么样子，就去那座公园看个究竟。那是六月份一个阳光明媚的下午，公园的小径旁，几张长椅俯瞰着密西西比河。真见鬼，我发现一名女士坐在一张长椅上。我想，她是个合适的猎物，是我可以追求的单身女郎。我就和她攀谈起来，并和她做出了一项约定。

她就是安妮。她住在乡间，她家的农场位于普兰希德路旁，埃普沃斯小镇以南大约四公里外。我问她是否愿意从那么远的地方来到威斯康辛州迪克威尔跳舞，她说愿意。

后来，让我告诉你吧，这就是姻缘落定的开始。

那时候，我已经快五十九岁了，而她三十来岁，接近四十。但她显然以为我很有意思，我也觉得她不错，于是我们开始约会。过去每隔一段时间，我就会骑着自行车从戴华斯维尔到农庄看她。我意识到我不会再年轻，而她也不会。那年十一月，我五十九岁生日过后，我们便结婚了。从那之后，我们便一直在一起。

认识安妮之前，我并不是过着隐士般的生活，我总是和父母亲同住。如果你和老人生活的时间足够漫长，就能学会包容他人的情感、欲望和需求。我不知道妻子是否认为和我一起生活十分轻松，但我可以肯定，和她开始生活真的不难。我享受和她一起做事，而且至今如此。

我必须承认，在她来和我共同生活之前，我家空荡荡的，弥漫着莫名的孤独。在我母亲在世的最后几年里，家里养了一只名叫凯伦的宠物犬。母亲去世之后，凯伦和我一起待了许多天。凯伦陪我挨过了那段日子，因此它死的时候，我十分伤心。那天它出门去大小便，屋外寒风凛冽，它冻得几乎走不了路。最后它终于大便结束，回屋的时候，跳上了后门前的最后两级台阶。跳上第三个台阶时，它的步态异常艰难，于是我将它抱了起来，它深深地凝视着我的双眼，然后就死了。

你也许会好奇，为什么这条狗名叫凯伦。这里还有一个小故事。我自己的个人金融业务都在迪比克处理，那家银行名叫每股信托储蓄银行。迪比克分行有个出纳员我很感兴趣，她的名字叫凯伦。我将财产都存入凯伦工作的那家银行，好收取利息，也试图接近她。但事实证明这是我一厢情愿，她对我没有兴趣。但是，我却因为这个原因，为我的小狗取名凯伦。它有一双睡意蒙胧的大眼睛，和银行里那名出纳一样。我并不是想以此侮辱她，而是想铭记她。

无论如何，凯伦死了——我说的当然是那条狗。我不知道那个名叫凯伦的女孩是否仍旧在世。但总之，从那以后，我便觉得屋里空荡荡的。正因如此，不久之后我就开始四处寻觅，这时，终于找到一个满足我要求的人。

我想，一个男人所娶的妻子总会与母亲有些相似。我能在安妮的眉眼和神情中发现许多与母亲相似的地方。眼睛、鼻子和嘴，都非常像。

我和安妮最初相识时，她在工厂上班，是玩具厂的一名主管。我们结婚之后，她在那里又工作了一两年，后来那家工厂倒闭了，于是她去哈迪斯公司做快餐。之后，他们公司需要外派一名厨师到医院里工作，工作时间更为合理，于是安妮申请到了那份工作，一直干到现在。

我一直想找个比我年轻的女人，因为如果可能，我想要几个孩子。我一直活在幻觉中，以为老年人也能像青壮年一样生儿育女。

呃，显然这不是事实，因为我们结婚多年，一直没有享受到拥有子女的幸福。但这并不意味着我们没有试过。

结婚之前，我始终是处子，而且根据她的说法，她也是处女。我很高兴这是她的第一次，也是我自己的第一次。这样，我们两人似乎融合了起来。

我发现，性爱仿佛蛋糕上的糖霜。你可以只吃一点糖霜，但其实想吃的是蛋糕。可以想象，世界上每一对夫妻的个人需求都不相同。我想，如果我比现在年轻许多，那么我会想吃更多的糖霜。但现在，和你谈天的是个七十四岁的老人。我想，等你到了我这个年纪，这方面的问题也不会像年轻时那样重要了。不过，糖霜仍然是不错的！

你必须理解，我曾经有志于成为一名牧师，那就意味着要过清心寡欲的独身生活，我想我确实将自己的动物天性控制得很好。幸运的是，在必须面对动物天性之前，我就接受了这份禁欲的责任。好莱坞在展现爱情的情欲一面做得很好，但在另一面表现得很差。其实爱情可以更加理性，需要我与枕边人长相厮守，白头到老，无论我是否愿意。

和安妮相处感觉很舒服。她能让我开怀大笑，能忍受我，这意味着她必须胸怀博大，我想确实如此。如果她听到我们这段对话，一定会赞同我。

我们喜欢一起旅行，一起生活。举个例子，今天上午我们去了迪比克。昨天下午，我一张嘴，牙套掉了。安妮从医院下班回家，我给她看了看，她说："那么，你必须马上补牙，句号！"她的牙医住在迪比克，所以她今天上午带我来到牙科诊所，将牙套粘了回去。

这段路是一段很短的车程，因此我们又买了些东西。但每年度假期间，我们都会来一场路途遥远的旅行。我们去过佛罗里达。有一次，我们到那儿看了魔鬼之塔。还有一次，我们去看了岩上之屋。我们还去过一次罗马。两三年前，她参加了我们教堂的彩票活动，当然，我偶尔帮了她一下，于是我们得以加入一些有趣的活动。我能记起的我们夫妻最漫长的分离，就是两个星期之前，她必须到迪比克参加美国天主教女性大会，所以，从星期四到星期天，她一直待在那儿。

我很寂寞。现在我们养了一只名叫布鲁图的狗。虽然布鲁图能陪我，但每当安妮不在家的时候，我依然觉得惶惶不安。当然，她可以去，她有自由，想去哪儿就能去哪儿，而且她平时就住在家里。我盼望她下班回家，而她来得略晚一些，我就会觉得难受。我知道她很快就会来，但我喜欢她陪在身边。如果她不是去上班，而是去了别的地方，我真的会有些不自在。但我意识到，她有自己的兴趣和需求，所以，她要出门，我也平心静气地接受了。我真的不担心她会跟别人跑掉。我只是喜欢她陪着我。那可是个活生生的身体啊。

这一点很难表达。在她到来之前，我一直悠闲自在地在这里独居。而她来了以后，我内心的机制似乎发生了改变。

我怀疑，孤独的问题，可以由任何人的陪伴得到解决，但我和安妮的恋情却是独一无二的。我们非常融洽。我不知道我是否为她而生，但我知道她是为我而生。我想，当我决定开始这场恋情时，头脑异常清晰。毫无疑问，我有一张要事清单，肯定她也有一张。

我喜欢她的笑。我喜欢她。我们相拥起舞的时候，只觉得她的身体异常柔软，我喜欢那种感觉。安妮比许多人都略微丰满一些。她多少会为自己的腰围担心，但在我看来不是问题。我可以想象，许多男人更爱苗条女孩，但当与她们亲密接触时，会觉得她们瘦骨嶙峋，硬邦邦的不太舒服。你明白我的意思吧？安妮一点也不硬。我们相拥的时候，她是如此的美好，如此的柔软。

17年：我不能只当你的朋友。

乔丹·珀尔，男，36岁

那时我在耶鲁大学读三年级。我约过的女孩不计其数，但找到的都是些怪人。

我真的试探出了身为犹太人究竟意味着什么。我的家乡在丹佛，童年经历中似乎有个我总想填满的缺憾。我们家族是乡间俱乐部的犹太人，都已经被深深同化了。家里有几幅照片展示我的曾祖父与艾森豪威尔打高尔夫球的情景。在我们童年生长的过程中，家里一直有圣诞树。而我上了大学之后，在二十岁或二十一岁的时候，读了作家菲利普·罗斯的书。初次读到《波特诺伊的抱怨》，对我来说，那是一件意义深远的事。

所以，我总是莫名其妙地和这些女孩儿分手，我也总会为她们的过去而纠结。比如，其中一个女孩儿的父亲是教堂里的助祭，家人对基督教仍然不太相信。

还有一个女孩儿来自田纳西州，是南方浸信会成员。一次，我决定租来电影《基督的最后诱惑》（The Last Temptation of Christ）和她一起看。这个主意听起来似乎很有趣，但其实非常糟糕。后来我约过一个女生，她是个守旧的白种英国人后裔，住在寄宿学校里。和她讨论犹太人和基督徒问题时，我们陷入了激烈的争吵，由此我试出了她对许多问题的态度。于是我说，以后我再也不在家里放圣诞树了。我们争吵了一番，我觉得颇为有趣。第二天，她的室友告诉我，她回到宿舍时泪流满面。

我和这些女孩儿之间总有不快的事情发生。我们之间的交流非常愚蠢，我像万事通大佬一样，邀请她们出去吃饭，然后不停地高谈阔论。那种情形未免有些恼人，因为我废话太多了。我侃侃而谈，像个表现欲超强的人来疯，最终会让对方厌烦。

我得说，那时我还没有失去童贞。

这时，我发现了丽贝卡。她浑身洋溢着一种过目难忘的都市气息，非常酷，十足的纽约风格，还有鲜明的犹太气质。那时她身穿黄色的雨衣，我感觉到一种无以言表的情欲吸引。

丽贝卡和我住在同一栋宿舍楼，与她合住的室友是汉娜。从高中起，她们就是好朋友。在耶鲁大学，除了男朋友和高中朋友，她们几乎不和其他人交往，因此感觉颇为遗憾，于是决心多交朋友。这时我适时地出现了，她们决定和我交朋友。这是一个大问题，因为我的目的不是交友，我的朋友已经够多了，我真正想要的是浪漫爱情。

但这毕竟也激动人心。丽贝卡和我都酷爱谈天，我们有相似的气质，十分投缘。她幽默风趣，无所不知，又乐于分享，而我对自己所思所感的一切事物都能言无不尽，与她真是天生一对。我滔滔不绝略显不合时宜的个性，和她真是意气相投。许多禁忌话题在她看来，都不那么禁忌。她可以把避孕药片随手摆在桌子上。

丽贝卡没有特别深厚的宗教情结，但对自己的犹太人身份深深认同。见到这些与其他女生大异其趣的个性，我想："哦，这都因为她是犹太人。现在我找到了一个和我相似的人。"这也像一种自我发现。我的族人和丽贝卡不同，身上没有旧世界犹太移民的残影，于是我对她格外留意。她的父母和祖父母讲话时都有浓重的欧洲口音。回首往事时，我会觉得自己有些幼稚，想来与我的经历有关，我只是在读过菲利普·罗斯的书之后，很想了解怎样才是真正的犹太风范，怎样不是。这就是当时的情况。

丽贝卡很快就和我亲昵起来，快得让我有些不适应。她为我讲述亲人生活的私密细节，讲黄色笑话，等等。我不知道，也许纽约人就是这样或者，这是我们两人之间独特的举动？和她交谈时，我们彼此都有兴趣，她专心致志地倾听，回答，讨论，兴致盎然。

追她的人很多，我好像是第六个。她有个男友身在巴黎。还有个男友她真的很喜欢，也住在我们宿舍楼里。还有一个是电影演员，现在成了明星，但当时还籍籍无名，我不想点出他的名字。但是，丽贝卡当年确实与他有过一段旧情。这就三个了。后来又有一个非常可爱的男孩儿一直悄悄追踪她，最后我约他喝了杯咖啡，对他深表同情。此外，有个高中同学始终醉心于她。这就五个了。显然我是第六个，少说也要排到第六。

我和丽贝卡的友谊越来越深厚，我们一起出去吃饭，去海滩游玩，看过许多部《星际迷航》系列的电影。仲秋的一天，汉娜、汉娜的男友丹和丽贝卡问我："为什么不和我们一起来？我们要尽情地吸大麻。"这句话犹如晴空霹雳，因为我认为不可以这样。

在此之前，我从来没有吸过大麻。那天我才吸了两口，就产生了强烈的妄想反应，以为自己要死了。这很经典，正如青少年电影的情节一样。丽贝卡说："我受不了啦，他吓坏了！"她知道这是我第一次吸大麻。我让汉娜和丹送我到校医院，医生给我开了一种名叫可他敏的抗过敏药，告诉我："你吸够了。回家吧。"

幸运的是，这次事件并没有影响我们友谊的加深。同时，我还试过和其他女孩儿约会，见面之后便分手，自是不在话下。因为和丽贝卡在一起，我马上就觉得轻松自在，不拘俗礼，没有那么多桎梏。

后来，一件事情发生了。我还记得确切的日期是1992年10月27日。当时，我和室友每星期都有一个下午为三个孩子辅导功课，是大哥哥大姐姐慈善机构组织的活动。那天，我的室友因故不能去辅导，而丽贝卡想为孩子们拍照，所以，我俩带着孩子们玩耍，一起雕刻南瓜，过得非常尽兴。那种情景仿佛家庭生活的一幕，挖南瓜，掏出南瓜籽，丽贝卡在旁边为我们拍照，如此自然。

后来我和她拥吻了。我想："哇！这件事终于发生了！我赢了！"但很快丽贝卡就说："真糟糕，我后悔了。很难受。我们不能再这样了。"

我不是唯一一个对丽贝卡痴迷的人。她担心她在游戏人生，害怕伤害我。但我不敢相信她会和我那样情投意合。我真的试过说服她，极力向她展示证据："看看我们共度了多少时间，看看我们在一起时多么愉快。"她怎么会看不到？我却越来越执迷了。显然如此。

从那以后，我又多次恳求丽贝卡。一次，我们支持一场总统选举活动，却铩羽而归。那是1992年，克林顿与布什角逐总统宝座。活动结束后我想等她回来，就做了一碗鳄梨色拉酱，打算两人一起用薯条蘸着吃掉，只有我和她。但当我来到她的公寓时，却看到那个恋她已久的高中同学也在屋里。我待了几分钟，感觉颇为尴尬，手里还端着一碗鳄梨色拉酱。当我意识到他们多多少少在无视我时，我就把那碗色拉酱留在她的门外。

那真是一段艰难的时期，一直持续了好几个月。我不记得当时发生的每一件事，只记得我心情灰败，反复对朋友倾诉，最后他们也不再同情我。丽贝卡倒是很高兴和我做回朋友，但不希望我总给她打电话。

丽贝卡决定下个学期到巴黎学习摄影，与她的男朋友同居。在她临行的夜晚，我们纷纷去送别。尽管我和她之间发生过不快，但那毕竟是她在耶鲁的最后一夜，而且我是她最好的朋友之一。我送给她全套的《星际迷航》小塑像和相关的礼物，心里眼里只有我们两个人。我伤心欲绝。

第二天，我却在大街上见到了她，简直不敢相信，她竟然在街上。我说："哇！太棒了！今天晚上你想和我看电影吗？"

她说："对不起，我有别的安排。"

我心神不宁，因为之前的夜晚我经历了和她洒泪告别的愁肠百转，现在，她应当走了，却又出现在街上。我感觉被她欺骗了，又一次被骗。

我仍旧想去看电影。期末考试已经结束，我邀请了每一个朋友看电影，但他们都有其他安排，逐一拒绝了我，于是我只能孤身前往。

我去了。那是远在康涅狄格州城郊的一座电影院，耶鲁学生不常去。到那儿之后，我看见丽贝卡坐在影院里的后排，旁边是那个后来成名的电影演员。

我狂怒了。我从来不是那种会挥拳砸穿窗户的莽夫，但那天电影结束之后，我从影院里狂奔而出。在公路上，我驾车从他们的汽车旁呼啸而过，时速飙到了九十五英里，开到他们前面，猛然按下刹车。我不是想制造事故，而是想让他们记住我。我跟着丽贝卡来到停车场，对着她怒吼。不，我不是辱骂她，而是叫喊着："你真的伤害了我的感情！"

但当她去法国之后，不知道为什么，我们很快从停车场闹剧中走出，开始书信唱和。我们都享受的谈天之乐，催生了不计其数的书信。事实上，每天我都要给她写明信片，十分戏剧，又很可爱，显然她和男友会一起阅读，然后大笑。

后来我终于失去了童贞。我和一个女孩儿约会，然后就发生了，倒像是在完成一项任务。她也非常青涩。刚一结束，我立即在下一封书信中告知了丽贝卡。

这时夏天来了。那是我大三和大四之间的暑假，我去了父亲居住的洛杉矶，在盖普公司打工。我认识了一些与耶鲁女生大异其趣的女孩儿。我游戏花丛，但并没有和任何一个女孩儿上床。真是一个妙不可言的暑假。我尝试截然不同的生活，开始吸烟，可以在咖啡馆里读陀思妥耶夫斯基的小说直到午夜。秋天我回到耶鲁，准备和丽贝卡只做朋友，觉得心境已经迥然不同。我把这种感受告诉了丽贝卡，她格外欣慰。

大四开学后不到一个星期，我的计划就土崩瓦解。我又和过去一样对她痴迷了。我们经常在图书馆里见面，前后排相邻而坐，但我几乎什么都没学进去，痛苦不堪。我无法专心看书，几乎抓狂。

我说过做她的朋友很好，这句言不由衷的话让我不堪承受。很不公平，她固然求仁得仁，但前提却是我的委曲求全，因此我很不愉快。我不能继续忍受这种披着友情面纱的嘲弄，假装这一场浩劫没有摧毁我全部的生活。

最后，九月中旬，我对丽贝卡说："我不能只当你的朋友。我们要么继续深入，要么断绝来往吧。"显然她不打算深入交往，于是我说，"那么，我只好和你绝交了。"我离开了图书馆。两个人都泪如雨下。

那种经历就像戒断毒瘾。我真的需要用极大的意志力强迫自己，不用任何方式联系她。

大约有两个月，我们没有见面。记得生日那天，我在大街上迎面见到了她。我们都躲开对方的身影，望向了别处。过去她常常使用一种香水，我觉得暗香迷人。虽然不记得是什么香水，但我为伊憔悴。一天我在路上和某个人擦肩而过，闻到一阵熟悉的淡香，居然一阵心悸。其实那是个老太太。

现在要说到她过去的室友汉娜，她又回到了我的视野中，但这不是我的安排。汉娜和前男友狠狠地吵了一架，从此一刀两断。我不想寻找什么，但不知不觉地，和汉娜一起度过了许多时间。她是在填补丽贝卡的角色，那个巨大的空缺。她只是我偶有爱欲的好友，那个月里，我们确实如此。

现在，大四的第二个学期很快就要来临，我和汉娜参加了一场正式的四年级舞会。那是十一月的一天，距离感恩节还有一个星期。大醉之后，我们纵情相拥起舞。我抬头一望，仿佛万头攒动的舞池里突然出现了一条大道，我看到了丽贝卡的面孔。她正注视着我们，泪水潸然落下面颊。没有其他的原因可以解释，她的反应证明，这一刻她醒悟了什么。

第二天我给她打电话。在耶鲁，感恩节之前的一个星期就已经放假，大家都离开了校园。但出于某种妙不可言的巧合，我和丽贝卡都没有及早离校，直到星期三才走。整个纽黑文都成了我们的天地。我们复合了，而且是在床上。突然间，经历了一年半断断续续的追逐之后，我们终于在一起了。

我们基本上是留在室内。显然，我们需要隔绝外面的世界，因为一切都如此脆弱易逝。她真的害怕。

我的亲朋好友始终排斥丽贝卡。他们一心保护我，因为这个女人似乎总在毁掉我的生活。所以，她最大的焦虑是如果她涉足我的生活，人人都会指责她，说她又揭开了我生命中可怕的一章。她不许我提这件事。通常对我来说，保守什么秘密都很艰难，但这次我却觉得很容易，因为我们都知道，最初的一段日子至关重要，成败在此一举。

感情稳定之后，我们就形影不离，几乎时刻在一起，甚至会忘记吃饭。我们随时在床上。我欣喜若狂。

有无数次，我想尴尬地试着对她说："我想说我爱你。"或者"如果我说我爱你，你觉得怎么样？"在构建友谊的时候，谈天很有助益，但现在，语言却成了我前路上的障碍。语言和感情，是从大脑中截然不同的两个区域产生的。

如果我个性洒脱，也许会在与丽贝卡重逢时共同体验一场热烈的艳遇，结束后各自上路，多年后的今天，恐怕早已相忘于江湖。现在我和她已经结婚十二年了。但是，能让婚姻如此长久的原因，也是我们终成眷属的理由。我们的幸福历久弥坚，有一个原因十分关键，那就是我们都爱谈天。在交流中，我们度过了无数时间，经历了无数风雨，而且，谈天就是我们预先练习家庭生活的方式，只是当时对此惘然不觉。

17年：爱情就是你和某个人在一起时，好像兄妹。

罗素·戈尔，男，52岁

十八年之前，我认识了她。当时我去帮一个朋友办驾照，对她一见钟情。她太美了！真是个窈窕淑女。我有一个朋友在驾照管理处工作，我问他："那个美女是谁？求求你了，老兄，听着，你必须把她的电话号码告诉我。"他说那是机密信息，恕不泄露，但接着又说："你可以跟踪她，看她能不能亲口告诉你！"

所以，我跟着她出门，来到凯尼尔沃思商场外的一家三明治餐厅。我永远也忘不了，那天莎莉·杰西·拉斐尔的节目特别好看，餐厅里人人都坐在那儿盯着电视，于是我放松下来，开始和她搭讪。

她不太情愿，后退了一点，面露不悦之色。

但我们的交谈仍在继续。她叫辛西娅，来自圣伯纳德住宅小区。我来自圣托马斯住宅小区，这个小区的生活非常艰苦。我毫不隐瞒，对她和盘托出实情，让她了解我过着怎样的生活。我是个无业游民，而辛西娅生活在商务世界中，在哈拉游乐场负责协调大型活动。

我已经准备好改变生活。她告诉我她目前的恋情坎坷多艰，注视着我说："我只是很疲倦，罗素，我准备脱身了。"

我说："我也是。"

两三天之后，辛西娅打电话邀请我到她姐姐家共进午餐。于是我过去的一切都是历史了。

那个时候，我谁也不信任。我是迈克·泰森那种人。至于爱情？哦，去他妈的！我根本不在乎爱情！我甚至不相信爱情，只是和一群街头无赖混在一起，随波逐流，迫不得已才肯打工，这就是我的生活，直到那天我遇到这个女人，刹那间醒悟了爱情是什么。

我只是觉得这就是我要找的那个人。妈妈第一次见到辛西娅的时候，也明白这一点。她说："辛西娅，罗素是有点儿浪荡，但他有一颗金子般的心。如果你能容忍他，不放弃，你就会化解他。你可以把他变成你想要的那种人。"而且，辛西娅做到了，她真的驯服了我。

老天！最开始的时候，大家一见到辛西娅和我在一起，就说我们是美女和野兽。他们无法相信，那么美丽的女人身边竟会是一个像我这样粗鲁强硬的男人。

我展开了一切追求女孩儿的把戏，送花、送小礼物，请她出去吃饭。我就是从这些小事开始打动她的。你很少能看到黑人像我这样殷勤。和辛西娅最初交往时，我每逢星期五就要到他们公司送她一朵花。

我和辛西娅交往大约一个月之后，我给了她一笔用来租房的钱。那时我和这位淑女真的还不算熟识，但我告诉她："好吧，如果这能起作用，那我要告诉你，这是租房的钱，让我们看看到哪儿租房合适吧。"我知道的第二件事，就是她打来电话，告诉我找到了一所公寓，现在就可以去。这个女人完全可以卷了我的钱跑路，但她没有，反而租下一套公寓，和我同居了。

她把家具都留给了过去的男友。我们新租的公寓真的家徒四壁，没有床，什么物品都没有。我们躺在地板上。但爱情让我们感觉那套公寓里该有的家具一应俱全。我是说真的。我爱得就那么深沉，感觉全世界的家具都摆在我们的爱巢里。

大概六个月之后，辛西娅让我必须选择：是要那帮街头混混儿，还是要她?

这很可笑。老天，我在"维多利亚的秘密"专卖店为她买了很多华丽的内衣和物品，情人节和生日都送礼物给她。有一天她让我坐在床边，打开抽屉对我说：“你知道吗？罗素，如果你不静下来，自己做些什么事，你想过没有，假如你进了监狱，我穿这些内衣就等于是给别的男人看了。”于是我开始认真考虑这件事。这番话真的触动了我。

因为我知道街头无赖的前途是什么，要么毙命，要么坐牢。我不想死，我想好好活着。于是我决定抓住这个机会，和她在一起。这就是爱的意义，它让你想生活，想进步，想活着看到自己明年的生日。

我从辛西娅身上获益良多。我相信这个女人改变了我的一生。在我童年居住的那个小区，你不能笑，不能展现善良或友谊，否则大家会认为你很软弱。而这个女人教我学会了绽放笑容。

这是一种转变。老天啊，开始时，她要教我学习使用刀叉，使用勺子，告诉我白领世界里的生活是什么样的。她来自一个文明的世界，人们知道叉子应该放在哪里，哪个是沙拉用的叉子，哪个是正餐用的叉子。而在我的世界里，你随便操起一支叉子，既可以吃肉，又可以吃别的饭菜。每一支叉子都是万能的！

我只好穿上西装皮鞋，打扮得衣冠楚楚，学会区分在正式场合男士走哪边，女士走哪边，有时候甚至还得抓起一张报纸看新闻。我还理了个全新的发型，天哪！事实上，我和这个女人在一起之后，整个模样都变了！

最初我真的不想这样。在我看来，自己简直变成了一个娘娘腔，还得学习怎么喝红酒，怎么吃奶酪，怎么谈论国际风云。我不喜欢去那些地方，不喜欢参加那些宴会和活动，比如哈拉游乐场的舞会。我不想和那些男人在一起，不想看见他们穿着窄小的西装，见我就跟见了黑道大亨约翰·古蒂一样怕得要死。他们望着我的妻子，本想像在公司里一样互相开玩笑，但一见我在身边就瑟缩了。所以我得走过去告诉他们：“你猜怎么着？上班时你可以和她开玩笑，现在也可以！我不会对你做什么！”

辛西娅让我做到了这些事情，连我都难以置信。我从来没想过有一天会去打高尔夫球。看电视时，我觉得高尔夫球是全世界最乏味的运动。但到了星期天，这个女人会勒令我去打——老天！我竟然在追逐一只高尔夫球！

有时候，我的伙伴们会看着我说："罗素去哪儿了？他没去打台球，以后再也不出去混了？瞧瞧，这个男人成了个'妻管严'。"老天，才不是呢，我是坠入了爱河。

上学的时候，我酷爱艺术，从高中到大学，我始终热爱摄影。我在德尔加多社区大学学的是商业美术，上大学是为了让妈妈高兴。那时我住在小区里，把卧室改造成了一间暗室。除了美术和摄影，其他课程都挂了。

辛西娅发现了我的艺术天分，告诉我如何申请营业执照，于是我告别了随波逐流的生活，成了艺术家，一个持有执照的摄影师。我在法国市场有个店面，为客户制作徽章、胸针和耳环，有时候为爵士音乐节和类似的活动制作墙壁装饰板。我能做这些工作，都多亏了辛西娅。如果不是这位女士以她特有的方式爱我，我就不可能有现在。辛西娅是我的动力。我开始工作了。老天，我愿意把每一分钱都贡献给这位女士，因为我知道，是她为我照看生意，而且很兴旺。举个例子，如果迈克尔·乔丹灌篮但没有投进去，就该丹尼斯·罗德曼把球传给他，让他再投一次。生活也是如此：辛西娅缺少什么，那么就该我出门设法弄到，然后送给她！

我想，过去我从来没有这样深沉地爱过，除了对妈妈的爱，但那是一种天然的爱。然后你又有了对上帝的爱，也是天然的爱。可是第三种爱，除了妈妈之外，她是第一个我放在心里的人。我很脆弱。我这样的男人，很难打开心扉把心交给别人，因为我怕受到伤害。

过去我害怕结婚。我非常恐惧，因为那就像一副枷锁，你明白吗？我们结婚之前，交往了——哇，长达七年的时间。后来我们来到治安官员那里，花了五十美元，就结婚了。我没有钱买我想要的钻石戒指，就去跳蚤市场买了一对戒指。那些婚戒不是黄金的！但它们像黄金一样璀璨耀眼，应付婚礼足够了。我认为爱情和信任并不体现在戒指里。即使你一天二十四小时戴着名贵的钻戒，也有可能和另一个人睡觉。真正的钻戒藏在心里。

我总是叫她“小胖子”。我的妈妈身材有些敦实，因此我们叫她“小胖子”是表示爱她。辛西娅最初以为胖就是体重超标，但后来懂得了，这是我表达“我爱你”的独特方式。我们结婚之后，每天晚上临睡前我们都要说这句话。我睡前的最后一件事是亲吻她的下颌，她转向右侧，我转向左侧：“我爱你，小胖子。”“我也爱你。”简直像工作时钟一样准确。

当你说你爱某个人的时候，你会既倾听好的一面，也倾听坏的一面。如果哪天我说：“嗨，小胖子，我不喜欢那条裙子，因为后面不好看。”因为人照镜子时看不到自己后面的模样。只要我不贬低她，她就不会动怒。她知道我爱她，我这样说只是为了告诉她事实。她也会这样对待我，比如她说：“罗素，你打算穿这条裤子去哪儿？”我会脱下那条裤子，换一条再问：“好吧，现在怎么样？”她说：“哦，看上去好多了。”如果你说爱情，这就是爱情，就是我永远不贬低你，就是出门之后，我想让你像评价自己一样描绘我。

辛西娅满足了我每一项需求。我想如果一个男人在家里真正得到了爱情，你就可以放心地让他出门，因为他在大街上看到什么都不想要。和辛西娅在一起，我们都成长了许多。她不会妒忌，我的每一件事她都一清二楚。近年来，这一点许多人都做不到。就好像……男人会怎么描述呢？好像个犯人。“你要去哪儿？多久回来？”对我来说，那不是爱，因为那证明你根本不信任那个人。

爱情就是你和某个人在一起时，好像兄妹。相亲相爱，发展出一份兄妹情谊，这意味着你们可以无所不谈。但到了周末，你们就暂时不是兄妹了。

我们从来不会激烈地争吵。有时候，如果我和她闹别扭，就会拿起球棒，到高尔夫球场练习击球。回家以后，如果是我错了，我就会说："对不起，小胖子。"有时候，如果我还有怒火，就回到自己的房间睡上一觉，那是我额外的单独房间。她为我打开空调，调低气温。一旦我感觉凉爽，就会睡着。我们都做了很多努力，避免陷入恶性争吵。

就这样，时光飞逝，房屋租金也越来越高。我们说，该买一座属于自己的房子了。我给哥哥打电话，让他帮我筹钱。我一点儿也不知道她想要什么样的房子。老天，我连自己想住哪条街道都不清楚。

嗯，后来我们买了房子，卡特里娜飓风来袭的时候，我们都待在新奥尔良东自己的屋子里。我们并不是特别焦虑，而是买了一瓶绝对伏特加，打算等风暴过后就举杯庆贺。我们相信自己一定能战胜飓风。

那个星期六，大家都开始撤离城市。辛西娅说："好吧，罗素，你怎么想？"

我说："小胖子，我哪儿也不去，就待在这儿。如果上帝想要把这座房子收走，那就让他收走吧。"

我们穿上救生衣，州际公路上挤得水泄不通。老天啊！车流几乎寸步难行。我们的房子是一座崭新的砖房，如果飓风太强劲，我们打算躲在房屋最坚固的部分，据说应该是卫生间。我们准备了一切，备有饮用水、食物和其他生存必需品。

那天晚上我睡着了，等我醒来时，觉得风暴似乎已经停息了。

如果你看过电影《天摇地动》（The Perfect Storm），那么，片中的情景就是我们的遭遇。在电影中，本来庭院静好，万籁俱静，但刹那之间天摇地动，丘峦崩摧。飓风过境之后，我们在宁静的气氛中举杯庆祝。我坐在高尔夫房里，看见她端着一杯酒走来。我看着她笑道：“小胖子，喝了这杯酒，你打算去哪儿？”她告诉我想去浴室，我说：“哇！”我想，现在是做爱时间了。

我告诉她我想喝杯酒，于是来到厨房，但心中一动，打开了厨房窗户。我以为自己站在水族馆中向外观望。

后院成了一片汪洋。虽然房子还没进水，但已经开始悄悄渗透了。

我极力忍住恐慌，因为我不想让太太恐慌。我把它当成个笑话告诉她，然后开始搬动艺术品，把许多珍贵的艺术品搬到楼上。辛西娅登上阁楼，我递给她许多饮用水、食物和其他东西。从前门窗外看，我们的房屋仿佛矗立在大河中心。老天，窗户被冲破之后，积水像浪潮一样汹涌而入。不过两三分钟，我家房子里就有了十英尺深的雨水。

我们惊恐万状。我站在阁楼里，双脚都被水淹没了。我打破了一扇通风窗口，开始用斧头砍破屋顶，设法逃生。我砍出一个大洞，她只好命令我住手。她说：“傻瓜，你快把整个屋顶都砍掉了！”这时你能听到的唯一的声音，就是直升机在头顶盘旋的轰鸣。

辛西娅从屋顶的洞口站起身，试图挥手求助，我坐在台阶上，双足都泡在水里。我说：“辛西娅，帮我一个忙。如果大浪冲过来，你就离开我，自己走吧，因为假如我们俩都出去求助，他们是不会帮忙的。”我想救援人员很可能会优先搭救那些孤立无援的女子，如果他们看到有男人在旁边，会暂时略过不管。

辛西娅注视着我，说不会丢下我。那天晚上，我们放下一个运货平台，一起在阁楼里睡了一夜。

次日黎明破晓时分，我制作了一根小小的旗杆，就像《幸存者》（Survivor）里那样。我们都喜欢这部电视剧。我们互相打趣着，我的女人为了等待直升机救援，竟然还在精心化妆！她一向穿得非常漂亮，过去在哈拉游乐场，人们见了她总会惊艳：“哇！辛西娅夫人！”可见她的衣裙有多美。总之，等她梳妆打扮结束之后，就从屋顶的洞口爬上去，拿出一面旗帜开始挥舞。

你知道吗？直升机在她头顶盘旋了片刻，似乎要救她，但转身飞走了。她勃然大怒，我说：“辛西娅，别着急。现在不是着急的时候，坐下来放松一会儿，帮我一个忙，冷静一下。一切会好的。”后来我发现，救援人员只是在优先抢救老人和儿童。

我坐在那里为她担忧，不停地告诉她一切会好的。这时，不知道怎么回事，她忽然开始口齿不清地说话，声音似乎是从舌头底部或其他部位说出的。那个时刻，我知道有某个东西影响了她。她望着阁楼的屋角，似乎那里有什么东西正追逐着她，但我什么都没看到。她惊叫着：“不，不，不！”

我说：“辛西娅，不要这样对我。”

但她仍在喊，几分钟之内，我将她拉到我身边，她靠在我的膝盖上，死了。

我扯下她的衬衣，竭力压迫她的胸部，对着她的口部拼命吹气。我试图给她喂水，我试过了世界上的一切办法……我试了电视上看到的一切救生方法挽救她，但她真的死了。

我想，由于周围热气弥漫，她应该是心脏病发作了。医生对她的尸体做了解剖，确实如此。这是卡特里娜飓风导致的。

辛西娅是我生活的核心，而我却眼睁睁地看着这一切在几分钟之内发生。我哭喊着，惊恐万状，拼命对着直升机招手，让他们停下，但他们没有停，仍在一味地忙碌。我只好告诉我身边的人发生了什么事，因为他们听到了我的哭喊。我告诉他们，我的妻子死了，我陪她等了一天半之后，她死在了我的怀里。

整个夜晚我都在屋顶度过，一直到第二天中午。我只是极力让自己专注于那些信念：离开肉身，与主同在。我告诉自己看到了什么。我看到的不是我的妻子。我能感受到自己的妻子，当她死去的时候，我感觉一切都远走了，尽管她的身体还留在我的怀中。

在你的一生中，会有一段时间，你会怀疑上帝，哪怕你平时最深信任他。我站在那里问上帝："为什么你没有带我走，让她活下来？"老天，我站在那里，想和上帝讨价还价。我想，整个世界都到了末日。

风暴终于结束的时候，救援人员来到我的头顶上空，想要把我接走，我说："我哪儿都不去，我的妻子死了。"他们试图拉我起来，但我不肯丢下妻子的尸体。

第二天，两个男性基督徒乘坐小船来了。在他们的一番劝说之下，我终于相信，妻子不希望我自杀或做出其他傻事。他们说这次是特地接我离开，将我带到了桥上，从那里，我们一起步行进入了城市。

我找到一双湿漉漉的鞋子穿上，从新奥尔良东一路步行，走到了哈拉游乐场，在门外痴痴地看着，似乎在等辛西娅下班出门回家。但她一直没有出现。

我从没想到，上帝只给我十八年的时间和她共同生活。过去，我坐在法国市场自家的店铺门外与顾客聊天，问他们的婚姻持续了多少年，他们回答说三十年、四十年甚至五十年。我真的以为，将来我能为大家讲述自己经历了一场长达四十年或五十年的婚姻。

我有一座雕塑，名叫"爱之欢愉"。她就是在那座雕塑上方死去的（手指指向上方）。飓风结束，我回家之后，从来没有移动过那座雕塑。每天早晨我起床上班时，会说："来，辛西娅，我们走吧。"这一句真的能鼓舞我去做不得不做的工作。我真的能够感觉她与我同在。

感谢上帝赐予我十八年与辛西娅一起度过的时间。现在我意识到，上帝特意把她放入我的生活，好让我改过自新。然后，辛西娅继续前行，去了更好的地方。

我希望我能对你撒谎，说这很容易——但其实非常不容易。我仍然能感觉许多煎熬。但通过祈祷和其他宗教事务，我最近刚刚学会怎样才能少哭一些。因为在我一生中的每一天，妻子都与我同在。我从来没有失去她。此刻她就陪着我！而且她会一直这样陪我度过余生，直到最后和她重逢。我始终正道直行，选择正确然而狭窄的小路，坚持现在的所作所为，这是唯一的原因，因为有朝一日我会和她再相逢。

我真的认为，她是上帝派到我身边帮我走出迷途的天使。我相信上帝说："好吧，我不想亲自着手解决那个问题。辛西娅，你比我更了解他，你去照顾他吧。"我真的觉得她是为我而生。我相信将来这里会有一个人填补她的位置，但至于是谁，只有她能告诉我。

19年：我不允许任何事物毁掉上帝赐予我的非凡之爱。

克雷格·约翰逊，男，42岁

我和珊姆相识那年，我十八岁，她十四岁。当时我家住在洛杉矶地区，父亲到珊姆所在的教堂布道。那是在加利福尼亚中部的维萨利亚。我随父亲来到那座教堂唱诗，教堂里有一名牧师是我父亲最好的朋友，他介绍我与珊姆相识。那时，我觉得珊姆年纪太小了，但她确实是个甜美的可人儿。她的父亲是个飞行员，珊姆五岁的时候，飞机在卡特琳娜岛坠毁。他死了，而她则帮母亲一起抚养弟弟妹妹。

我们常在一起玩。我想所有的年轻人都爱去比萨店，我们也时不时地到那里一起聊天，因为我们两家人交情不错。时间就这样过去了。我上了大学，大约四年之后，我收到她寄来的一封毕业晚会请柬。我猜她还没忘记我，心想："哇！她长大了。"

她有一头略带棕黄的金色鬈发，碧蓝的明眸，完美的牙齿，我非常喜欢。她嫣然一笑，让人心醉。在我看来，她从内到外都美极了。真的，珊姆的心地非常善良。她有一种温柔娴雅的气质。看到她的照片，我怦然心动，感觉我们之间建起了一种联结。

有一次约会时，我们来到好莱坞的中国戏院看了一场电影，又来到那里最古老的意大利餐馆之一的米塞利餐厅。真是个动人的夜晚。记得我们把手放在中国剧院门外水泥地上的明星手印之间，她抬起手来，我们的手忽然握在了一起。

我们隐约明白，那个夜晚是我们精心筹划的，这件事注定要发生。就像神的眷顾，我深信不疑。我相信上帝想让我们在一起。我也曾经约会过其他女孩，但和她们第一次见面之后，我就明白该结束了。

就这样，我们的交往进展很快，因为双方的家人都知根知底。十个月之后，我们结婚了。

我们交往的最初，情路有些坎坷。她的家人为我出了两三个难题，其中一个就是我必须找一份好工作。如果我想进入教堂，就必须有一份好工作，而我那时还没有。于是我找了一份年轻牧师的工作。后来，婚期临近的时候，他们忽然又不肯放珊姆出门。珊姆那年才十八岁，于是我明白了。他们基本上是大力游说珊姆退婚，并四处通告，取消婚礼。这时距离原定的婚礼之日只剩一个月。我想："你们一定在开玩笑吧！"

珊姆打电话给我，语气似乎风平浪静："嗨，克雷格，你好吗？"

我说："嗯，我恐怕快崩溃了。"她失声痛哭。我告诉她："珊姆，如果我是你要找的那个人，如果你爱我，而且想结婚，那你就明白该怎么办。"

她想让我到维萨利亚带她走，我说："不。如果你想结婚，那你就收拾东西过来找我。如果必须如此，我们就只好如此。但我不会跑到你家强迫你嫁给我。"我不知道这番话会有什么结果。但大约七个小时之后，一辆汽车开了过来。

我们驾车直奔我父亲的教堂，在那里举行了婚礼。她的亲戚大都没来，这让我们两个人都很伤心。我们用其他行为补救了这个遗憾，但非常有趣的是，我们的爱情因此深厚了许多。尽管我有家人的有力支持，但毕竟是我和她共同生活。我想，那些带着错误认识步入婚姻的夫妻不会意识到婚姻就是承诺，你必须支持某个人。我想，有了承诺，我们就必须说出这样的话："你知道吗？无论我们一生中遇到什么难题，我们都要戮力同心，共同面对。"

我们已经结婚十九年了。我们真的很幸福。我们生了两个孩子，科里和科特妮。科里十七岁，科特妮十四岁。科里和科特妮都非常棒，成绩优秀，心地善良。太棒了。

这里还有个可笑的故事。科里十二岁或十三岁的时候，我们觉得……嗨，关于孩子，这就是你想要得到的一切。随着孩子们渐渐长大，我们渴望多做一些夫妻想做的事情，拥有一些约会之夜。那时候，我们的家境还算不错，但在教堂里工作不可能发大财，所以，我们很激动自己能购物、携手旅行，体验各种活动。

一个星期四，我做了输精管切除手术。星期六，珊姆打来电话，哭着告诉我她怀孕了。那一刻，我们的整个世界都改变了。

我们又生了个孩子，名叫康纳。最开始，他的反应就像任何孩子一样，我对他说话，他会回应我。和我也有目光接触，什么都有。他和我们另外两个孩子一样正常。我们不想谴责谁，但显然，关于这件事还有许多争议：一次接种疫苗，之后大约两个月，他就患上了耳部感染，事情开始改变。他不再看我们，和我们几乎不再有任何目光接触。你对他说话，他没有丝毫反应。他开始孤独地坐着，变得很疏远。他开始摇晃身体。对我们来说，最难以接受的是，为什么一个婴儿最初的一年半里完全正常，突然之间却变了个人？

有许多孩子会走到你面前说“你好”，告诉你他们想要什么，需要什么。而我这个儿子，至少到三岁半才懂得向你表示他想要什么或需要什么。我们也不确定他是否受伤，是否会疼，因为他不做任何反应。如果他摔倒了或者有什么磕磕碰碰，他的头会撞得很重。

刚开始，珊姆出于母性，始终陪在孩子身边。伟大的母亲似乎就是这样炼成的。她只是抱着他。母亲通常能自动与孩子建立联结，儿女成了母亲的生命。珊姆也是如此，她还通过互联网与世界各地的患儿父母联系起来，尝试了一切治病方案，包括食疗以及其他匪夷所思的方法。

但父亲与患儿的联系却是情感上的，因此我会说：“我爱你，康纳。”而他只是茫然地看着我，或者望着别处。在我童年成长期间，家人都爱拥抱，都善于表达自己的感受。所以，现在这件事，恐怕是最让我心碎的。父亲想做的是男人通常想要实现的，比如探究真相、解决问题之类。当他们发现无法解决，而母亲还沉醉其中寻找疗法的时候，他们就望而却步了。分歧出现，争吵频频爆发。不幸的是，这对家庭的伤害非常大。据我所知，最新统计数字显示，孤独症患儿的父母有百分之八十最终离婚了。大概有一百六十分之一的孩子天生患有孤独症。所以，这是一种巨大的顽疾。

大约四年之前，我在休斯顿接到了本地雷克伍德教堂打来的电话，它是美国最大的教堂。这里的牧师乔尔·奥斯汀是全世界最受瞩目的牧师，大约每个星期有九百万人来看他。他们要建造一座巨大的儿童中心，需要一名牧师前来帮助设计和修建，于是我们来到了这里。

来这座教堂和乔尔一起工作，对我来说太值得了，他是那种能够真正提升灵魂、为人们带来希望的人。他经常使用一些警句，比如：“你是个胜利者，而不是受害者。”他还会说：“你必须相信能够克服困难。不要当受害者。不要用这种视角看问题。要不断前进。”

就在那一时期，我们得到了医生的确诊。那天的情景历历在目。妻子带康纳去医院接受各项测试和检查，记得我下班开车回家的路上，妻子打来电话告诉我：“我刚刚拿到了诊断书，医生说康纳患有孤独症。中等程度的孤独症。”确诊之前，你永远也不知道真相。就好像你一直不敢确定，直到诊断书下来之后才相信。我开始胡思乱想：“你的孩子和别的孩子不一样。他永远会有问题。他不会被人接受。”

记得我又想：“不！我不能有这种想法。”我猛踩油门开车回家，进入行车道，飞奔上楼到孩子的屋里抱住了他。我低头注视着他，说："康纳，你是个胜利者，不是个受害者。"我说，"有了基督的力量，你什么都能做到。"我对他说了许多充满希望的话语，我不允许周围的任何事物毁掉上帝赐予我的非凡之爱。

拿到诊断书之后，我决定绝不后退，永远不让我们的婚姻死亡。我决心时刻为家庭带来希望，永远推动它向前。所以，一旦我们出现争吵或挫败情绪，我们从不允许事态向严重发展。大概从新婚时，我们就是这样做的。我们从来不允许自己带着怒气过夜，如果有争吵，那么日落之前一定要说"对不起"。《圣经》里也谈过这个话题。即使我们争吵或沮丧，或者我感觉情感疏远了，我也只是转身说道："这个问题我们一定能解决。"因为假如我退缩了，那么我知道一定是死路一条。不是身体的死亡，而是情感的凋零。

人们深陷绝境时会怎样呢？他们会恐惧，恐惧就意味着死亡，因为他们会停止一切连接情感或奋发向前的努力。退缩会让我感到绝望，就像每一线希望都灰飞烟灭——直到你重新振作起来，直面困境，勇敢地解决。婚姻失败的原因也是如此，是其中一个人放弃了希望或感到无望。在那种情况下，只要有一个人绝望就足以让婚姻死亡，这就是精髓，真的取决于你面对绝境的态度。你是打算放任恐惧、不安、愤怒和诸如此类的恶性情绪吞噬你，还是打算选择继续向前呢？

显然我对上帝有着热诚的信仰，因为上帝似乎总会给你足够前行的力量。这件东西是他一开始就赐予我们的。许多孤独症患儿不会回应他人，一切言行都不回应。现在我可以问康纳……可以向他提问了。我可以要求他拥抱我，他不会答应。但我随之明白，如果我要求他："康纳，给爸爸一个吻。"他就会转身过来吻我。无论如何，康纳会转身吻我。几乎就像……上帝知道我需要什么。（落泪）直到现在，这件事还是让我很难过。

对我和珊姆来说，好像经历了一场巨大的转折。过去我们最伤心的，现在成了最棒的礼物，因为……老天！我们的爱情加深了许多，深得我无法想象。我想我真的用情至深。但和康纳在一起，你会为每一个点滴的时刻而庆祝。每一个小小的时刻，当他吻我或抱我的时候……我们经常这样吻康纳，这叫康纳三明治。珊姆吻康纳这边面颊，我吻那边。我们做康纳三明治的时候，老天，只是在向他展示爸爸妈妈就在身边——我们会这样并肩克服困难，你会过上美好的生活。真是妙不可言。

当然也有一些时候，我像其他人一样，心想："天哪，这太难了。"但这种黯淡的时刻比过去少多了。过去我会消沉许久，而现在不会沉迷得那么深。我会想："不能这样。我们会挺过去的。"

每个孩子一生中都会遇到不同的难题。科里将会遇到其他挑战，科特妮也会。这就是生活。这就是孩子。如果我和康纳一样患上孤独症，或者染上毒瘾，会不会觉得更难熬？我会希望这些灾难降临在我的孩子身上吗？绝对不会。所以，我不必面对其他父母必须面对的障碍，而他们不必面对我必须面对的麻烦。我只是需要感谢上帝，我有幸能和他在一起。

看来，上帝似乎总在考验你，让你越发纯粹。就我和珊姆来说，这件事好极了，因为今天，我们历经千锤百炼，成了更好的父母。康纳让我成为一个更好的人，我想上帝让你承受苦难，由此爱得更为深沉，更加关爱他人，上帝让我们学会怀有希望。

我们将康纳送进了特殊教育学校，我发现他们的教学行为基本上是在照顾这些孩子的生活，让孩子看影像等各种资料，这些事情我在许多教堂都见过。我说："天哪，这些事情难道我们在教堂里不能做？"于是珊姆发起建立了一个针对特殊需求和孤独症的互助小组。她获得了得克萨斯州儿童医院的支持，我们联系了全国各地的患儿家庭，还建立了祈祷链条，无论何时何地有一个孩子最新加入或者有所需求，我们就会一个接一个地传递祈祷，让一个人知道，让下一个人、下下个人知道。在你知道之前，也许已经有一百个人为那个孩子献上了祈祷。

你意识到和你取得联系的其他父母是何等的绝望。和他们一起走来之后便会明白：这不仅是我的亲人。你会意识到：“天哪，我在这里是为了一个更大的目标。康纳在这里，是为了一个更大的目标。不仅是为我们自己，而是为了影响他人。”而现在，这项事业已经影响到了成百上千人。

我们仍然在承受苦难。但现在，我们知道自己庆祝的每一件小事都是一桩胜利，这可以帮助我们增强信念。举个例子，在珊姆发起的互助团体中，一个十四岁的男孩试图自杀，因为他无法理解为什么自己患有孤独症，为什么和别人不一样。珊姆向那位母亲伸出了援手，极力抚慰她，帮她振作起来，对她说了许多温暖贴心的话。

我有一位全世界最了不起的妻子。我不知道还有谁会比她更爱我，比她更爱我们的孩子。这就是无私奉献的爱，如此温柔体贴。结婚十九年之后，没有多少男人能这样毫不吝惜地赞扬妻子。每天我都爱她更多，有时候我都察觉不到我有多么爱她，直到我们携手艰难走过时才恍然惊觉，这份爱深沉极了。

相爱时间

二十年——三十年

21年：我真真切切地听到我的爱妻亲口告诉我，她不想活了。

斯蒂芬·哈格尔，男，50岁

当时我们正在翻修房屋，在屋顶增建一层楼。我的妻子莱丝丽登上高处取东西，却一脚踩空，从大约十英尺高的缺口坠了下去。她受了重伤，虽然哪儿都没有骨折，但此后却一直承受着莫大的疼痛。我们也不知道是怎么回事。她背部剧痛，后来又频频出现偏头痛。医生仔细查看了她的X光片和核磁共振图像，说："我们真看不出有什么不对劲的地方。你不应该感觉这么痛啊。"

那个时候，她在读法律学校，毕业后开始从事律师工作。但她的病情却越来越严重了，最后全身出现了千奇百怪的病痛，其中许多都与平衡感有关。事情很古怪。有一次，她从俄克拉何马州开车回家，半路上突然开始呕吐，一直呕吐了大约三个星期。医生无论如何也不明白这是怎么回事。

她痛经。每当那时候，她会连续六七天痛得几乎无法入眠。许多次，她疼得蜷缩成球状，陷入紧张性精神病般的状态中。假如她能接连三四天状态不错，我们就会深觉幸运。

疼痛的问题在于，她需要镇痛剂。镇痛剂的问题在于，它只能镇痛。因此，这种情形下没有赢家。后来，她再也无法忍受疼痛，因而陷入了极深的抑郁。这样的日子又持续了多年。

后来她只好住进精神病院。

我还记得那段时期最可怕的一天。当时，我与儿子、妻子和一名精神病医生坐在房间里，听到妻子语气像健康人一样平静地对我说：

“我不想活了。我受够了，不想再忍。”我真真切切地听到我的爱妻、也是我最好的朋友亲口告诉我她不想活了，我刹那间明白了，这是她最真实的想法。

有一天，我听到她在摆弄我的滑膛枪，想把子弹装进去。我家有一个宽大的衣橱，她躲在里面，竭力想把子弹装好。我听到扳机咔哒响动的声音。她痛哭失声，告诉我她再也忍受不了疼痛了。感谢上帝，那套装置很复杂，她没有成功，而且声音很吵，被我及时听到了。

那是她第一次企图自杀。大概是她摔伤之后四年左右。后来这样的事情又发生了四五次。

那是最糟糕的事情。我确定无疑地感觉，阻止她自杀就是我的职责，但同时，我也觉得这样只是在延长她的痛苦。这样做究竟对不对，我的想法与情感总在左右互搏。我曾与牧师探讨过一段经文：“上帝给你的痛苦，都是你能忍受的。”好吧，我认为这是胡扯，因为假如我的妻子自杀成功，那就意味着上帝给了她不堪承受的痛苦。

1985年，我和妻子初次相遇时，她是我见过的最活泼、聪慧而且有趣的人。当时我们在塔尔萨的一家公司共事。她告诉我，我闻起来像防腐剂，我觉得这句话太幽默了。多年之后，我们发现我喷的其实是空气清新剂。那种气味她不怎么喜欢。然后她说我穿的是牙医衬衫，就是人们乘船出去游玩或玩耍时穿的那种带刺绣装饰的衬衫。那时，我们确实对彼此都没有丝毫兴趣。

我和她在不同的楼层办公。那时公司只有两台电脑，我使用电脑的时候必须到她的办公室。当然了，你和同事坐在同一办公室里，肯定会开始聊天。

和她相识大约一年之后的一天，我参加了一场圣诞派对，发现莱丝丽孤独地坐在那里，看上去颇有些忧伤，但仍然强颜欢笑。又过了三四个月，到了次年春天，她离婚了。而我在与她相识的前两年就已经离婚。

我们开始在工作之余一起做些别的——主要是去教堂。有四五个月，我们之间只是纯洁的友谊。从来没有约会，更没有亲吻。

大约在相识一年半左右的时间里，我们都只是在等待与观望。后来，我们终于对彼此有了好感，于是我提出与她幽会。我们知道是上帝让我们在一起。我承认，人们只有在非常迷恋对方的时候，才会这样说。但不同的是，除了迷恋，我与她在一起时还能感觉到心灵的极度宁静。千真万确。

1987年1月1日，我们举行了婚礼。我们组成了幸福的家庭，拥有一座梦幻般的二层小楼，一座能停放三辆汽车的车库和三个孩子。我们从上次的婚姻中各自带来一个女儿，婚后她又怀孕，11月13日，生了个男孩。

我的妻子非常聪慧，曾在一所私立预备学校读书，但自从那次从高处坠下之后，由于疼痛，她在学业上的进步也十分缓慢，后来竟然到了似乎愚不可及的地步。她读了那么多年的书，却眼睁睁地看着一切努力都付诸流水……

我非常怀念与我相识、令我迷恋的那个女子，而她已经不复存在了。她变成了现在这个只会疼痛的女人，她的双眸中不再有火花。我们两三个星期才有一次性生活，有时候甚至会间隔六个星期。这件事很难保证，因为大多时候，她都深陷在疼痛里难以自拔。想要让她有兴致，实在太难了。

由于疼痛，我的妻子时不时心不在焉，一片茫然。许多时候，她一不小心，就会与前房儿女之间爆发冲突，结下宿怨，而她对此并不自知。家庭中出现了很多问题，其中一个就是莱丝丽想要留住自己的一部分遗产。

我们必须了解一下她的前夫，他曾经因贪污公款而获罪。年幼的时候，他的父母给过他一只玩具小熊。如果你用绳子牵着它，它会发出这种声音："你做得到。你最棒了！再试试！"

这只玩具熊就安居在我们新家的一层木架上。显然，它和其他古旧的玩具摆在一起。我想，可能是我对莱丝丽提过一句，说我不太喜欢这只小熊。我知道她的前夫是个什么样的家伙，而这个玩具让我恼火。我说："我希望你把那只小熊扔掉。"

我知道这句话很幼稚，但她拒绝扔掉。好吧，最后我一怒之下，把小熊从楼上的窗户扔出去，扔到了屋后。家里的墙上有一幅画是我童年时期就买的，于是她也针锋相对，一把摘下那幅画，扔到了窗外。

但总而言之，我们的婚姻真的非常幸福，我们也是最好的朋友。如果我问别人："谁是你最好的朋友？"如果他们已经结婚，而且回答的不是配偶的名字，我会莫名地感到一丝悲凉，因为我总觉得，爱人首先应该是知己。我们对爱情的定义是无论生活多么艰难，你都愿意与某个人甘苦与共。你会愿意和知己在一起，共同度过这一生。

后来我们去了那种我称作"给它起个名字就可以据为己有"的教堂，在我看来，那个地方不算最好。它就是那种情调温馨的教堂，里面宣讲的教义大多与治病有关，坚信祝福与祈祷的神奇力量，比如祈祷健康与财富。去这种教堂，是因为我的妻子喜欢做礼拜，喜欢教堂里的赞美诗。

但我就得听牧师喋喋不休地布道，回家之后，我就会在《圣经》中查到那句教义，说："等会儿。刚才那牧师解释这句话时，说得不对。"

这令人痛苦不堪。上帝并没有承诺为你带来无数痛苦，上帝选择不让多数人病愈。这些感觉良好的解读并不适合我当时的心境，我也亲眼见到许多信徒贫病交加甚至即将死亡。但我们真的相信有上帝，而且相信上帝可以治病，于是只能费解地追问："为什么会这样？"

我最大的疑问是，为什么会有如此剧烈的疼痛？如果谁有一个身患绝症或濒死的孩子，听到我这句天问一定会给我个大耳刮子，因为莱丝丽的痛苦恐怕不能与他们的孩子相比。我不知道我们是否真的在自怨自艾，因为我们仍旧相信自己是上帝创造的生灵。我想："也许这就是上帝为我们夫妻一生所做的安排。"

2006年8月，莱丝丽又开始频繁呕吐，只是这次，三个星期过去了，呕吐依然没有停止。她的体重骤然减轻了四十五磅，于是我们开始不停地看医生，看了好几个。由于某种原因，我们带她去看眼耳鼻喉专家。他们推测大概是美尼尔氏症导致的失衡，但也不能肯定，就让她去做核磁共振。她一共做了五次核磁共振。

然而，九月初的一个夜晚，医生忽然打电话给我。医生一般不会在半夜打电话，这次他只是简单地说这病非常严重。我想："好极了。我们忍受了十八年的疼痛，现在你要告诉我，我的妻子长了肿瘤。"

专家说，从这次核磁共振的结果来看，我的妻子身体内有一种名叫"阿诺德-凯尔里畸形"的先天缺陷。这种畸形位于背后大脑的基底位置，畸形组织看上去像小小的扁桃体。在健康人体内，这些小东西要么不存在，要么会缩紧收拢，藏在大脑基底以下的地方。但在一些病例中，它们成长起来，一直长到了脊髓中，限制脊髓液的流动。本质上讲，就是它们在不断增生，侵占、挤压着她的脊髓。有些病人会渐渐失明，有些则出现类似中风的症状。那次莱丝丽从楼梯上摔下，剧烈的震动触发了这些大脑内的小"扁桃体"发生显著移动，从而导致了各种疼痛。

神经医学专家凝视着核磁共振图像，说他终于明白为什么这些年来都拍不到她的病灶，原来，要拍大约四百张图像，才能在两张图像中观察到这种病情，因为拍照必须恰好从某个角度拍到大脑的某一小块区域。

神经外科医生告诉我的妻子："我不能保证这些手术能改善你任

何一种症状。没有谁知道手术能治好哪种病，假如真能治好的话。”

我想他是不想让我们期望太高，而我们的态度是：“只要能治，哪怕收效极微也比不治强。”

现在，我们再次感觉到新婚燕尔时的宁静心情。我固然相信，上帝只会选择用非常直接的方式治愈少数人，因为世界上承受病痛的人太多了。但我们认为，现在是上帝在告诉我们，他要治愈我妻子多年的沉疴。

一组医生为我妻子实施了他们所谓的“减压外科手术”。在手术室里，他们将我妻子大脑后部的一大块区域切除，大约有两英寸半的样子，然后用一些更有弹性的物质填塞回去。他们这样做，只是为了给大脑组织和脊髓留出更多空间。手术进行了八个小时。

莱丝丽醒来之后，说她能清晰地感觉背部的压力与紧张感觉已经荡然无存。七天之后，她出院回家。偏头痛戛然而止，背痛无影无踪，她再也不用吃止痛药了。在漫长的十八年病痛之后，我的妻子痊愈了。

刚结婚时，我们有过四个梦想：我们想搬到山间居住，她想去欧洲旅游，我想创业，我们还想共同开一家律师事务所。

所以，此刻我们坐在这里，告诉你我们的进展。我们在八千七百英尺之外的爱达荷泉买了一座木屋，位于从布来肯岭的滑雪坡道到丹佛繁华市区的中途。去年八月，我们去巴黎、德国、布达佩斯和希腊旅行，走访了几年前来过美国的几名交换留学生。九月份欧洲之旅回来之后，我放弃了待遇优厚的全职工作，开始创业。再过五年或十年，我们也许会在爱达荷泉开一家小型律师事务所，到各地挣点额外的收入，同时住在那座山间木屋里，尽管我还不知道前路上都有些什么。

我的妻子终于能入睡了，这件健康人习以为常的事，对她来说却是个惊人的奇迹。过去我曾经说过，听到她的鼾声，我会幸福得仿佛听到仙乐。几个星期前，我们徒步爬山，到一座冰川湖边旅行。我们站在海拔一万一千英尺的高度，我的爱妻发现自己居然登上了山顶。她竟然可以享受生命了，而且没有感觉丝毫疼痛。

我们都已经老了二十岁，脸上都出现了皱纹，体重也略有增加，但现在，我却再次拥有了这个充满灵性、热爱生活的女人。而在与她阔别的二十年间，我是多么怀念她啊！

我知道有许多人病情比她严重，但是，那漫长的十八年真是地狱一般。已经到了那种地步，每天出门时我都要祈求上帝赐予我力量好挨过这一天，因为我不知道回家的时候，妻子会不会已经撒手归天。

我和莱丝丽的爱情更像极为深沉的友谊，而不太像荷尔蒙诱发的爱情，但我们的性生活比起过去也好了许多，这一点不断让我们惊讶。

我觉得，爱情本质上要体现于行动，要为某个人做事。这关乎选择，如果你生性挑剔，那么爱就是不迁怒于爱人。面对爱人的病情，你不会暴跳如雷，在你疲惫的时候，却仍然从床上挣扎起身为爱人做些什么，这就是爱。在和爱人共处的时候，极力让气氛保持愉快。

莱丝丽时常对我说："谢谢你不离不弃。"但那与选择无关。我们是一家人，注定要在一起。宇宙的造物主已经把你交给了我，你就应当明白，在你最需要我的时候，我怎么可能弃你而去？

27年：爱是恒久忍耐，又有恩慈。爱是不嫉妒。爱是不自夸，不张狂。

玛丽·拜尔德，女，69岁

关于乔，最初最吸引我的是他的身体。他身材魁梧，孔武有力，相貌英俊，而且——哦，天哪！他有一种体香。

我带他去教堂，人人都回头看他，纷纷走过来问好。我来这个教堂都好几年了，从没享受过这种待遇。

我们在明尼苏达州媒体俱乐部年会上相识，会议结束之后他邀请我出去吃饭。我对他非常了解，因为我们都在同一个领域中奋斗。在公共关系的世界中，他鼎鼎有名，备受重视，因此我对他印象十分深刻。

随之我知道了这样一件事：他刚刚结束一段充满暴力和冷漠的艰难婚姻。

我很为他难过。显然，那是他一生中至为脆弱的一段时期。

后来他为我讲述了他的三个孩子：那年珍妮十五岁，凯斯十二岁，迈克九岁。他说："我想死这几个小家伙了。我爱他们。"说着拿出几张照片给我看，几个孩子身材痴肥，目光乜斜，没脖子……看上去简直像是——怎么说呢？就像深山老林里近亲结婚的后代。他说："这就是我的几个小宝贝。"我注视着他们的模样，心想："哦，天哪！这些小孩真的太难看了。"很久之后他才告诉我，那不是他的孩子，而是他出差时在路易斯安那州农村拍到的几张照片！

他真的很好玩。每天都如此。

我们在一起真的非常开心。乔热爱歌剧，而我过去曾在歌剧领域工作，因此我们有许多共同话题，有同一张交游网络。

他对整个世界都有强烈的好奇心，他阅读广泛，精通历史，对政治颇有兴趣，在这些知识领域堪称权威。他对自己所谈的每个话题都了如指掌。

认识这样一个无所不知的人，真是有趣。

而且他似乎为我痴狂，我发现，无论是谁，有了这一点都会变得格外迷人。

在我三十四岁那年，我们结婚了。我们多多少少已经习惯了一起生活，我以为结婚之后，日子会新奇而有趣。但六个月之后一个冬天的午夜，我们接到了珍妮打来的一个电话。她说："妈妈把我赶出家门了。请来接我。"

突然之间，我们有了一个在四段婚姻夹缝中生存的正值青春期的孩子。

你不可能在三个小时之内让一个孩子内心风平浪静，而且，来的不是一个普通孩子，而是一个伤心欲绝连夜投奔父亲的女儿。

三个人的关系相处起来要艰难一些，无论是哪三个人，力量制衡关系发生了改变。

乔极力融入这段崭新的婚姻。他从没想过成为身负监护权的父亲，但突然之间，担起了这一角色。真的，我是说"突然之间"。我从来没当过家庭主妇，但"突然之间"，我要操持一个三口之家。我无意中听乔说："结婚的时候她可从没说过要承担这份责任。"他疲惫不堪，因为他认为自己要对珍妮和我负起责任。

乔对孩子们怀有巨大的愧疚之情，这种情绪让他无法应对。他不是个好父亲，在某种程度上他自己也清楚。他有聪慧过人的头脑和绝佳的幽默感，但在情感上相当幼稚，戒心十足。

他很难和珍妮心平气和地谈话，而我总会插手其中，为珍妮仗义执言。我总是在不关我事的地方多管闲事，而且，这是我对自己最欣赏的一面。但是，这样做的结果很糟糕。

乔的脾气非常急躁，毫无耐心。现在回顾起来，我发现乔几乎从来没有领略过父母之爱。在他年仅五岁的时候母亲就去世了，父亲十分严苛，毫不通融，是个难以应付的人。父亲这种养育方式让他无法理解。

珍妮搬来两年之后，乔的小儿子迈克也来和我们同住。那天门铃响了，我们开门一看，门外站着一个十一岁的大男孩。没过多久，乔的大儿子凯斯戒毒疗程结束，也搬了进来！可以说，我们新婚燕尔的幸福就这样结束了。

有一次我对乔酸楚地长叹一声，说："如果还有谁要搬进来，请你告诉我，行吗？"我们都觉得非常好笑。

珍妮和我们一起住了五年，凯斯住了一年，迈克住了三年或四年。我们的生活也从百分之九十的无忧无虑变成了……举步维艰。乔也有了工作压力。我想，他觉得众多责任压在他头顶，却不能游刃有余，于是，他开始用接连不断的怒火来遮掩挫败的心情。

那时，乔正在戒除酒瘾，逐渐康复，但过去我从来没有见识过他沉醉酒精的一面。也许它一直存在，只是我没能看到，或不愿看到。我还不知道自己是个未经诊断的拖累症①患者。对我来说，这意味着我把自我价值附加在别人身上，极力想推动他人的改变。

我给他起了个外号，名叫"乔·完美进攻等于最佳防御·拜尔德"。如果有一件他害怕的东西突然出现在他面前，他就会惊声尖叫，叫得人心惊肉跳。他是想以此……吓跑它。

所以说，我爱上他，就是因为他魁梧有力、说一不二的男人气质。但现在，他的专断态度用在孩子身上，却让他们瑟缩退却，我们之间的趣味也就随着压力一起湮灭了。

---

① 拖累症是酒瘾等家庭中的共生状态，作为拯救者的一方只有在帮助他人时才能感受到自己的价值。参考《爱是一种选择》一书。

他们父子争吵时，我就和孩子们站在一起反抗乔的辱骂。他的怒火转而会对我发泄。我不仅无法让他停止，反而激起他更猛烈的火山爆发。我们都太情绪化了。乔对他人的怒火怕得要死，尤其是我的怒火。只要看到任何微小的我要生气的征兆，他就会立即比我更生气，希望借此掐灭我的怒火。这一点也不好玩。我不是说每件事都必须有趣，但这件事确实太逊色了。

当然，我们的生活也不是百分之百的焦虑和恐怖。在冲突之外，我们仍然有活色生香的社交生活，仍然爱去看歌剧，参加舞会。我们依然会爱抚、交欢。但是，当你对某人七窍生烟的时候，很难酝酿出浪漫的情调。

即使在那段硝烟弥漫的时期，我也记得一个密友对我说："你应当看看他看你的目光。他爱慕你。"记得我当时想："真的吗？"事情就是这样，人很复杂，感情也很复杂。

最糟糕的时期持续了两年。后来，哦，天哪！到了最无趣的极致。记得我曾经大吼："我恨你！"心想："我讨厌这种生活。"诚实地说，有好几次我都在暗想："我真的想离开这一切。"但我不能让孩子们再次经受家庭离散的苦难，否则他们能去哪儿呢？

幸运的是，有一个真正巨大的支持社区在安慰我们，援助我们。我们参加了嗜酒者互诫协会和匿名戒酒者协会，得到了许多人智慧与心灵力量的帮助。

一天夜晚，我们邀请嗜酒者互诫协会的成员来家里就餐。乔对一个孩子说了句怒气冲冲、非常失当的话。我想："哦，这是辱骂。"后来客人对我说："这家伙脾气也太臭了。"

他们理解家中有人戒除酒瘾时家庭动力制衡机制的变化。他们和我一起劝说乔："你需要对此作出改变了。"

最后我说："在这里我真的受不了啦，我再也不想过这样的日子了。这种结果部分要归咎于你，有些事你必须改变，必须由你来改变。”

这番话终于引起了乔的注意。他意识到需要求助他人，于是开始心理治疗。我感觉自己就像一只咆哮的老鼠！

他和治疗师进行了第一次面谈之后，回到家中的那一刻，面色真的不同了，比过去柔和了一些。他说：“我不知道……我只是不知道自己在干什么。我真的不知道。对不起。”

听了这句话，我的心融化成了一滩柔软的春泥。我抱着他，心中充满了柔情。我毫不吝惜溢美之词，大力赞扬他的勇气，因为我想让他继续接受治疗。

他坚持治疗了一段时期，明白了他之所以愤怒，并不是因为我或者孩子们做错了什么。怒气是他自己内心的产物，从他童年形成的严苛情感背景中生长出来。就这样，他对自己产生了许多同情与怜惜，由此获得了自由，信心大增，而且能够认识到假如别人对他发怒，他也能够忍受。那并不会成为一场无法抵挡的致命打击。

通过这场治疗，他学会了爱自己，而且基本上变得温和起来，也有了些耐心，能够谈论自己遇到的事情，能够更加充分地对我敞开心扉。

对我们来说，这真是一个新纪元的开端。我开始发现我也没有真正做自己。我总是极力取悦别人，保持一团和气，对于这种性格我毫无办法。我只好仔细反思这件事，“我可以呵护自己，而且这是全天候的工作。”

我不再那么积极主动。如果有个人丢弃一件包袱，用谴责的语气说：“上面有你的名字。”我学会了这样回答：“不，那不是我的，我也不打算去处理它。”我知道该如何走远，离开房间。

最后，我们都获得了健康的精神生活，学会超脱地看待他人的行为。如果乔愤愤地指责我，我只是说：“哦，上帝，帮帮他吧。这话对我来说太重了。太狠了。”通过祈祷和冥想，我们都学会了如何安全地释放自己的情绪。

他展现出莫大的勇气，我想我也是。睁开双眼直面真相的勇气，尽力改变的勇气。

等到孩子们离家之后，应对怒气就更容易了。与孩子们同住的那几年是我思虑最多的时期。诸多问题碰撞了六七年，现在，我们有了另一段时期，几乎二十年的时光，我们的感情愈来愈亲密。真有意思。我们开始周游四海。情人节那天，我们会大呼小叫，谈笑风生，仿佛餐馆里只有我们两个人。我们因此大笑："老天，也许我们应该安静点儿！"其他餐桌旁都没有生活的气息，没有绚烂的火花，但我们的桌旁肯定有。

就像乔说过的，在婚姻中，人们决定甘苦与共。我会问："究竟是甘还是苦？"这真的很难说。我想，我之所以能够与他长相厮守，一个原因是我始终在想："好吧，我会永远留在这里，直到我明白我在干什么。"

爱情未必与你的心境有关，与你这一刻或那一刻的感受也未必有关，特别是当你真的像我一样容易动情的话。爱情是一项带着誓约的决定。我非常感激他愿意接受心理和心灵方面的治疗。他因此获得了心灵自由，成为现在这个人。这样的一面我曾经隐约见到，但现在，他真正变成了这样。因此，心理治疗的成效是显著的。

早先，我在《圣经》中读过这段关于爱的描述："爱是恒久忍耐，又有恩慈；爱是不嫉妒，爱是不自夸，不张狂，不作害羞的事，不求自己的益处……不计算人的恶……如果你爱他，就会对他永远忠诚，不惜代价。"

读了这段话，我想："哇，这是对成年人的要求。我不知道自己是不是已经对此做好了准备。"真让人失望，不浪漫。但我认定，这段话言之有理。爱就是我对乔和孩子们的感情。我不是说自己勘透了爱的真谛，但爱是你可以倚靠的东西，爱始终存在。我守在这里，就是因为爱。

如果孩子们没有搬来住，事情可能会变糟糕，因为我们将永无机会处理这些问题。在这之前我从来没有考虑过这些问题！同样的力量制衡一直存在，但我们会一路磕磕绊绊地走过，从来不必直面和解决。

我想，经历这一切之后，我变得更加体贴，更加慈爱。乔也一样。我们看到对方的优点和善举，都会大加鼓励。我们有许多共同点，真的很相似。看待事物时，由于我们所见略同，便更觉美好，而且刻骨铭心。

乔又开始写诗了。从我们初相遇的时候，他就爱为我写东西，这正是他俘获我心的一个原因，因为那些字句都那么甜蜜而有趣。我过去常想："我真的看到了爱的火花吗？真的存在吗？"但是，哦，真的存在。内心深处，他是那种用情至柔的人。他会对我甜言蜜语，让我觉得自己像鲜花一样妖娆盛放。

是的，我在盛放。

相爱时间

三十年——四十年

34年：他就像一条狗，出门以后只要饿了，终究会回家的。

保施·韦斯特，女，53岁

我的故乡在中国台湾的东北部，临海也临山。那是一座小镇。我的父母是种稻为生的庄稼人，村里没有电。我们经常足蹬木屐，木鞋底旁边有四个钉子将塑料皮钉起，我穿的木屐是姐姐穿剩下的。我家兄弟姐妹八个。那个年代，女孩上完小学就不再读书。男孩比女孩重要，因为大家认为男孩才是传后人。

我和两个姐姐去了台北打工，有什么活就干什么活。我和大姐住在姨妈家，白天出去打工。那个时候，真说不上开心不开心。或许我觉得开心，因为进城了，什么都和乡下不一样。你明白吗？在大城市里，一切都是崭新的。

那年他二十六岁，我十六岁将近十七岁。那天我走在大街上，他也走在大街上。在站牌前，他用汉语问我："我到哪儿能买到汉堡包？"我用英语回答他："街道对面就有一个汉堡店。"我们就这样开始聊天。

他在亚洲研究学院学汉语。

他是希腊和爱尔兰混血儿，来自美国底特律。那时他一头黑色卷发。我不知道你是否知道，在中国，大家总是管外国人叫"长鼻鬼子"。见到他的时候，我心里暗想："噢，这人真好玩。"是一种好奇心，你明白我的意思吗？

我从没交过男朋友，所以我不知道……我不知道什么是恋爱。我不懂那个部分。我非常天真，不知道男人和女人是怎么……

他给我买了个汉堡包，但最后还是他吃掉了，因为我吃不惯。他约我出去见他的朋友，我说：“什么朋友？”我来自农村，朋友都是村里的表哥表妹。那就是我们的生活方式，整个村庄的村民都有血缘关系。在台北，我只许和姐姐一起出门，出去也只是买东西或吃饭。没有别的“朋友”。其他都是陌路人。

我跟他去了以后，认识了一群朋友。其中有的人找了华人女朋友，还有的找了美国女朋友。有的人留着长发，抽烟喝酒。与我成长的环境相比，这样的生活完全不同，就像黑与白的对比一样强烈。

我喜欢他的原因之一也许是我的两个姐姐关系更加亲密。我们姐妹三个出去时，两个姐姐总是手牵着手。三个人牵手走路会太拥挤，所以总是我一个人走在她们后面或前面。因此，我有自己看待事物的独特眼光，能够独自做出判断，个性也更加独立。

他处事的方式和我不同，我开始见识迥然不同的事情。他带我去奢华的宾馆游泳，但我觉得，这样未免太像男人带女朋友玩耍的方式，同时或许他还可以趁机看其他女孩？他想脚踩两条船啊。我开始学会少男少女互相吸引的微妙方式。我在那里见到了许多富人，心想：“哦，原来他们就是这样待人接物的。”我想，不能表现得像个乡巴佬一样。

一个月之后，我和他就彼此了解了。这时他离开了台湾。也许可以说，他是个梦想家，喜欢周游世界。三岁的时候，他就从家里偷跑出来，跑了许多次。无奈之下，他的父母用晾衣绳把他捆起来，免得他又逃跑。他们不得不像拴狗一样把他拴在家里。

他家境贫苦，是长子，总和父亲闹别扭。他的母亲不擅长烹饪，家里穷，吃不上好饭。他应征入伍之后没去越南，却去了泰国。在泰国的生活比在底特律好。他开始学习语言，认识了三教九流的人。他本以为自己会死于越南战争，但现在却如此开心，因为尝到了很多好吃的东西。

那就是我们最初相遇的情况。后来他一走就是两年，去了希腊、埃及和泰国。我非常孤独。我那么年轻，我想，初恋时，你根本不知道下一步该怎么走。我不想再找别的男孩儿，因为我身边有姐姐陪伴，还有姨妈。但我和他仍有书信往来。我想那个时候，我长得不难看，他也不难看，所以我们都把对方记在了心里。

一天，我和姨妈、姐姐打牌时，听到窗外有人在敲窗。我大吃一惊！他回来了。我不知道他同时在给几个人写信，但我猜我的信他会喜欢。那天晚上我们出去约会，于是我们一起生活了两个月。

我想，他也许会觉得和他相比，我的年纪太小了，或者也许是他不想停下来定居，所以他又搬走了。我很清楚，那时他有一个日本女朋友。他认识的女孩儿太多了，不知道自己想要哪个。他是个花花公子，萍踪不定，甚至没有工作，他唯一所做的就是旅行。他偶尔挣点钱，够花了就会去往下一个地方。

但我猜他也很惶恐，因为他在天主教家庭中长大，这样他看到了一个问题——必须定居下来。他去了教堂，那可以说是他的退隐之地。我猜是神父和他谈了一席话，神父告诉他，无论他的真爱是哪个女孩儿，他都该回去找她。因此，他回到了我的身边。

我的家人都暴跳如雷。两个姐姐都没结婚，甚至还都没有交男朋友，我倒成了第一个。我几乎把父母双亲气得心脏病发作，几个哥哥都扇我的耳光，因为我太小了，不应该跟一个外国人。“他恐怕是在占你便宜，我敢肯定他外面还有女人。”他们问我他做什么工作，我说他在这里当保安，在别的地方教过几个星期的英文。

在华人眼中，民以食为天。如果你没有一份稳定的工作，那么就不能为家人提供安稳的生活。许多华人总是先看家庭条件，然后才考虑能否结婚。

我们同居了大约六个月。我们真的了解了对方。有爱，有恨，有争吵。我们都很倔强，不肯依赖家人，而且他的亲人也都不在这里。

后来，他在台北希尔顿酒店找了一份助理经理的工作，这让我的家人对他多少有了点信心。

我的妈妈不想让我们结婚，因为那年我才十八岁。不到二十一岁的女子，必须有监护人签下的法律许可才可以结婚。我的父母不想签。但我怀孕了，我得说，我别无选择。所以他们说："这是你选择的，是你自己的生活。但你要记得，是你逼我们签下法律文件的。"就这样，我们结婚了。

我没有受过高等教育，找不到工作，他的工作也不好。我们不肯向家人求助，所以过得非常拮据。我们一贫如洗，靠沙丁鱼罐头生活。当时每天大概只花二十五美分买一个沙丁鱼罐头和一点大米。我们过的就是这样的日子。

大概五个月之后，我的丈夫告诉我妈，他可以在印度尼西亚找到一份石油公司的工作。对我妈来说，这是一件大事。她说绝对不行，因为假如你们想让我们帮忙，就算你们哭着喊着，我们也帮不上忙，因为离得太远了。这就是我妈妈的想法。她会去庙里烧香拜佛，求来一些泥土和木片，保佑我无病无灾。

我们去了印度尼西亚，见到了雅加达那些贫民。他们穷困潦倒，睡在别人家门前的走廊里。他没能找到工作。现在，我终于明白了妈妈的话！你哭也没用，即使想让家人帮忙，也太远了，远在世界的另一端。

因此我的丈夫说："哦，也许我们可以去澳大利亚。澳大利亚离印尼很近，我们的钱正好够买去澳大利亚的船票。"我们甚至没钱住客栈！我们没付钱，就从客栈偷偷跑了出去。我说："老天爷，我可从没干过这种事。"我害怕极了。

飞机都快起飞了，却找不到谁开车送我们去机场，于是我们在路上尝试搭便车。我们站在公路旁，一个男人骑着摩托车迎面开来，我手足无措。他在路边停了下来，于是我的丈夫求他带我们去机场！

那是我们第一次商议生存大事。我们到了澳大利亚达尔文，身上只剩下几美元。我们说，再也不能这样活。最后我给家里发电报，说我需要钱，请求他们给我一百美元。那是1975年，按照我家当时的家境，这是很大一笔钱。他也请求亲人汇来一百美元。

我们又搭便车到了墨尔本，大概用了四天时间。有时候我们像无家可归的流浪汉一样睡在卡车上。我暗想，嫁给这个男人，过的竟是这种生活。但很快我就问自己，我能怎么办？必须熬下去。

就这样，到了墨尔本之后，我家和他家的钱都汇来了。我们找了一个住所，只是个小小的窝棚，就像玩具小屋中摆着一张单人床。如果想用卫生间，还得去房东屋里。

后来，丈夫当了教师，我们也获准在澳大利亚居留。生活渐渐改变，我们开始上班，拼命工作、攒钱，出人头地。

我们的婚姻确实出现过问题。我的丈夫是我第一个男朋友，我什么经验也没有。他必须和我在一起。我敢肯定他有机会找别的女孩儿。我们吵过无数次架，无数次提到离婚。也有许多次我们泪眼相对。婚前怀上的那个孩子没了，当时孩子眼看就要出生，我感觉羊水破了，然后就开始流血……那是我们经历的最艰难的一段日子。

但我敢肯定我们是相爱的，否则我们不会长相厮守到现在，不是吗？有不计其数的纽带把我们的生活联结在一起。

我们在澳大利亚住了四年半。生下女儿金柏丽的时候，我们有了一套带厨房和卧室的公寓。对我们来说，那套房屋无与伦比。那是我们拥有的第一件东西，让我永生难忘。我们还养了一只猫！后来我们搬进一套一居室，面积更大。大概一年之后，我们搬进了一套两居室的公寓。

后来我们搬家到菲律宾。1982年，他从牙医学校毕业，于是我们去了纽约，他上了纽约大学，又开始读书。读书的同时，他还兼职打工。我在牙医诊所上班，他兼职教书，也为法庭做口译。在那里，生活变得容易了些。他非常忙碌，而我也有了全职工作。生活更加稳定。后来我们来到密歇根，1989年，在这里买了一座房子。

我们永远、永远在一起。我想，丈夫已经习惯了当个居家男人，所以总想和妻子儿女在一起。

对，我们还会吵架，但除了唇枪舌剑之外，不干别的，只是争吵而已。我来自一个对离婚闻所未闻的家庭，在那里，离婚是一件绝对不被容许的丑事。我敢肯定，他的家人也是如此，因为他们信奉天主教。有时候，你们真的很想杀了对方，但你们有孩子了，还能怎么办？孩子就意味着责任。我总是对丈夫说，是我们想要孩子，不是孩子想要我们。现在，儿女们不在身边，他们都已经长大成人，有时候我们吵起架来会说，对，现在可以离婚了。但我们从来没有真正离婚，只是说说而已。

今天回顾起来，我发现他的生活和我的生活是截然不同的。我们在完全不同的家庭环境中长大。

是什么让我留在他身边？我想是因为我们都生于忧患。如果我们两个都过着优渥的生活，恐怕就没有这种耐性。我们没有被惯坏。

小时候，我的生活过得很苦。每天早晨，妈妈像闹钟一样把我叫醒，只不过她用的是一根大棒。她生气时会打你的腿。如果我是一个娇纵的孩子，恐怕很久以前我就和他离婚了。

我们经常争吵，有时候当着孩子的面。而且我总是告诉我的儿女，如果你有什么话必须要说，你当着他的面，这是没法隐藏的。我们必须做正确的事，好让我们继续在一起。尽管我们总是争吵，但并不证明我们彼此怨恨，只是意味着看法不同。你明白我的意思吗？

我非常崇拜他，对他充满信心。我不需要听甜言蜜语。我不是娇生惯养的孩子，不需要别人对我说："哦，我爱你。"我不会因此感觉到爱。我更像那种人："你对我怎么样？用行动表现出来。"我可以看出你都为我做过什么。

我要说，爱和支持是一回事，你不会放在口头，而是落实在行动上。无论我们去哪儿，都是夫妻结伴同行，没有其他人。因为我们住在第三个国家，不是我的故国，也不是他的故国。只有我们两口子。

他让我随心所欲地做事，比如在房屋和花园里制造工艺品。如果我想去工作，即使一天要干十小时，他也不会抱怨。这么多年都是如此，很灵活。现在我和他在一起已经三十五年了。我不限制他，他也不限制我，或许正因为如此我们才能相处得这么好。

他仍然会做出一些疯狂的事惹我生气，比如打算出国，却不和我商议。但我能够容忍。他就像一条狗，出门以后只要饿了，终究会回家的。有时候我怀疑他有了外遇。如果被我抓住，他就死定了，我也绝不会继续留在他身边。因为我不会红杏出墙，你为什么要出轨？但我觉得他并没有真的出轨。我知道他喜欢和人搭讪，没关系，因为外遇和搭讪是完全不同的两件事。

我无法想象，如果没有他，我的生活会是什么样。我不是那种很新潮的人，我不爱冒险，我一直待在一个地方也可以很开心。也许我会找个本地人，找个和我更般配的小伙子，而不是和我截然不同的他。

现在我有了房子，房屋里还住着几个房客。我们还有一对人见人爱的好孩子。这种生活不是我的家人给的，也不是他的家人给的，而是我们自己的努力换来的。所以我们必须走正道，否则就不会拥有这一切。

回顾自己的一生，我这辈子知足了。我住在这里很开心，过得优游自在。再过几年，我就归天了，你明白吗？

我是这样的人：如果你和丈夫一起生活了这么多年，那么他的一举一动你都知道。他甚至不用开口，我就清清楚楚地知道他想说什么。丈夫有很多次问我：“你怎么知道我要说这句话？”我说：“就算你在另一间屋里，我也知道你在干什么，因为我对你的了解就像复印机一样。”

既然每张纸是什么样我都知道，为什么还要一张张拿出来看呢？我不想一张张看。这还不完美吗？无所谓啦。

35年：他跑到我家说：‘你丈夫是怎么回事？他和我的妻子搞外遇！’

戈德·科勒，男，66岁；蒂娜·科勒，女，79岁

蒂娜：那是1973年，当时我已经结婚二十五年了。我发现丈夫背叛了我。在这之前我根本不认识戈德。一天他跑到我家说：“你丈夫是怎么回事？他和我的妻子搞外遇！”

戈德：我曾经以为我的婚姻很幸福。我遇到了我的梦中情人，与她结了婚。她非常漂亮！就像杂志的封面女郎。我们还生了个女儿。我简直无法理解，那个女人怎么会离开我，投进另一个男人的怀抱，那个男人就是蒂娜的丈夫。为了挽回这件事，我跑到她家，叫她把她丈夫带回家，别搅和我们家的事。

蒂娜：那时我们还住在德国。看到他第一眼，我就想：“哦，这个男人长得真帅。”当时他比我年轻十三岁。那年我四十四岁，他三十一岁。

戈德：现在还是这样。今年她还是比我大十三岁。

蒂娜：当时他结婚七年，有一个四岁的女儿。然后我们就在一起，聊啊聊啊聊啊。整个晚上我们都在一起。

戈德：我可以打断一下吗？我留在她家的唯一原因是她酒柜里藏着一瓶巴卡第酒。聊了十分钟之后我本来想走，但她打开了酒柜，一看到那瓶酒，我就决定留下。

蒂娜：对，你说得对。后来大概是晚上十一点的时候，我的丈夫回来了。他一进门就看见戈德，说：“啊！很好。我很高兴你来了。那么，咱们谈谈吧。”那天晚上我们彻夜长谈。这件事我之前并不知

道。一点都不知道。戈德的妻子在一家公司工作，而我丈夫是那家公司的代理商。那是个保险公司。我在那家公司已经买了二十一年的保险。所以，这件事让我非常伤心。伤心欲绝。我大病一场，感觉一切都很糟糕，整夜失眠。那一年过得太艰难了，每天我都能听到丈夫的新故事。

戈德：他们说他俩非常相爱，他们宁肯死去也不愿意回到我们身边。那段时间，我和蒂娜互相扶持，互相安慰。我带她出去跳舞、吃饭、看电影。她帮我照看我的女儿，也帮我做了许多别的事。事情越来越完美，我们开始觉得，没有他们两个，我们反而活得更精彩。那时，我和蒂娜已经十分亲近。我们虽然没有开始恋爱，但我们非常亲近。后来，我们把那两个人叫来一起谈，告诉他们："喂，现在和过去不一样了。我们终于同意你们在一起了。我们都决定离婚，以后也不会阻挠你们交往。"因为我们两个可以做伴，而且发现彼此相处得非常不错。但他们很不喜欢这一点。我的前妻哭了，说想回到我身边。

蒂娜：发现我们两个想待在一起时，他们又想回归家庭了。我们就说，门儿都没有！

戈德：我说："你们做的事，我们也能做。别担心。我们也是成年人！我们可以相爱。"

蒂娜：我的丈夫说，"我不想离婚。我只想一个星期和她约会三次。"你知道我说什么吗？"你必须去找那个比我还笨的女人。"说完我扬长而去，去找代理离婚事务的律师。但我的前夫和他的前妻后来没有结婚。他们公开交往了一段时间，可爱情已经消逝了。

戈德：我们这么说吧，即使他们想分走我们的财产，手中也空空如也。他们的爱情也空空如也。

蒂娜：他们失去了所有，我们却得到了一切。

戈德：那个时候，德国法律中还有过错方与非过错方的讲究。如果你对配偶不忠，你就会失去一切，你必须支付律师费、诉讼费，全都得你出，你只能两手空空，净身出户。正因如此我们才这么有钱，我们有了整整两座房子！

蒂娜：1973年12月末，我们都离了婚。那时我们已经有点亲密接触了。在一起的时候，我们发现彼此有许多共同的爱好……

戈德：比如巴卡第酒……

蒂娜：对，我们还都喜欢旅游。

戈德：我需要一个人照料我的小女儿，因为妻子离开了我，将女儿丢在家里。蒂娜觉得有些内疚，因为是她的丈夫夺走了我的妻子。她非常善良，所以总会来我家帮我们洗衣做饭。没过多久，我的小女儿就开始管她叫妈妈。由于我必须出去工作，我们只有周末才能在一起。我们越来越亲近。终于有一天，我们说："我们为什么不永远在一起呢？"而现在，事实证明我们的生活非常完美。有句话我们说过无数次、无数次了，但还是要说，我们非常感恩，感谢命运扭转了我们原来的生活，终于让我们在一起。

蒂娜：我们已经结婚二十八年，但我们一起生活已经有三十五年。我的前夫什么也不做。他不想去度假，什么都懒得做。而我们呢，只要在一起，我们每个周末都要出去玩。我们已经游遍了整个欧洲。后来我们移民到美国，我们爱死了这个地方。我们喜欢佛罗里达，就打算来这儿买一所房子。他一直想结婚，而我由于先前那段伤心事，对婚姻总有些抵触。但我们买了这所房子之后，我说："你知道吗？这比结婚还让我开心。"这是1980年8月。

戈德：其实，那也是我们正式订婚的时间。是半夜一点钟。但是，半夜一点哪里买得到订婚戒指呢？我们打开冰箱，拿出两罐啤酒，拉下拉环，彼此交换。

蒂娜：对，确实是这样。

戈德：这对拉环我们至今还珍藏着。那是我们正式的订婚戒指。

蒂娜：所以我们结婚，买了这所房子，都感觉特别幸福。

戈德：我们这种始于患难的爱情比一见钟情的爱情更稳定，更深沉。有的女人虽然长了一张漂亮的脸蛋，但人们很快就发现她不过是个绣花枕头。有时候我们打开电视，看到《朱迪法官》里的美女，但她们一开口，啊，不过如此。爱情绝不是只要有好皮囊和性爱就够了。我们为什么相处得这么好，原因是……我不知道用英语怎么说，但也许你可以这样理解：我过的不是我的生活，而是她的生活。我竭力做好每件事，只为让她开心。如果她说需要两磅土豆，我们就会牵手出门，买两磅土豆回来。

蒂娜：这绝不是撒谎，我们每件事都一起做。除了上班，他出来也永远不会单独去做哪件事。

戈德：经过了这么多年，我们可以诚实地告诉你，我们从来没有吵过架。我们就是吵不起来。没有别的原因。在这桩婚姻里面，我们两个人都竭尽所能让对方过得更舒服。而那些恶毒的词语不可能让人舒服。当然，我们也会时不时地有不同的看法。

蒂娜：但我们会说，每天一定要把所有争执都处理结束之后才上床睡觉。你知道，要谈心。一旦出现问题，就要谈一谈。

戈德：当然，有时候我们对事情的看法不一样，但我们会在争吵之前闭嘴。

蒂娜：我们在一起度假的时光有多长。有一条航船旅游路线我们玩了十一次。拉斯维加斯我们去过四次，我们不赌博，但会走进那些漂亮的赌场四处看看。有时候我们走进一座新建的赌场，会说："噢，这个地方太美了。我喜欢。真想知道是哪个建筑师设计的。"的确太美了。我们从来不赌钱，只是四处游览，享受生活。

戈德：还有一个重要的时刻，我们感激彼此能在一起。我知道，这话听起来像陈词滥调，但是还要说。那是我们第一次见到大峡谷，就忍不住问道："这是哪个建筑师设计的？"我们说，设计师肯定不是美国人，因为美国人设计的工程永远无法竣工！我们再也没说别的。到了大峡谷边缘，俯视巨大而幽深的山谷，我伸出双臂抱住蒂娜的肩头，四目交投，两个人都泪如雨下。那个时刻，我们真的真的非常感激能彼此相守，因为这种感觉你无法用语言告诉别人。我们一起度过的最美好的日子是哪天?

蒂娜：最好的日子？美好的日子太多了，我说不出来哪天最好。

戈德：也许是那天，你说牡蛎能提高我的性能力?

蒂娜：噢，嘘……

戈德：我可以诚实地告诉你，那是胡说八道，因为有一天我吃了十二个牡蛎，只有九个起作用了。

蒂娜：你一定很感谢我们能在一起。

戈德：我和前妻之间的爱情非常幼稚，其实更像一种激情。而我的第二次爱情，现在我们的爱情，我得说更多是从理性中生长出来的。我们对彼此的热爱，都比对前妻或前夫更深。但那是一种不同的爱。

蒂娜：在你年轻时，爱情完全是另一回事。也就是："我爱你，噢，耶！耶！"

戈德：和蒂娜结婚之后，我每天晚上都回家，再也没去过酒吧，也从不惹是生非。这就是爱的迹象。我在更为年轻的时候，喜欢狂饮。如果不是她帮我度过那段艰难的时期，我恐怕早就失控了。她沉默不语，却给了我最大的帮助。

蒂娜：还有抽烟。他年轻时爱抽烟，而我有支气管炎。大概十五年前他戒烟了。谁知道呢，如果他不介意，我说不定现在已经不在人世了。

戈德：我记得好像是二十年前，那时我们还有性生活。有一天我们正在床上，她问我："你爱我吗？你爱我吗？"我说："那你以为我现在在干什么？"正因如此我才试图让一切变得有趣。我们随时在开玩笑，我们的生活就是这样。晚上我们并肩躺在床上，笑得屁股都要开花了。有时候我们还在晚上唱歌剧。

蒂娜：有一次我们去了西班牙，租了一间房子。只有一个卧室，但那确实是一座好房子，我们就唱了一整夜的歌剧。我们真会这么做。我们这么做，而且喜欢这么做。然后我们就一直笑，开心极了。

戈德：这也是能让我们长相厮守的一个原因，随时逗乐，笑口常开。我真的没有办法让生活过得太严肃。信不信由你，天一下雨我就高兴。因为即使我不高兴，天仍然要下雨。我的一生就是这样过的，你明白吗？我由于糖尿病而失去了一条腿，还是这么开心。因为从那以后我再也没有冻过脚。我出去买东西时只需要穿一只鞋。

蒂娜：过去的三年我过得很辛苦。戈德失去了……然后另一腿又开始……他做了心脏搭桥手术，后来又轮到肾脏。他生了很多次病，我干什么都只能自己一个人来，常常很不容易。

戈德：这也是我们婚姻中一件特别、特别、特别大的大事，她要照顾我，不管什么麻烦事她都要帮我做。那些难题每天、每天、每天都会出现。假如我拄着双拐去冰箱里拿可乐，她会追过来，说："坐下！我给你拿。我有两条腿，你只有一条，让我来！"她太好了，值得我五分钟就说一句"我爱你"。如果我们想说话，就说这一句。还有一件事能证明她百分之百地爱我。我们一起出门社交的时候，同样的笑话哪怕我已经讲过二百五十遍，她听了以后仍然会哈哈大笑。她不需要冲我大吼："我爱你！信不信我踢你屁股？"

蒂娜：我们都年长了一些，也变得更睿智了。但比过去更幸福，幸福得多。这是一种截然不同的生活，也是比过去美好百倍的生活。

戈德：我们每天都要感谢她的前夫。真的，每年离婚纪念日那天，我们都会给他寄一张致谢卡。

39年：妻子去世之后，我曾经约会过三百个女人。

奥布里·鲁本，男，76岁

1945年，我十三岁时，父亲去世了，当时我住在英国。也是在十三岁那年，我成了犹太教徒，接替了父亲在教堂的职位，日夜祈祷，将哀悼者的祷词喃喃地告诉父亲。我感觉上帝就在我肩头与我对话，我发誓遵守道德，永不说谎，婚前永葆童贞之身，言行纯净无瑕，婚后永远忠于妻子，因为这些价值观我都深信不疑。

接下来的事情是姐姐嫁了个美国人，母亲和我也都来到美国。我到了纽约，在纽约公立图书馆找到一份兼职工作，后来又转入纽约大学。

开学第一天，我到图书馆里找书，忽然听到一声响，低头一看，地上有把雨伞。我捡起雨伞，一抬头，见到了此生见过的最美的女人。我说："你是我这辈子见过的最美的女人。我想和你约会。"

她说："不，不可能。"

就这样，她走她的，我走我的。

第二天我去上课，路过开放教室的时候，赫然发现我昨天晚上见到的那个可人就在里面。于是我耐心等待，等她下课出门的时候，我说："你看，我不可能事先知道你在这里上课。这就是缘分。上帝决定我们必须如何如何……"就这样，我说服了她，带她去了查可芙纳茨咖啡馆。我为她买了一只二十五美分的奶油奶酪三明治和胡桃面包，又给她买了一杯可乐。我在她身上大概花了三十五美分。但钱不是关键！那年她二十七岁，我十九岁。她是菲律宾和美国混血儿，是我一生中见到的最惊艳的女人。

她说："我不能和你约会。"

我说："为什么？"

她说："我已经结婚了。"她的丈夫是学校的教授。

我说："我不在乎你有没有结婚。"

于是，我们开始了一场为期一年的艳遇。我失去了童贞，违背了犹太教教义，违背了对上帝的誓言。一切都被抛在脑后了，我唯一在意的就是和她男欢女爱。感觉太美妙了，所以我很烦恼，竟然十九年中都没有体验过性爱的滋味。从那以后，我都在极力弥补。

我们过了无与伦比的一年，之间发生的每一件事我都记得。那是1951年至1952年，我们会一起散步，她为丈夫买袜子，借以解释自己的晚归。我们偶尔去看电影。我可以说出我们都看过哪些电影，最好的一部是《萨巴达万岁》（Viva Zapata），马龙·白兰度和安东尼·奎恩主演的。

五月二十七日是我的生日，那天她见到我，说："奥布里，该结束了。"

我说："什么意思？什么该结束了？"

她说："他找了一份海军秘书的工作，我们要搬到华盛顿去住。"

我顿时心碎了，她是我一生的最爱。1953年我应征入伍，你猜我的驻地在什么地方？贝尔沃堡，就在华盛顿郊外。

那天晚上我和她在华盛顿幽会。我们看了马龙·白兰度、詹姆斯·梅森和德博拉·科尔主演的《凯撒大帝》，从此又开始偷欢。朝鲜战争期间，我被调遣到德国，每天都给她写情书，她也每天给我写信。回来之后，我去了华盛顿，她在一座餐馆为我接风洗尘。我说："我想让你离婚，和我一起生活，我们下半辈子一定会非常幸福。"

她说："我不能这样做。"

我说：“不能这样做是什么意思？”

她说：“我怀孕了。”

之前她从没想过会怀孕，以为她患有子宫异位或者类似的疾病。

这时我收到调遣令，去了墨西哥城。我想成为拉丁美洲历史教授。我走进墨西哥革命的课堂，一个甜美的棕发少女说：“嗨，你好，你不是墨西哥人，对吗？”

我说：“对。”

她说：“今天晚上来我家吧。我们要举行一场墨西哥狂欢节，这样我们会了解所有的墨西哥风俗。”

她叫玛丽亚·伊莲娜，长得很美。五英尺两英寸高，棕色长发，明亮的双眼，可爱的小身体，非常柔软。而且她是墨西哥历史方面的权威，哦！聪慧的女人！第一天我就爱上了她。

在那个年代，情况是不同的。1956年，我们还没有经历现在的性革命。每次我出门和她约会，必须带一个监护人。所有的淑女都必须有监护人陪同。但我们的办法是，告诉她的母亲，她每天下午在文化哲学学院上课。她的母亲不知道，有两天我们没课，而是一起去看电影。我们厮混在一起，但没有上床，因为她是处女。我当然热爱性爱，但我们确实没有发生性关系。那年年底，也就是1956年12月，我和她结婚了，婚姻一直持续了三十九年。

很快她就怀孕了，结婚九个月之后，我们就当上了父母。那年我二十五岁，她二十二岁。情况有些吓人，我们囊空如洗，因此我在纽约大学学院体系内找了一份西班牙语教师的工作，妻子也成了教师。十年之后，我成了副校长。又过了二十年，我以五十五岁的年龄退休，此后每个月都领养老金。非常不错，因为你每天只需要工作六个半小时，每年只需要工作一百八十天，晚上的时间全部是你自己的。

每天晚上我都要出去找乐，每一个晚上，一年三百六十五个夜晚。她不能那样做，因为她还是教师，她必须备课。所以我只好约其他人出去，当然，其中一些是非常漂亮的女人。所以，如果她们喜欢我，我也喜欢她们，由于我早在十九岁的时候就犯了通奸的大错，再也不恪守教规，所以，如果我有机会和漂亮女人上床，就很难拒绝。

我不断赢得嘉奖。国防部批准我去纽约大学，而那个夏天她去了墨西哥。我和团队里一个来自康涅狄格州的女孩有了艳遇。因为……听着，我的妻子到墨西哥一去就是四五个月，我无法做到在四五个月内守身如玉。

我不认为这样的行为有什么害处。我告诉每一个和我发生艳遇的女人，我永远不会离开我的妻子。如果她们喜欢我陪着她们看戏，看歌剧，很好，可以约我出去。其他的我没兴趣，因为我家里有老婆了。

伊莲娜知道我爱她，永远不会抛弃她，永远不会和她离婚。因为我就是这样的人。她在我心中比任何女人都重要。其他女人也许娇俏可爱，适合上床，但都不重要。我从来不允许自己爱上她们或者对她们产生热烈的感情，这些感情是留给妻子的。

我的妻子非常聪慧，她的大脑从来没有停止运转，这就是我钟情于她的原因。我们去百老汇看演出的时候，她总能看到舞台上一些我忽视的细节。哦，她真是才华横溢。我们在一起，真是天作之合。我们都热爱戏剧、歌剧、芭蕾舞和歌舞表演。她从没停止过学习，随时在学。我们家有两千多本藏书。连厨房里都没有食物，只有书。

我的妻子不是那种居家女人。她曾经对我说："奥布里，我们结婚以后，我在家只能在一个房间里。忘了厨房吧。"我们的性生活很好，直到她死去的那天。

她生机勃勃，和我们的儿子走在一起，大家都以为他们是姐弟俩。她从学校体系中退休之后，在最后一场派对中，还是康加舞的领舞者。她很美，有她陪伴非常自在。我真想让她随时陪在身边。

我知道她从来没有出墙过，因为这违背她的……她是个恪守道德戒律的人。如果她和其他人上床，会伤害她的自尊。她有过很多次机会，一直有无数男人追求她，人人都想和我的妻子上床。终其一生，她都是大家的梦中情人，人人都为她倾倒。她会跳所有墨西哥民间舞蹈。我们无论参加何种派对，大家都会请她跳舞。哦，人人都喜欢她。

后来一天晚上，我们去城市岛屿参加舞蹈家提托·普提那家餐馆的开业派对，真是群星璀璨——丽塔·莫雷诺、西莉亚·克鲁兹、保罗·西蒙等明星都来了。那时伊莲娜的工作是为一家西班牙语报纸写稿，白天工作，晚上就可以出门参加派对，和这些人见面。丽塔·莫雷诺成了我们的密友之一，她总是说，在玛丽亚·伊莲娜的最后一夜，她就陪在我们身边。

我们回家之后，伊莲娜去了卫生间，咯血了。我打了911急救电话，救护车把她送进了急救室，医护人员拉上了帘子。她仍然神志清醒，但再次呕吐之后，就陷入了昏迷。医生把她放在呼吸机上，挂上了各种急救设备。四十个小时之后，她死了。再也没有说过一个字。

发病原因是她食管里的一根静脉破裂了，而这又要归因于肝部的病变。她十五岁时，在墨西哥接受过一次输血，从而染上了肝炎。四十五年之后，病毒毁坏了她的肝部。她去世的时候，专家说："你的妻子有强烈的求生欲望。"专家见到她带着肝炎病毒竟能坚持活到六十岁，都大为惊异。伊莲娜六月二十八日退休，七月二十七日去世，她甚至都来不及享受退隐之乐。

我溃不成军。我无法相信，因为这么多年来，我一直以为我会先她而去。我的父亲去世时只有四十七岁。我一直以为我死之后，玛丽亚·伊莲娜会成为一个快乐的寡妇。我们家境富足，因为从1985年开始，我就在《纽约邮报》当摄影师，尽管当时我仍有一份全职工作。在小甜甜布兰妮·斯皮尔斯成名之前，我就为她拍过照。还有林赛·罗韩和帕丽斯·希尔顿这些蠢妞。你拍下一张独一无二的照片，将来可以卖出高价。无论如何，她的去世让我震惊，反倒是自己，成了个快乐的鳏夫。

妻子去世之后，我曾经约会过三百个女人。其中一些缠绵一夜之后，我就再也不想见了。其他的几个我想交往试试。我爱女人，爱人世间的百媚千红，但这些女人必须有头脑。我和许多名极一时的女人约会过，包括某些电影明星的妻子。我喜欢娇柔袅娜的女孩，不喜欢健壮的女人、肥胖的女人，不喜欢波霸。我是安娜·妮可尔·史密斯的朋友，当她拥抱我时，我的头埋进她的胸部里都快消失了。我不喜欢这种感觉。

对于亲密关系，我没有什么金玉良言要提供给读者。我非常现实，双足都站在大地上。我想我有的只是常识。这不是什么智慧。我是个非常实际的人。

我为今天而活。过去的都已经过去，我无法改变。看到她死去，我很伤心，很悲伤。我回顾了她所有的东西，她的每一张照片和我们一起度过的每一天。你也会这样做。有一段悲痛的时期，但很快，几天之后我就走了出来，去拍照，去做事。每天晚上都有夜生活，我也得以更快地走了出来。有些东西值得我继续生活。我没有说："哦，她死了。我要自杀，追随她而去。"那都是胡言乱语。

面对生死，我心平气和。1939年至1940年间，八岁的我住在曼彻斯特，每天晚上，那个城市都要遭受轰炸。一天晚上，八颗炸弹落在我家所在的街道上。十三岁那年，父亲死了，我的家庭因此遭遇重创，因为这件事改变了一切——改变了我的一生。所以我可以平静地看待生死，因为这是我看待万事万物的方式——淡然。

我不想再和任何人结婚。我已经结过婚了，已经足够。我不相信婚姻。我娶过一个可爱、出众、聪明、知书达理的美丽女人，她总是衣饰华美，看上去好像价值百万美元买来的，让人一见就欲火焚身。她是个出色的、绝佳的女人。事实证明我们相处得很不错。但我不相信婚姻，只觉得那是一种可怕的制度，谁愿意在这种制度中生活？坦白说，我们只是由此发现了导致离婚的首要原因是——结婚！

人们结婚有许多理由。我真的认为大多数人之所以结婚，只是因为害怕孤独。大多数丈夫厌恶妻子，大多数妻子厌恶丈夫。或者，比厌恶还要严重一些，因为这至少还显示他们之间有点激情，更糟糕的情况是冷漠。许多夫妻没有性生活。如果你去餐馆，会发现一些夫妻坐在同一张餐桌旁却没有一句话的交流，始终一言不发。然而在其他餐桌旁，会有两个女孩叽叽喳喳不停地说话，因为她们没有结婚！大多已婚夫妇却已经把必须告诉对方的话全部说完了。真恶心。

我们的朋友都吃伟哥。别傻，你不需要伟哥。没有人需要伟哥。性生活不和只是因为你不喜欢那个和你上床的女人。枕边是个五十五岁、肥胖、可憎的女人，你对她没有胃口，但因为她是你的妻子而不得不与她做爱。是她要求的，所以你不情愿地做了。那不是爱情，因为你不开心。

如果和我在一起的是个愤怒或恼人的女人，或者她做的事让我兴味大减，说的话让我耿耿于怀，那么，我为什么要接受这种难以忍受的生活？那有什么意义？如果有个女人拥有一个让我不快的家人，或者我不喜欢她的母亲、父亲、孩子、兄弟、姐妹或朋友，那么，我为什么要和她在一起？我只想和那个女人在一起，不想受到别人的影响。正因如此，我喜欢单身女郎。如果她们从未结过婚，我最喜欢，因为她们不必经受离婚的恐惧或丧偶的哀伤。我喜欢善良、单身、美丽、性感、出众、聪慧、敏捷、幽默的女孩。我永远也不会和丑女人约会。我必须能发现她的美丽。

如果她是个独特的女人，你会想一天二十四小时和她在一起，和她在一起你永远不觉得乏味，而且你愿意和她在一起，放弃世界上其他女人。如果我一直想在她身边，我会享受她的陪伴，她也会不时激发起我的激情，我就想随时和她做爱。这样，我会知道她就是我想要的女人！这种感觉比公园慢跑、看百老汇戏剧或为名流拍照更美好。如果你不能和她们做爱，那还不如……好吧，这就是我不愿意和年长女士约会的原因。

我想尽可能过最好的生活。如果一个女人让我快乐，我就会想和她在一起。如果一个女人不能让我快乐，我不会要她。

相爱时间

四十年——六十年

42年：于是有一天，女儿问我："妈妈，你和爸爸是在谈恋爱吗？"

多丽·斯彭斯，女，66岁

我们的感情在很长时期内都很不错。他真是个有趣的家伙，现在还是。我爱慕他……他工作很卖力。婚后最初的几年里，感觉我们真是情投意合，幸福美满。我们交了许多朋友，参加了无数场派对。婚后四五年才要孩子，所以在此之前，我们四处旅行，一起体验了许多有趣的事。

大约在1983年，由于我丈夫工作变动，我们搬到了蒙大拿州。三年半之后，我们又搬了回来。我们回到了双子城，丈夫开始创建新公司，我想我没有留意他那段时期承受的巨大压力，也没有体谅他的难处。

我是那种为儿女拼命付出的人，我想，恐怕我不是世界上最好的妻子。我没好好照顾自己，正如我在婚姻早期所做的那样。我对孩子如此尽心，注意力完全放在儿女身上，做所有应当做的事，没时间上什么健身课程，甚至没时间和闺蜜出去玩耍。我觉得必须尽母亲的职责，为家里每个人夙夜操劳。他帮不上什么忙，因为他的压力也很大。没过几年，事态就每况愈下，冷漠悄悄潜入我们的生活。我们不再沟通。

我们曾经分居过几个月，那段时间，他一个人搬出去住。记得那天我在厨房，也看到他的身影出现在厨房里。我真不记得究竟为什么会那样。我们一定讨论过什么，但我只记得两人都站在厨房里。他说他要走了，诸如此类的意思。我说："哦？"然后问，"什么时候？”

后来他告诉我，这句话让他大为震惊。当时我也许感觉如释重负。

分居几个月之后，他又回来了，后来大约一年半之后，他有了外遇，再次宣布他要离开。我并不知道他有了新欢，但我知道我真的不在乎，因为即使没有其他女人，我们的感情也已经糟糕至极。

几个月之后，我们离婚了，就在这时候，我才发现这是多大一件事。有一年时间，我都沉溺在伤恸中无法自拔。我伤心欲绝，痛彻心扉。我并不是思念他，或者因他离去而难过，但我生长在天主教家庭中，婚姻失败对我来说是重大变故。少女时的梦想是一旦进入婚姻便会白头偕老，而现在，这个梦想破灭了。

在离婚后的两三年内，许多事情纷纷浮现，我才知道我没有很公道地对待他。大多是家事，一遇到难题我就会说：“哦，上帝，我该怎么办？”许多财务方面的事，还有和孩子们有关的事情。我疑心儿子在吸食大麻，我在他卧室里发现了些东西，装到塑料袋里送到警察局，问这是不是大麻。工作人员说：“你们夫妻应该跟孩子谈谈。”我猜最后他们父子谈了一场。就是这种父母应做的日常事务，我真的很怀念。

同一年，和我感情最好的哥哥去世了。他走得十分突然，我唯一的感觉是：“哦，我遭受的打击太多了。我能够求助的所有人都在离开我。”因为他是我在困境中能够乞援并为我解答疑问的人。

但后来，我渐渐学会了做事，特别是财务方面的事务。我对我们的家庭财务状况一无所知，那是我的错，因为过去他总是鼓励我对这方面多些兴趣。所以离婚后，我学习了很多财务知识，现在我已经非常独立了。

我们分开了五年。我觉得在那五年之中，我成长得很快。我有工作，学会了许多东西，也升到了更高的职位。我是圣保罗联合医院肿瘤科的护士，但后来进入了管理层。在工作中，我像在家庭中一样信心十足，就工作而言，我像维持与儿女的关系一样游刃有余，当然那个时候，孩子们都已经渐渐独立了。

我觉得自己再也无法和另一个人发展恋情。有几个男人曾经约我出去喝咖啡、喝酒什么的，但我只觉得兴味索然。我受宗教价值观的影响，觉得除非婚姻宣布无效，否则我不会再结婚。甚至我都不愿意再次恋爱。

如果有人告诉我我们应该复婚，我会哈哈大笑。除了因孩子而交流之外，我们真正斩断了一切联结。

他和一个女人恋爱期间，我们曾经在圣诞节聚过两三个小时。我哥哥的葬礼他也参加了，但并不意味着什么。他来只是在履行义务，我也能容忍他出现在现场。那个时候，我们虽然不是势同水火，但也绝没有任何关联。

1995年10月，我们的第一个孙女诞生了，我也当上了奶奶。你会感觉你的心突然打开，变得异常广阔，反正我是这样的。对我来说这意味着什么，当时我还一无所知，但我对孙女充满了柔情爱意，心也悄然打开，开始重新接受别人的关怀。

那种情况就好像你初恋时每天早晨一醒来，觉得一切都无比可爱——跟这种心情差不多。有了这种温柔的情感，我的心就打开了，能够接受别的恋情，我也变成了一个更加乐观而开明的人。而在你打算离婚、生活四分五裂的时候，心会紧紧封闭。

回顾起来，就是在那段时期，我和他的交流慢慢多了起来。不久之后，我听说他和那个女人分手了。

我说不出究竟是哪一分钟的事，只是在一年之中，渐渐如此，我们开始结伴看望孙女。从那时起，我们就时不时地一起做事，看音乐会之类的，似乎非常自然。于是有一天，女儿问我：“妈妈，你和爸爸是在谈恋爱吗？”

我脱口而出："好像是。"

我还记得经历漫长的分离之后，我们再次接吻是什么时候。那天我们一起出门回来，我开车送他回家。在他家里，他吻了我。我觉得就像少女的初吻。

那时候，我们轮流在对方家里过夜。但两三个星期之后，一天晚上我送他回家，我们轻轻地吻别。他说："多丽，下次把你的牙刷带过来。"

我说："哦，我的天哪。"

我是个成年女人，却感觉像个年轻的姑娘。

我想他想要的比我做的更多，他想和我重归于好。他很孤独，而我已经学会接受自己。在过去的五年之中，我早已习惯了独身的生活，并因此感到自在。那时我并不觉得自己需要找个伴。但我们的交往仍在继续，和他在一起也很有意思。

我们曾经谈过复婚，但我仍然不敢肯定那是我的想法。我们决定继续等，等到女儿婚礼之后，因为我们不想远离她的幸福。我们又等了六个月。

在我们第二次婚礼上，我们请了一位共同的朋友来主持婚礼，那是明尼苏达州派恩市的一名法官。我们都穿得很漂亮，但不是婚礼礼服。他穿着西装，我穿着绚丽的红裙子，都戴着胸花。我们去了法庭，他的朋友为我们主持了婚礼。我们的儿女都没来，因为我们没有邀请他们。我们走出法院大楼，在法官朋友的家里吃了顿午餐，然后出门举行了晚宴。就是这样。

我们初婚的日子是1966年12月26日。离婚的时候，我想是1991年，然后到了1996年，我们复婚了。在庆祝结婚纪念日时，还是按照初婚的纪念日。

回顾往事时，我不会为我们所做的任何一件事追悔。并不是只有我们遇到这种事。后来我发现，有越来越多的离异夫妇都选择了复婚。

我想，现在我们的生活状态非常不错。我们已经做好准备，在余生里，无论遇到什么，都会患难与共。我们都在一天天老去，两个人随时可能出现致命或摧毁健康的疾病。

现在，我们培养出了一份令我心满意足的感情。我想他也是。那种挫败感已经无影无踪了。我想我们都认可自己为破镜重圆而做的一切改变，尽管未必向对方承认过。

我们都对彼此宽容多了。经历了许多坎坷，现在两个人都老了，我想，年老就意味着你对世界和人生的认识比年轻时候宽广许多。爱人的可爱之处数不胜数，要接纳爱人的一切。尽管在任何恋情中，人人都说能接纳对方，但其实是言不由衷的。如果他们说喜欢，我觉得他们不够诚实。

在我和这个男人相处的每日生活中，意识到只能让某些事情随风而去。那些小事，在我看来相当幼稚。

我们在明尼苏达州施罗德附近有一所湖畔小屋，位于苏必利尔湖附近。距离德卢斯东北大约七十八英里。真的，每年我们在这里要度过七八个月。后来我们在双子城繁华区买了套公寓，位于圣保罗。

我望着窗外，花园里种着姹紫嫣红的花草，摆着些盆栽。最近两三个星期以来，我的丈夫总在院子里忙碌，为过冬做准备。比如收起水管，把房屋里的不同部位盖好，避免冬季的霜雪侵袭。现在是十月份。我说："可是，还有五个星期才会入冬呢。你真的需要为这些事情担忧吗？"

他说："哦，不，我可不打算大冬天冒着严寒干活。"

我真的需要对此闭上眼睛，由他去。

还有，这两三年来，丈夫开始帮我做饭烧菜。这件事真的让我很激动，但他把整个厨房都重新布置了一番。完成之后我进去一看，想找什么都找不到，不由得勃然大怒。这是两三年前的事。现在我会这样想："太好了！他开始做饭了！让他做吧，需要的东西我会慢慢找。"

我想在此之前，我的控制欲其实比我愿意承认的要强烈。在很多时候，我可能都想让一切都按我的期待进行或停止。我恐怕时时反应过激，而他只好退缩。但在那个时候，你根本意识不到自己的反应有多么激烈，他也根本不觉得自己是个懦弱而退缩的人。但多年之后回首往事时，你会一眼发现显然如此。

我们重新开始之后，感觉过去除了结婚多年之外，根本没有什么真正的联结。我们第一次婚姻大概持续了二十五年。离婚后我们都自由了，我感觉自己变成了一个完全不同的人，有了许多全新的感悟。他肯定也一样。我猜想他学会了温柔地待人待己，或者说，与人为善，与己为善，更加仔细地倾听他人。对，倾听。我想这是件大事。

56年：婚姻的关键组成部分就是在绝大多数问题上，两个人见解一致。

保罗·佩思，男，83岁

我出生在布鲁克林。母亲在我九岁那年死了。父亲辛苦操劳，养育我们。他的做法是把我和哥哥送到另一个家庭，然后他出门上班，挣钱支付住宿费和膳食费。但后来他问我们："在他们家喝牛奶了吗？"

我说："没有。什么牛奶？"

他说："我把钱给他们，让他们给你们买牛奶喝啊。"

那是经济大萧条时期，食物、钱财、衣物都很难弄到。他给那家人付钱作为照看我们兄弟的酬劳和费用，但除了钱财纠纷之外，还出现了其他的事情。但我们从不谈论这些事。

总之后来，父亲无奈之下，把我们送进了孤儿院。对我和哥哥来说，这真的很幸运。我们没有像别的孩子那样厌学、逃学，变成地痞无赖，而是得到了修女们的照顾。我们必须在固定时间上床睡觉，定时去教堂，定时吃早餐，定时上学、吃午饭、课外活动及上课。从黎明到晚上临睡前的祈祷，都有固定的安排。我们离开孤儿院的时候，外面的世界正烽火连天，于是我参加了海军。

走出孤儿院才发现整个世界在我眼中都变了模样，因为要花钱才能接受教育，所以我晚上去上药剂学校，好拿到高中文凭；白天去上班。我是个X射线检验师，在纽约华尔格林斯医药连锁店实习。一个星期天的晚上，我打算乘地铁回家，这时发生了一件我过去见所未见的事。你随便问一个纽约人，他都会赞同我的说法，因为地铁站里竟然空无一人，站台上一个人都没有。

当时大概是十点半到十一点的样子，地铁列车来了。怪事再次发生，车上某个车厢前端坐着一个女人，除此之外空无一人。我是个年轻的纽约青年，于是我踏进列车门，穿过长长的通道，向那个女人走去，在她身边坐下，拿出一本书开始阅读。仔细读了一页或半页之后，我转过头问她："请问，这辆车是开往布鲁克林的吗？"她注视着我的眼睛，指着我们座位对面的车厢壁，当然，那里有个硕大无朋的标牌上写着"开往布鲁克林"。我当然见过那个标牌，见过几百次了。但我仍然回答："哦，谢谢你！打扰了！"

我又开始读书。几分钟后，我转过脸对她说："我能送你回家吗？"

她看着我，略一停顿，说："如果你有二十五美分硬币，你想去哪儿就去哪儿。"

二十五美分是当时一张地铁车票的价格。到了下一站，她下车了，我也跟着她下车，上了下一辆地铁。我在她身边坐下，掏出一本书开始阅读。她站在那里看着我把这个桥段又演了一遍。

只要看到她的背影，你就会说她是个美人。但我说不清楚当时为什么要这样做，只是凭借直觉。如果那天地铁里人多，我就不会看到她。即使我在万人丛中见到了她的身影，也不敢那么做。

我们从纽约地铁转到了新泽西地铁，到了某个站点之后，她转车上了一辆双层巴士。我跟着她走到上层，在她身边坐下，拿出一本书阅读，片刻之后转头问她："请问，我可以请你喝杯咖啡吗？"

短暂的停顿之后，她说："可以。"

她答应了我的邀请，真是太好了。我们下车后去了咖啡馆，两人坐在桌边一言不发。离开咖啡馆的时候，我对她说："我可以走路送你回家吗？"

她说："我想一个人走。"

我说："哦，那好吧。你能给我你的电话号码吗？"

短暂的停顿之后，她说："好吧。"她掏出一张纸、一支笔，写下一个号码，我才回家。

顺便说一句，她的名字叫伊莲诺。

星期一早晨，我立即给她打了电话。伊莲诺接起电话，我问："今天晚上我可以约你出去吗？"

她回答："不行。"

"那明天晚上怎么样？"

她说："好吧。"

她告诉了我她的地址。第二天，我到她家门口接她去了纽约，一起看歌剧。看完之后，我们还在为剧情感动，我转过脸问她："你嫁给我好吗？"

她注视着我，停顿了片刻，说："好吧。"

你必须了解，那个时候，我们的交往只是像朋友或邻居一样浅。尽管一起喝过咖啡，但我们的关系绝对没到至为亲密的境地。整个看戏过程中，我们都没交谈，我们就只是看戏。所以，散场之后走出剧院时，站在我身边的仍是个陌生人，对她来说也是如此。而我问她："嫁给我好吗？"

她停顿之后，说："好吧。"

现在她不在房间里。如果她听我讲述这件事，总会问我："那部戏叫什么名字？"那已经是五十五年前的往事了。

我会回答："不知道。不记得了。"我真的不记得了。

我真的不明白为什么要向她求婚。我就是喜欢她。遇到她之前，我所做的都是年轻人自然而然会做的事。最多担忧自己会在三十五岁之前死去，被妒忌的丈夫射杀。我没有想过婚姻，因此那句求婚只是脱口而出。我想，它是直觉的驱使。

在我看来，人群就像原始部落一样，我们注定要和其他人在一起群居。至少要和另一个人一起生活，比如以婚姻的形式。如果你正视这个问题，就会发现花草树木、鸟兽虫鱼都做着同样的事，它们也会组成家庭，结伴而居。

就我来说，爱情是自然产生的化学反应或者心理反应。我只是觉得她很好，而且她很美。在她停顿沉思时，回答我的可能是任何一句话。但正如我说的，只是直觉。就像鸟兽虫鱼，它们需要什么样的求偶行为？我们的求偶行为只持续了十五分钟！

答应我的求婚之后，伊莲诺叮嘱我："不要告诉我妈我刚认识你。跟她说我们在文法学校的时候就认识了。"后来见到她的母亲时，我们就是这样说的。她的母亲默许了，开始筹办婚礼，但她的继父却不停地用支离破碎的英语拖慢婚礼的进程。他正在销售一部车，那是一辆纽约克莱斯勒汽车，后来她的母亲借给我五百美元把它买了下来。我学过驾驶课程，但根本不会开车。有一次，我甚至还向警察求助，问他该怎么打开车灯。

我想去佛罗里达州申请药剂师执照，因为我被分派到了该州的杰克逊维尔市，而且我觉得，作为一名药剂师，有朝一日我也许会想去其他州工作。于是我告诉伊莲诺："我要去佛罗里达，考药剂师执照，回来之后和你结婚。"

她说："不行。不能这样做。"

我说："不行？你在说什么？"

她说："我和你一起去。"

她的母亲也同意了。她说："去吧。这是最正确的事。私奔。"

于是一天晚上，我们把几件衣物塞进汽车，驾车上了从新泽西市去往佛罗里达的公路。转入普拉斯基公路之后，我驾着车直接冲上了安全岛。两侧的车轮卡在安全岛两边。我转头对她说："你盯住仪表盘，我看路。"我倒车，重新发动汽车，她看着仪表盘，我看路，然后继续在夜色中奔驰。

我们去了佛罗里达州州府塔拉哈西，拿到了药剂师执照。然后我们找到民政部门，办了结婚手续。我告诉她："听着，既然我们到了这里，为什么不先去迈阿密，再回新泽西呢？"

她说："好吧，就这样。"

于是我们驾车去了迈阿密。我在报纸上看到一条广告："招聘药剂师。每周一百美元。"每周一百美元！我在纽约工作的时候，那帮该死的人渣每周发给我的工资只有七十五美元。于是我按图索骥，找到登广告的那家药房，拿着报纸问店主："你们……呃，要招聘药剂师？"

他说："对。"他一把脱下自己的药剂师工作服，披在我肩上，说，"我明天再来见你。我都连续六个星期没休息了。"

我走出药店，告诉伊莲诺："找一套公寓吧，我们要在这儿住下了。"就这样，我开始在药店上班。她在力托河畔找到一套小小的房子，我们租了下来。我每天工作两个轮班，一年几乎没有一天休息日。

一天，药店的一名会计走来问我："保罗，你在干什么？为什么要在药房打工？为什么不自己开一家药房或药店呢？"于是我把这个建议告诉了伊莲诺。我一辈子都是这样，做什么都要和伊莲诺商量。我有了想法之后就告诉她，不实现就怪了，因为她总会让它实现。

我们在迈阿密郊外买下了一家小药房，在这里工作了大约五年。现在，由于我们的店面位于迈阿密城郊，所以在药房里还增设了邮局、西联汇款、美国运通汇票等服务。我们为佛罗里达电力照明及燃气公司代收电费及燃气费，还增设了美容沙龙。店门外有喷水池，池边还出售汉堡包、汤和三明治。我们有冰箱，可以出售冰鲜牛奶，出售面包、蛋糕，当然还有香烟和卫生棉之类的生活用品。我们进了高洁丝卫生棉，以批发价卖给顾客，可以增加人气。

所有这些都是我的主意，但她是执行者。我认识她之前，她在歌手缝纫机公司当会计，所以擅长管理我们的财务。我们的婚姻始终美满。很美，很美。我们太忙了，没有时间吵架。我们在经营生意，大部分经营工作是她在做。我所做的只是药剂师的本分，但她不仅照顾公司，还负责招聘助理。

高中时，我曾经对自己发誓，一定要在三十五岁之前退休。我们节衣缩食，攒下了一笔足够度过退休生活的钱财。那年我三十九岁。我开始上表演课，但我的医生朋友都问我："该死的，你到底在干什么？"所以我决定上医学院。

我们把药店卖给了我一个朋友。我成了一名内科医生，家庭医生。伊莲诺负责与生意有关的部分工作，她是诊所的老板。那时，我们还有一座大楼和一家脱衣舞俱乐部。

试了八九年之后，我们终于生下一个孩子，取名小保罗·佩思。我们给他起了个昵称叫PJ，他一直用到现在。后来又生下了克里斯，后来有了薇琦。平时我在诊所工作，伊莲诺不仅打理诊所，还要照料我们的儿女。

我们从不吵架。嗨，我才不打算吵架。嗯，也不是说一次都没有。有一次我们确实争了起来，我离家出走了。那是我年轻的时候，我和一个女性朋友待在一起。伊莲诺现在不在房间里，所以我才能对你讲这件事。我在外面住了两天。回家以后，她暴跳如雷，还打了我。她挥起拳头砸了我的胸脯，我抬手抽了她一耳光。我想PJ还记得这件事，那时候他十岁或者十二岁。

那是我们唯一一次真正陷入恶战。我们会因一些事情讨论或争执，但从不过分。因为我们同甘共苦，志同道合。我想，婚姻的关键组成部分就是在绝大多数问题上，两个人见解一致。我们愿意彼此让步。我想，也许我比她强势，恐怕要强势许多，但是好吧，即使这不够平等，但仍然令我们满意。

日子一天天过去了，我常常发觉自己何等幸运。我们不会在对方面前害羞，我们都充满柔情。郎情妾意，卿卿我我。如果我心情低落，她会好言安慰我。在我们五十六年的婚姻生活中，我只有两个星期不在她身边。

我想这和我们这一代人有关，因为我认为我们这一代会觉得夫妇百年好合是件自然而然的事。我的朋友中没有谁离婚的。即使妻子知道丈夫四处拈花惹草也不会离婚。也许她在接受丈夫背叛之举的时候姿态不够优雅，但她确实接受了。而且，没有哪个男人会因为自己有了外遇而扬扬自得。

不管怎么说，现在伊莲诺得了阿尔茨海默病，我非常难过。我得说，她患上这种病已经有四五年了，最初发病的时候，我想她并没有意识到自己的病情，我也没有。当时，是她的一个朋友问我："嗨，保罗，伊莲诺出了什么事？"她总是重复问同一个问题，即使你早就明确回答过。我这才意识到她得了老年痴呆症。后来我和医生谈及此事，他们证实了我的看法。

多数时候，她不和我说话，她只是坐在那里，茫然地看着，偶尔我会听到她发出一串格格的傻笑声。她非常明白自己的病情。这很可怕，如果她对自己的疾病一无所知，事情还不会糟糕至此。

"坐在你面前的这个男人曾经在墨西哥坎昆丛林中为产妇接生，在澳大利亚大堡礁戴着水肺潜水，在阿尔卑斯和安第斯山脉翻山越岭。我们还去过中国、日本、意大利、法国和英国……"我现在正看的是我和她在中国拍下的一张合影，照片上我们都穿着中国传统服装，扮成士兵的模样。我们的足迹踏遍了这个星球，因为只要我提出一个想法，她总能让它实现。比如，我认为我们也许该置业，没过多久，我就发现我们骤然拥有了几座购物中心。她经手的是数百万美元的资产。她聪慧无比，整整一生她都在呵护我的生活，一辈子都是，从我们在地铁里邂逅之后就是如此。

而现在，我们在绕着房屋踱步。佛罗里达州有一条法律规定，政府出资扶持的学校里有任何空位，都应该免费让给老年人。所以，我想做的就是找到有电影的课程，她似乎很喜欢看电影。明天上午我带她去和一群患有阿尔茨海默病的女人一起打保龄球。我们就做这些，让人黯然心碎。所以，如果我的话听起来有点矛盾，或者费解，你会知道为什么。

我觉得自己是这个星球上最幸运的人之一。我经历了战乱和经济大萧条时期，但从来没有挨过饿。可是现在，情况很可怕。我已经八十三岁了。有时候我们开玩笑，我会说我才三十九岁。到八月份我就满八十三岁了。而且……我的朋友纷纷离开人世，现在又是这种状况，很糟糕。

我们和医生预约过，要在今天上午十一点半看病。她始终在屋里徘徊，肩头挎着一只很快就会弄丢的皮包，等着去诊所看病。到现在为止，她挎着皮包踱来踱去已经有一个多小时了。她一言不发，但你知道她是在准备出门去诊所或者某个地方。她不清楚是什么地方，即使她知道，也会在十分钟之内忘得一干二净。

尽管她有阿尔茨海默病，但她会比我更长寿。最后，她的头脑会忘记告诉心脏继续跳动，那时她就死了，但终究会比我活得更久，因为女人的寿命总比男人长。

我不敢肯定《圣经》上关于天国的说法是否真实。我想，确实是某种事物或人创造了我们。我想，就好像一个人制造一套微缩模型，有铁路、市镇和火车，他当空俯瞰这套体系的运行。但是，如果人死后真有灵界的生活，那么我愿意和她一起度过。

57年：每一种亲密关系都需要疆界。

艾瑟尔·沙茨，女，79岁

我那千辛万苦将我们拉扯大的母亲曾说：“永远不要穿红色的鞋子。穿红色鞋子显得人很放荡。”所以，当我带着挣到的奖学金去克利夫兰之后，第一件事就是出去买一双红鞋。

那是1951年，现在我七十九岁了。我是1929年生人，生在新泽西州纽瓦克，在布鲁克林长大。我在布鲁克林大学毕业之后，又在克利夫兰的凯斯西储大学拿到了硕士学位。

波特当时在建筑学院读书，我在社会工作学院，我们互不相识，但有个共同点：没钱。不过我有一大笔奖学金，足够我支付每月好几百美元的生活费、房租和其他费用。

当时校园边缘有一座合作房屋，那是一座庞大却杂乱的维多利亚式建筑，我们一群肤色各异的房客混居其中，每个人都承担那座房屋的一部分管理和维护工作。第一学期过后，波特前来宿舍楼里申请居住。他看上去像个建筑师，穿着带有皮革的苏格兰花呢夹克衫，肘部有块皮制品。我足音响亮地走下楼梯，穿着开会时的服装，脚上的红鞋咯嗒作响。而且我的语气也很不柔和。

他听到了我的声音，先看到我的背影，第一句话是：“姑娘你的屁股真不错。”他执意认为，直到今天我还是这样。

这就是我们相识的情形。

他似乎非常倨傲。我心里暗想：“哦，我的上帝！”就像外婆挂在嘴边的口头禅一样。我马上想：“哦，他不会是个易于合作的人。

他不可能真的和大家同心协力，他应该是那种人。”

但事实证明他非常适合团队合作。他是个克制内敛的人。我们楼里住着很多情感激烈的青年男女，混居生活中，大家见到了不少轰轰烈烈的感情戏。他非常非常讨人喜欢，不惹任何麻烦。他不会像有些男孩那样，将脏碟子留在水槽里，也不会四处让女孩帮他们做事。那是一座古老的房子，每件设施随时都在损毁，而他却是……直到现在还是如此：他非常喜欢修理物品。

由于都有绝佳的幽默感，我们一拍即合。幽默感真是大有用场。我们欣赏彼此的俏皮话，由此开始互相欣赏。

我亲爱的室友里面有两个女孩开始和合租房屋的两个男孩恋爱，所以波特和我也步其后尘，不再仅仅当朋友，而是像他们那样开始约会。当时约会都非常非常的平淡，因为大家都是穷学生，通常是去咖啡馆之类的地方，好像那家咖啡馆名叫无底杯或类似的名字。不怎么干净，只是个邋遢的小馆子，我们叫它“虫子和细菌”。大家都会喝一杯啤酒，啤酒厂商名叫——我永远忘不了——莱西啤酒，记得当年我们都叫它“邋遢啤酒”，因为太劣质了。

我们隐约明白将要开始一场恋情，但绝对没有什么计划。我快毕业了，毕业后将要在芝加哥犹太社区中心工作，是一家杰出的机构，我无法拒绝那份美差。而波特必须在克利夫兰建筑学院继续读书，因为建筑学院的学制是五年。当然，我们发现克利夫兰到芝加哥不算远，我们仍然可以安排相见。

后来波特应征入伍，当时士兵是要被派遣到朝鲜战场的。一想到要分离两年，真觉得漫长。于是我们说：“嗯，我想，等你回来以后，我们必须结婚了。”在当年看来，这就是浪漫。看上去太理性了。

那个时候，我基本上还是个小女孩，不是个成熟干练的女人。我对工作意兴萧条，却格外迷恋校园生活。之前我从来没有恋爱过，但当他参军之后，情形对他对我都很可怕。我们都只觉极度的孤独与难耐的相思。幸运的是，他从没被派遣到朝鲜，而是去了德国。只要放假，他就会和我在欧洲某个地方相见。

我们都没去过欧洲，该在哪里住宿，又该在哪里见面，我们都一头雾水，因此找到对方，真是太费劲了。我们还做了些少年情侣都会做的傻事，但我们都是那么传统的人，你简直无法相信我们也会那样做。

那时我还是个小孩，肩上背着背包，每天的生活花费三至五美元，虽然女孩一般不这样。那真是我一生中最激动人心的一段日子，在1955年，每个欧洲人都爱美国。被爱的感觉真好。对我们两人来说，那段时期是个完整的记忆库，存着我们每一件往事。

波特入伍之前，我们的恋情已经到了相处自如的程度，可以轻松地斗嘴，仿佛已经认识了一生。两人争执的时候，场面很可观。我们都对自己的看法如此自信，我确信我说得对，他确信他说得对。我雄辩滔滔，辩论时可以让语气不激烈，但声音洪亮，抑扬顿挫，波特却会显得异常执拗。

我们并不会用伤人的字眼互相攻击，但往往当着别人的面争执。因此，当我们把婚讯告诉大家时——那是1955年，一些朋友说："我看他们的婚姻最多持续六个月。"我在纽约的一些朋友则说："什么？为什么？他们总是吵架啊。"

听着，从我们最初相识那天起，就开始形成这种相处模式。我们真的非常和睦，但都有强烈鲜明的个性，因此，两种性格相得益彰，异彩纷呈。如果我们不合拍，那么情况必然很激烈。

我们的风格不同，脾气不同，解决问题的方式也不同。比如"不，不，不，那不是你做事的方式！你不是这样解决问题的。你应该先干这个，再干那个！""不，我不想这样做！我想先擦地板然后再……"

要多傻有多傻。我们唯一感兴趣的都是证明我对你错。后来两个人都开始向对方抱怨："我总是得按照你说的办，不能按照自己的方式办。"我们行事的方式仍然像个独立的个人，而不是情侣中的一方。

但我们总是因为在这场恋情中不受威胁而感觉舒适，或者说，能够感觉到……对，能够在对方面前展现自己最差劲的一面而不必担心："哦，天哪，我会为此付出代价的。"我想，和波特在一起，自然而然、随心所欲的感觉让我倍觉自由。

二人关系很多时候要求你作出自我牺牲，本应如此。但是，恋情再自然，再亲密，你也需要保持一份自我和自尊，正如你和恋人之外的其他人相处时一样。每一种亲密关系都需要疆界。

有时候，当伴侣所做的事情有违你处事的原则或价值观时，你只需要挺身捍卫自己，而不是假装一团和气，曲意迎合他，那只能暴露出你内心的软弱。你只需要说一句："我不打算那样做。我没必要和你一样。"

孩子出生之前，我和波特经常出门旅行，只要能去就去。我非常友好，总是主动和别人谈笑风生。波特真的希望我别那样，最好能更克制些，因为他的性格有些羞涩。我知道，如果我像他那样含蓄内敛，他会感觉更自在。但我觉得，我不能为了你而改变自己。我喜欢满足你，敬重你，让你快乐，但我不可能真的改变本性。

但是，我的想法是，由于爱情会日久渐深，怨恨对方缺点的能力或无法随心所欲的时刻会渐渐消亡，因为有太多让你感觉美好或确实美好的事情存在。当我们携手走过四十岁、五十岁、六十岁以后，生活变得如此轻松惬意。现在，我们都觉得两人一起走过的日子更为重要，对于婚姻来说，其他都是浮云。

既然我们明白了这件事，所以现在意见不合的时候，我丝毫不会在意，那根本不意味着第三次世界大战的爆发。

举个例子，波特认为在任何有关家庭装修的事情上，都应该由他最后定夺。我非常清楚，某个地方可以挂一幅画，他说："你说得一点没错。但首先，我们应该为楼梯装上扶手。"那是他认为的最佳方式，我却觉得是我听过的最笨的主意。让我恼火的是他会再三说："我不会告诉你怎么刷碗，怎么洗衣服，所以你也别告诉我怎么装修房子。"

这场争吵刚过去不久，他非要按照自己的愿望做事，一次只做一件，而我倾向于同时多任务进行。我在脑中不停地告诉自己：别意气用事，他这样做不是自私，而是考虑不周，因为他只是不懂得如何多任务操作！

但，我是个治疗师，职业生涯比这场婚姻持续的时间更长，我从1953年就开始执业了。所以，大家觉得我一定非常擅长自我察觉之类的事情，但我并不是这样，一点也不是。恶劣情绪来袭的时候，或者一些我看不惯的事情刚一发生，我就把自省之类的说辞全忘到了九霄云外，这个时候，我的所作所为和大多数普通人没什么两样。

但我总会问自己：当我临终之时，这些事情还能影响到我吗？因为我非常明白，人必有一死。每一天我都怀着感恩之心，感激自己能够拥有他这样的伴侣。

现在，我和他都来日无多了。我们渐渐老去，我们都已经七十九岁。哦，我的上帝，我们真老啊。一想到两人之中有一个会在对方死后无可奈何地孤独生活，我们就会惊骇发呆。太可怕了。

波特的某部分器官患有狭窄病，他走路什么的都很艰难。这对我们是个巨大的打击，因为他总是向往能像过去一样。我们的身体垂垂老矣，感觉真糟糕。我想，夫妻之间的关爱体贴，真的大有裨益。在人生的这个阶段，这一点比其他都重要多了。

一次，我不吝溢美之词，对我的一个朋友赞扬她精心照料临死的丈夫，那种尽责的本性和仁爱的心灵令我何等惊叹。她对我说：

"哦，艾瑟尔，这不难做到。我想我的丈夫也会同样待我。"

那天回家之后我问波特："那么，你会不会同样待我呢？"

他无助而悲惨地凝视着我，说："我很想这样做，但这些事我做不好。"

我只是望着他说："你说得没错。"

所以，这就是我给自己长期买保险而没有为他买的原因，因为我知道我能照顾他，而他不能同样待我。烹饪之类的事情他一无所知。我不会让他做那些事，因为他会搞成一团糟。我觉得这样也不错。生活就是这样。基本上你需要变成一个更坚强的人。

此刻，你和过去大不一样了。你不能像过去那样尽情骑马。你不再爬山，你发现了其他的消遣方式。你的朋友一个个离开人世，孙辈也都长大成人。一切风景都不同了。

我们经常怀旧，最后总是在一阵阵的大笑中结束。当然，有时候，我记得的事情他已经忘记，他记得的事情我却茫然，所以总会很欢乐。

我想每代人的体验是截然不同的。如果你只有一场亲密关系，一个男人，一份爱，那么你的体验就会真正深刻而恒久。和我女儿的感受一定不同，考虑到她经历过六段恋情，那么，感情的深度一定是不一样的。

我知道女儿婚姻美满，和我一样珍视彼此的忠诚。但我无法想象她年轻时所做的事情。我很高兴我以自己的方式走过了青春。因为在人生这个阶段，波特和我珍视的是"你是我唯一的爱"，这种状态越持久越美好。我们彼此忠诚的意识非常深厚。

我想，我们是唯一一对始终在同一张床上共眠的夫妻。那是一张普通双人床，不是大号或特大号床。我在那种大号床上无法入睡，因为我对自己的床太习惯了。睡觉前我们互相拥抱，早晨我们醒来的时候，我们总会拥抱，亲吻，互相说"早上好"。我们一直是这样。

我们还会做一些让彼此高兴的小事。比如，他知道我做了这么多年的饭，已经疲倦了。烹饪我很擅长，但有时候真的对这些日常的低级工作感觉厌倦。你明白吗？就是买东西、烧菜做饭、擦地、洗衣服等等等等。而他就会说些甜言蜜语，比如："你真是个充满想象力的大厨。"

这话让我很受用，而且他从来不是虚情假意。这些话语甜蜜可爱，而且要隔一段时间说一次才更真实。

或者，我们参加一场派对，都坐在那里。没有人会看到波特蹒跚的步态。有人过来对他说："嗨，波特，你气色真不错。英俊潇洒。"

我隐约意识到，最近我没有仔细看过波特的模样。我心中一动，自然而然地转头对波特说："你真的太帅了，你知道吗？你是这里最帅的男人。"

我们经常手牵着手，经常情意绵绵，拥吻痴缠。记得有一次，我们的女儿和姑爷带着几个儿女和我们老两口一起出门野餐。波特胃口很好。那天我们的红酒口感香醇，可以说，他的感官得到了充分的满足。他迷恋我烹制的美餐，非常开心能吃到我做的饭菜。所以，清理餐桌的时候，他忽然对我轻轻一吻。我们的外孙和外孙女那年分别是十四岁、十一岁，他们说："哇！看看他俩！"他们竟然有些尴尬。

我不知道他们的父母是否喜欢秀恩爱，也许他们觉得外公外婆拥抱亲吻的场面很滑稽。我不知道。他们只是惊呼："外婆！外公！"而我们呢……坦白地说，波特和我毫不在意。

相爱时间

六十年——

65年：尽力过恪守原则的生活。只有死亡能把我们分开。

弗莱德·怀特，男，86岁

我和妻子海伦已经结婚六十五年了。我们是在初中时认识的，我想，如果从初相识的日子算起，我和她在一起已经有七十一年了。上初中时，我们还没真正开始恋爱，直到后来才日久生情。但初中时，我和她就已经是朋友。

我们这辈子都住在堪萨斯城地区。当年，它和其他中等规模的城市一样，一切都顺风顺水，不像今天这样有不计其数的问题。那真是个好地方。我父亲经营一家面包房，我家的日子过得很红火。她的父亲在宝洁公司上班，好像是个肥皂搅拌员之类的工人。

我们两家相距八个街区，每次我都可以走路去串门。我们在学校一起聊天，一起玩耍。我认识了她的几个兄弟，后来彼此非常熟悉。他们和我一样喜爱钓鱼，于是，一切都棒极了。我经常和他们兄妹一起打猎、钓鱼，渐渐像家人一样亲密，至少在某些方面如此。

所以，那种感情暗暗萌生了。

那个时候的女孩儿，嗯，和现在完全不一样。甚至都很难记起来。男孩儿和女孩儿都是。就说衣服吧，那时从来没有这样那样的时装表演。也没有刺青，这些东西压根都没有。大家都穿着普通的衣服，无论是不是要穿到学校去。发型也极端保守，一点都不花哨。海伦呢，她有着金发碧眼，穿着上也十足是个美少女，非常的整洁别致，毫不招摇。她是个不错的倾听者，跟她在一起，感觉无比美好。

一切水到渠成，这一点我们都明白。她真是个美少女，我别无他求。就是这样。我眼光很好！

我们卿卿我我已经很久了。后来我取得了高中毕业证，又读了一段时间的大学，但因战争爆发，没能完成学业。我到堪萨斯莱文沃思当了志愿兵，至于海伦，她坦然看待这件事。无论我们要承受什么，毕竟都是必需的担负。后来我到得克萨斯州谢尔曼接受空军训练，她也随我去了那里。我们结婚了，我想确保自己将来回家时，她还是我的。她是我的心肝宝贝，我不是在骗她。

我们从来没有怀疑过对方。绝对没有。我知道我爱她，她也知道她爱我，直到今天仍是这样的感觉。她是我唯一的爱，我从来没有过其他女人。我还记得，离别时我们无比悲伤。临别前最后一次见她时，我们的部队即将扬帆出海，码头上人头攒动。人人都做着同样的一件事，那就是陪在妻子身边。记得我在临走之前，也是极力想陪海伦多待一会儿。

作为一名飞行员，我被部队派往关岛。大部分时候我们能看到日军的行动。每天大概有十五个小时在空中度过，来来回回地飞。我们扔下炸弹，然后再飞六七个小时回到关岛。数千英里，到达日本之前，除了大海和天空，只能见到一片空茫。

我不知道自己执行过多少次飞行任务，只记得常常在飞机里一连坐上十五个小时，心头思绪纷纭。我们必须考虑天气或其他因素。在大海上空长途飞行，经常会遇到风暴或台风。你必须格外警惕，因为这些意外出现之前没有任何预警。我非常担惊受怕，紧张得要死。敌军会想尽一切卑劣的伎俩，把我们打下去！

但我也会想她，她随时都在我的脑海里。我很想知道她在怎样艰难生活，怎样和亲人相依为命，想象一切对她有好处的事情。这帮了我的大忙。

我也常常为海伦担忧。也许她遇到了其他人，或者有了类似的事情。这个念头不时掠过我的心头。但我信任她，她信任我，就是这样。

我和她保持书信往来。写完一封信寄出之后，该死的，要等到一个月之后，才能以种种方式得到回音。但是，如果收到她的来信，我会读上两遍、三遍、四遍，只要想起她就会拿出她的信看看。而且我每天都要看她的照片。我把她的照片放在床头。那张照片很漂亮，一点也不绚丽招摇，没有任何暗示，只是腰部以上的一张半身照。这张照片直到现在我还留着。我不把她的照片带上飞机。执行飞行任务时不能带任何私人物品，以免你被射落或遭遇其他意外时泄露秘密。

有几次飞行很是惊险。情况非常特殊，敌军射穿了两侧机翼和方向舵操纵器。我们的飞机的一个左侧舱内引擎掉了出去，我知道我们无法回到关岛了。于是我告诉导航员，让他设计一条线路，飞往距离我们最近的、隶属我方管辖的岛屿。我们找到了一座设有逃生通路的岛屿，但通道的两端都是危崖，通道两端到大海的距离都是150米左右。我们采取了最后的策略，一切都运行良好，我放下轮子，右侧的舱内引擎却熄火了。我的鼻子就在绝壁上方，起落架碰到了地面。我猛地来了一个鱼钩状的大掉头，飞机起火了。我们失去了腹部机枪手和腰部机枪手。

我甚至没发现我的头部在流血。我满脑子想的都是我们应该怎样摆脱这种困境？几个男人的衣服都着火了。我想帮他们扑灭火焰，但两只手都被灼伤了。飞机里一共十二个人，除了两个人之外，其他人都逃了出去。我看到了腰部机枪手的尸体，但腹部机枪手的尸体更是惨不忍睹，他没能逃出飞机。

那是1944年，那年我二十一岁。我知道经历这些惨痛洗礼之后，我比过去更像一个男人。回家之后，再次见到海伦，我想她是上帝创造出的最美的尤物。我迫不及待地伸开双臂抱住了她。

我们住在一套公寓里，后来又找到了现在这所小房屋。退役之后，我找到的第一份工作是在通用汽车公司上班，我在那里干了四十一年。最初我是个装配工人，在流水线上工作。那时还没有传送装置，我们在移动小车上将汽车部件装配好，然后推到下一站。后来公司问我是否愿意去当工头，再后来我成了总工头，又升到轮班主管，然后是主管，一直到质量控制主任。那时我已经工作了二十一年，最后，他们关闭了老工厂，想让我到新工厂去，我说："不，我要回家陪我的妻子。"就这样，我退休了。

海伦从来没有上过班。她养大了我们的儿子，照顾全家人。她全心支持我，无论我做什么决定，她都会赞同。我负责定夺，她只做好分内之事就行。我们从来没有产生过矛盾。她一直是个善良、忠诚、忍耐的人，给我什么我都不换。即使我们住在纽约，事情也是一样。我想，我们的婚姻非常美满。我从来不用担心任何婚姻问题。我们互相理解，互为知己，再完美不过了。

我们也会吵架。有时候也会有小小的争执，或者说口角，随便你怎么称呼。有时是我占上风，有时是她。很久很久以前，我就不再计较了。你有时会赢，有时会输。也有些时候，我们火冒三丈，气得走开了。但老天爷，一个小时之后，我们就会把矛盾忘在脑后，和解了。

现在的许多夫妻和情侣不会这样做，他们错失了和解的好处。我们有个儿子，现在已经六十二岁了。他叫小弗莱德，多年来经历了好几段感情。所以说，也许他没有从老人身上学到太多东西！但是，好吧，我们不知道现在还有多少对夫妻能白头到老的。有一些能够，但不多。我想对我们来说，这是件很私人的事。我是那种人，一旦爱了就是永远。现在我依然爱她，她也依然爱我。

我没有太多建议，无非是付出和得到。你明白吗？你必须分享。我们的想法一致，尽力过恪守原则的生活。只有死亡能把我们分开。

哦，对了，还有一条：真爱是存在的。只要你能做到。只要你能真心去爱，那么爱就是真的。

多重关系

当我为另一个男人哭泣的时候，他只是抱住我。

玛蒂·爱德华兹，女，56岁

他在一家钢铁制造公司工作，我走进他的办公室开始打扫。此后，只要我去做清洁，他就会在附近出现，好和我聊天。那年我四十七岁，他比我年长一两岁。我觉得他相貌十分俊朗。他有印第安诺瓦霍血统，因此走路时有一种真正优游自在的印第安气质。他有着一头长长的黑发，一双深棕色的眼睛，他温文尔雅，笑容非常温和。

他的名字叫朗恩。后来他开始和我幽会。那天晚上我们约好了要出去，他本来应该来接我看电影，但我等了很久，一直没有见到他的身影。接下来的三天里，我也没有接到他的电话。

后来他终于打电话过来，给我留言。他对我言而无信，我本来早已气得要吃了他，但我却发现他住院了。过去他曾经在越战中负伤，而长期用药又让他对海洛因产生了依赖。他成瘾已经三十年了。他是一项实验计划中少数几个参加计划却又中途退出的人。多年来他一直酗酒成性，后来虽然戒酒，但连年的放纵生活却毁掉了他的健康。所以，他需要做肝移植手术。

我们去看了一场曲棍球比赛，那是我第一次看曲棍球比赛。他支持开拓者队，我们就买了一整套支持用品，包括这个球队的T恤衫什么的。我和他一起看了许多场曲棍球比赛。我们还一起看了无数场电影。当时俄克拉荷马城正举办一场盛会，收音机里说周末全城到处都是音乐会，每天晚上有两个乐队演出。于是我们见到了——噢，我的天哪——我们见到了萨米·哈格尔的乐队，见到了斯蒂夫·米勒、莫特里·克鲁以及蝎子乐队。整个夏天我们都去白水湾游玩，那里有水滑梯、戏水池和其他设施。我们买了季票，下班以后，我们就在停车场见面，在水中放松一两个小时，直到游乐场关门。

这真的是我第一次成熟而深沉的爱情，是渐深渐浓的情感。我一直在观望，但我想，真正让我心动的是那个共同露营的周末。我们下行进入罗伯斯洞穴，整个周末都在附近攀岩、徒步、探索洞穴或游泳。他有一只小狗，一只名叫凡西·比的卷毛狮子狗。那真是个可爱的小东西。我们带着那只神气活现的小狗，去过许多地方。它常常纵身一跃，远远跑开，做一些不应当做的事，然后回头顽皮地望着他，他就说："好吧，你这小白脑袋。"它的身体非常结实健壮，跑动起来像只白色大棉球。它总是在到处欢乐地奔跑。

和他在一起感觉无比美好。我们过得很尽兴，而且十分在意对方的感情和喜好。无论我们做什么，他总想让我高兴，不管是欣赏音乐会还是租影碟待在家里。在他家或者我家，都是那么轻松随意，而且舒适、美妙。

我嫁给第一任丈夫的时候，两人都很年轻。当时我十八岁，快到十九岁生日。我们认识的日子并不长，但两人都不适应童年家中的气氛，都想飞出家门，寻找幸福。

我们像多数少年夫妻一样跌跌撞撞地摸索前行。但在年轻时，你常会仓促地做决定，心想："哦，这就是我要找的那个人。"你不知道迷恋与真爱的区别。我和他在一起，并不是因为我深爱他而无法割舍。特别是几个孩子出生之后，我仿佛坠入了终身责任的陷阱。

那段婚姻中发生了许多痛苦的事。他嗜好喝酒，总是打我。他喜欢拈花惹草。有时候，你会怒骂自己，想知道自己做错了什么。你伤心欲绝，因为你在想，为什么他要这样对我？你失去了所有的自信。你将一切都隐藏起来，因为你以自己为耻。

认识朗恩之后，我骤然变成了一个迥然不同的人。我知道我是谁，而且我们如此相似。他曾经在加州北部生活多年，而加州正是我童年生活的地方。所以，这里的许多地方我们都了解，而且，我们年龄相近，喜欢同一种音乐、同一种电影、同样的食物，感觉我们彼此融合在一起。

与朗恩在一起，不仅是头脑的选择，而且是心灵的选择。他教会我一件至关重要的事情，而且总让我警醒。他说："我不需要你，但我想要你。"很久以来，我不明白他的意思。因为，当你爱上某个人的时候，当然你会觉得你需要他。世界上有形形色色的需求。但是，想要、欲望却意味着是比需求更广阔深邃的世界。

五月的一天，他约我下班后与他见面。那时我们已经交往五个月了。那天他去看了医生，得知他患上了多发性硬化症，以后无法做肝移植手术。这不啻一道死刑判决。

后来我们仍然在约会，但最初爱情的欢愉却消失了，因为他知道自己来日无多。既然没有希望做肝移植，他的死也只是时间问题。我们仍然抱有希望。心永远会希望，然而，悲凄的阴霾笼罩了一切。

在接下来的几个月里，我们仍然不时幽会，但他却渐渐疏远了我。最后他告诉我："你应该找一个能共同生活的人。"当然，我不想这样。我只想和他在一起，因为我爱他。

他说他也爱我，但他太爱我，不想让我承受这样的苦楚。他想让我离开，去找个爱我、能给我幸福的人。他不想让我亲眼见到他在必须承受的痛苦中死去。那是他最糟糕的一段生命。他希望我看到的是个健全的男人，而不是个病人。

于是我们分手了，我和他不再见面。六个月里，我茶饭不思。我挂虑着他，自己也病了。我发现，虽然他这样做是为了让我免于死别的大恸，但带来的却是我一生中最煎熬最不堪的一段日子。

不过，那段孤独的时间也帮我静下心来。我就这样逐渐回想，常常自问假如我在他身边，会不会对他有所助益？但我却没能陪他，这让我心碎。如果他允许我去见他，我一定会去，而且我敢肯定他也知道我愿意陪他。

我们仍是朋友。一年之后，我的母亲去世了，是他听我倾诉悲伤，又好生安慰我。我们可以在电话中长谈好几个小时。

白天我在干洗店工作，夜里在酒吧打零工。这是我第一次在酒吧工作，我几乎要吓坏了。那是一间陈旧的骑行爱好者俱乐部，有些残破。但我必须让自己忙起来，因为我旧情仍未了结，心里依然隐隐作痛。

巴利第一次进来是什么时候，我不记得了，但总之他走进了酒吧。后来他开始约我，我直接拒绝，因为他比我小十六岁。我一直在对他说："不行，你太年轻了。我不会和你约会的。"

可连续一个星期，每天夜里他都来约我，在酒吧里一直坐到打烊，亲眼见到我安全地坐进汽车回家才放心。于是，终于有一天晚上，我说："好吧，我们去喝杯咖啡。"

嗯，我们走得越来越近，后来结婚了。

当然，这段婚姻既苦又甜。

巴利和我互敬互爱，我们是朋友。许多时候，我们整个周末都待在家里不必出门，只是看电影，或者坐在一起谈天，一谈就是几个小时。和他在一起，我可以尽情做自己。与这个彻底接纳你的人在一起，夫复何求？

我将朗恩的一切都告诉了他，每一件事，这太棒了。我又把巴利的一切都告诉了朗恩。朗恩说他为我开心，想跟巴利见面。于是巴利和我一起去了朗恩家。我们就坐在那里聊天。临走时，巴利告诉我："他真的非常好。在其他情况下，我们肯定会是好朋友。"

几个月之后，朗恩打电话告诉我，如果我两三个星期没有他的消息，不要担心，因为他要搬到哥哥家，与他们一家共同生活。哦，但后来连续两三个月，他都音信渺茫，我真的心焦了。

我辗转打了无数个电话，最后开车到他的旧居，发现房子里空无一人，黑暗而冰冷。我敲响了邻居的房门，那些人都曾是他的朋友。邻居告诉我，两个月前朗恩就去世了，就在我最后一次与他通话三个星期之后。他不想让别人告诉我他的死讯，只想让我继续生活在幸福里。

但这个消息让我心如刀绞。那天晚上回家后，我非常难过。我痛哭失声，想知道为什么没有人告诉我，为什么我没能及时领悟到这件事。我的心应该能感应到的。巴利下班后回到家，见我以泪洗面，就问："出什么事了？"我告诉他朗恩死了。他只是紧紧抱住我，说："哦，亲爱的，我很难过。"

当我为另一个男人哭泣的时候，他只是抱住我。

我爱他的幽默感，爱他看待世界的方式。

露易丝·麦克格雷格，女，52岁

1972年，由于资金问题，我就读的天主教高中与一所天主教男校合并了。那个学校的男生来到我们学校上学。于是，一个叫布莱恩的男孩走进了年级教室。我对他一见钟情。我不知道我为什么会明白，但我就是明白。他高大清瘦，一头淡棕色长发，有一丝怅然若失的神情。他总会做一些事情，比如在我想从储物柜里取东西时锁上我的柜子。最后我们开始约会，很快我就心醉神迷。但那年，我才十五岁。

那是在马萨诸塞州，暑假时，他的父母要去科德角，我们将会无法见面，而我仍然为爱痴狂。我很荒唐，每天都要写情书寄给他。简直让那个小孩儿透不过气来。秋天开学后，我们回到学校，他对我提出了分手。

后来我认识了一个名叫加里的男人。他比我大三岁半。那年他十九岁，我还不到十六岁。我可以告诉你，双方父母也不看好我们的交往。我们非常频繁而稳定地约会，但那是一场如此轰轰烈烈的恋情。我们经常分手，布莱恩则会在我和加里分手之后，偶尔与我重续旧情。后来，加里请求我嫁给他。

我在家中过着水深火热的生活，和妈妈势不两立。她不信任我，我什么都不能做。我敢肯定，假如我的生活略为安稳一些，我一定会继续读大学，晚几年再结婚，到那个时候我会更为成熟，更为聪明。布莱恩和我不停地分分合合。我告诉他，加里向我求婚了，他便求我嫁给他。但我知道他还没有做好准备，他之所以求婚，只是不想让我嫁给加里。所以，在我十八岁那年，我和加里结婚了。

婚后最初的两三年内，我只见过布莱恩一次，我们一起喝了杯咖啡。后来，生活仍在继续。我没有邀请他参加我的婚礼，因为他的求婚遭到我拒绝时，反应很激烈。三年之后，他也结婚了。我终究还是去参加了他的婚礼。别的我什么都不记得，但唯一能确切告诉你的，就是那天他的样子，看上去美极了。

当主婚人说："如果有任何人觉得你们不该结婚……"我真想站起来大喊："我！我！我要和他离婚！我犯了个大错！"但是，我当然没有这样做。我和布莱恩跳舞。你知道美元舞吗？你花一美元就可以和新郎跳舞，男孩儿花一美元就可以和新娘跳舞，但只能跳一分钟，真是叫人黯然销魂。从那以后，我们有十五年音讯断绝。

转眼，我结婚已经二十九年了。我不断地出轨，非常频繁。我觉得一定有什么事情出了问题，因为加里明明是个好男人。他是个了不起的养家能手，出色的父亲，爱我至死，待我如同对待女皇。也不是性生活的问题，我们的性生活真的很好。但我不快乐，我不满意。我想，我没有爱情。

我宁可和朋友们待在一起，也不愿意陪在丈夫身边。偶有几次他和我一起参加这类聚会，却只会扫兴。你明白吗？如果他不是我的丈夫，我根本不会和他一起出门。我不喜欢他。他不是我喜欢的那种人。并不是说我们的婚姻多么可怕。我们赚钱、花钱，修建了一座房子，里面摆满精美的家具，还买下一条船，经常泛舟出游。但是我想，在心底里我明白应该和布莱恩在一起。

在婚后的最初五年里，我还不怎么想起他。但五年之后，我渐渐开始时刻想他。至少会想一个星期。我会想他过得好不好，我想他，想如果出现什么变故，我该怎么办，等等等等。有两三次，我在醉酒之后打电话给他。如果是他的妻子或孩子接电话——他有三个孩子，我就会说："天哪，打错了！"酒后电话这种事我大概有过三次。

我和布莱恩十五年没有相见，但忽然之间，他出现在我工作的地方，因为我为同一个机构——某个银行——连续工作了二十年。我是个银行家，但这份职业真的不适合我。我们出门喝了杯咖啡。我的感觉依旧和当年一样，当然，我什么也没说。最后我们吻别，是朋友之间的吻别。

在我婚姻的最后十年中，我开始热烈地思念他，靡日不思。后来，竟然到了令我作呕的地步。我不想思念他，我强压着给他打电话的冲动。我对他梦萦魂牵，他时刻在我的心头。然而，生活还在继续。二十八岁那年，我生下了儿子。

但我有了一场姗姗来迟的青春期。天哪，说起来真让人难堪，但我从三十岁到四十出头的那些年间我开始在各种俱乐部流连，参加舞会，做这些我非常不应该的事。那时我住在马萨诸塞的一个地区，距离波士顿只有四十五分钟路程，距离普罗维登斯二十分钟，所以我经常背着丈夫出门寻欢，不断地陷入麻烦，而且开始吸毒。我结交了许多男同性恋朋友，因为加里觉得男同性恋酒吧很安全。如果你去过，就知道绝非如此。出没在这些酒吧里的常有异性恋或双性恋男人，而且里面有一种醉生梦死的情调。

作为一个丈夫，加里很酷，因为他会让我去——我讨厌用“让”这个词——这些酒吧，我周末必须出门和朋友玩，他不会因此为难我。当我在这些酒吧中流连忘返时，他甚至会帮我挑选应该穿哪条裙子，显然他对我尝试毒品或性爱的事情一无所知。有时候，他的无知真让我惊愕，因为我回家时是那样的混乱。但是，要么是他故意无视，要么是我演技极佳。而我知道，我不擅长演戏。

到了后来，我吸食了太多药品，并向加里吐露了实情。我真的开始改变了。我找了一个心理咨询师，谈了这些问题。她认为我疯了。当然疯了。咨询师都会这样说：“哦，天哪，合着你打算不顾近三十年的婚姻，给这个半辈子没见的男人打电话……”你明白吗？咨询师总会试着打消我的激情。“那都是你的幻觉。他并没有时刻想你。”诸如此类的话。

于是，大概在那个时候，我上了同学网。我并不是打算在网上寻找他的音信，因为我知道他从来不参加同学会之类的活动，我也一样。我只是想看看网上有谁。结果看到了布莱恩，他的自我介绍只有一句话：“离婚了。”后面是个微笑的表情。

啊，我的心骤然停止了跳动。我想：“噢，我的上帝！他是为我而离婚的。他想拼命抓住我。哦，我的上帝，哦，我的上帝！”但理智告诉我，“哦，得了吧，看在上帝的面上，露易丝，如果他想抓住你，肯定会拿起该死的电话打过来。”我不知道他真的在极力联系我，为了找到我的邮件地址，他搜遍了整个网络。其实我的名字就在电话簿里，在他妈妈的电话簿里。他的妈妈告诉他：“你应该给露易丝打电话！给她打电话！”但他不想把这件事弄得一团糟。

我不知所措。我吓坏了。我时刻在想他，想他，想他。直到有一天，终于到了危急的关头。大概是一年之后，我再也无法忍受了，我想他想得作呕。于是我打了他的电话，接电话的是他。那是2003年7月19日，我把肺腑之言一股脑儿倾诉给他。我说：“我是露易丝，我想你是我一生最爱的人。我遏制不住地想你。我知道你或许会觉得我疯了，但我必须告诉你，因为对你的思念让我再也无法承受了。”我翻来覆去地说着。我们谈了一个半小时，交换了邮件地址，让我感觉有如身在天堂。

现在我还记得：那是个美丽的日子。阳光明媚，暖风袭人。我去了海滩，坐在沙滩上。在和布莱恩通话的时候，我始终在沙滩上挖、挖、挖，挖了一个大洞。挂断电话之后，我站起身，狂奔了五英里，大概是一个街区的距离。我有生以来从没有狂奔过这么远的路程。停下来之后，我觉得自己还能转身再跑一遍。就是那种飘然欲仙的感觉，虚幻而美妙。

我们开始邮件往来，后来他一度抽身而退，说：“你应该努力一下，解决和加里的感情问题。”不，不，不，不。我们的邮件往来中断了两个星期，后来又开始了。大约一个月后，我们又通了一次电话。

那次电话中，我们的对话里出现了几分挑逗。记得我们对彼此的感受都与过去一样，他承认，当年娶妻时，确实想过我，但是……他是个非常保守的人，即使有个女人裸身飞扑到他怀里，他也不会背叛妻子，因为那不符合他做事的原则。

于是，这样的交往大约持续了一个月。大多数夏日我独自住在船里，我的丈夫则住在房屋里打理生意。他是个商人，因此需要随时守在电话、传真机和电脑旁边。那个时候我没工作，1998年我就辞职了。布莱恩上夜班，所以，他午夜一点半下班回家之后，我们可以在电话里一连讲好几个小时。

到了2003年9月6日，我们决定见面，见到彼此的真模样。我在少年时我俩常去的一片海滩上等他。海岸上有一座古老的建筑，好像是座城堡。少年时，我们经常爬上城堡，进入内部。于是我在那里等他，陆地和海滩之间有一条堤道。我伫立在那里，他停下车，跳出车门，一把抓住我，给了我一个有力的拥抱。我的身体一下被他抱离了地面。他停好汽车，我们手牵手散步，躺在沙滩上的毯子上。我们拥吻，缠绵，但没有做爱。我回到了我的生活，他也回家，仍旧和母亲住在一起。第二天我又见了他。第二天之后，我们整个周末都在一起，回家后我把这件事告诉了加里。我说：“我见到了布莱恩。我们已经联系了一段时间，我觉得我想再和他试试，我要走了。”

我们的分手并不轻松。他伤心欲绝，哭喊的声音好像震惊的呜咽，而不是响亮的吼叫。他冲进客厅放声大哭，非常可怕。哦，真是太恐怖了。我深觉愧疚，但又不能就此罢手。一方面，我有不可名状的喜悦、幸福和满足；另一方面是势不可挡的愧疚和恐惧。布莱恩的感受与我素日梦寐以求的相同，这让我非常激动，这一点基本上克服了一切困难。与它相比，其他都黯然失色。

那天夜晚我离开了家，在船上住了两三个星期，后来天气渐冷，我便搬到罗得岛沃里克一个朋友家里。后来，2003年11月中旬，我正式和布莱恩同居。现在，我们在新罕布什尔州的树林中定居。

我肯定不希望看到这篇文章的读者以为我们做出的是一件很容易的事，以为我们很容易，很快乐，或者以为这是婚姻悲惨的时候才想做的一件事。因为我希望我以不同的方式做这件事。成熟的方式应该是我先和加里离婚，然后再开始和布莱恩恋爱。那才是纯净无瑕的方式。但我不知道，这种事情是否真的可以做得纯净无瑕，井然有序。

特别是我们刚刚离婚的时候，心里全是内疚。有许多天我痛恨自己，为此作呕。刚离婚的时候，我时常将信将疑，我想问布莱恩："你真的确信你爱我？你不是因为我和加里离婚了才只好跟我在一起，对吗？"充满了类似的困惑。我深感歉疚，因为加里真心爱我，我却如此对他，那段可怕的日子太难挨了。但我只是……我只能这样。我必须如此。我只有一次机会，你明白吗？我只有一次机会。

甚至曾经有两三次，我回到了加里身边。那种愧疚真的压倒了我。我想大概有两次，在我们分开六个月或八个月的时候。加里和我试图和解，曾经一起吃过饭。我发现我简直疯了，竟然又飞回旧巢，我想那一定让布莱恩很伤心。但他也了解离婚的滋味，我想他一定能理解我当时的万千感慨。

我们经历了一段时间的磨合，因为我是有钱的一方。并不是我离婚后得到了数不尽的财产！我和加里的离婚过程非常公平，因为我简直愧疚得要死。但布莱恩是个看门人，这样我的前夫想必会大肆嘲笑："哦，为一个看门的，你就离开了我！"显然这一点也不酷。

布莱恩没有什么成就。高中毕业之后没再读书，后来总是生活拮据，为钱发愁。他和妻子都得上班，几乎总在打工，但也没挣到多少钱。布莱恩经常同时打两三份工，他们有三个孩子。我想在男人养家的压力下，他一定过得捉襟见肘。就我来说，那样的生活未免难熬，因为我是那种必须有钱才有安全感的人。

现在，我和布莱恩在一起已经有五年了。2005年，他向我求婚。当时我们在安提瓜岛度假。在那片旅游胜地的一家海滩餐馆用餐之后，我们沿着海岸漫步，他忽然一把抓住我的手，说他想和我一起度过余生，我是他一生最爱的人。于是我就嫁给了他。

我幸福得无以复加，非常幸福。现在，每天的生活都悠然自得。我从没想过背叛他。布莱恩曾经告诉我，如果我们结婚之后我对他做出这种破事，他会一脚我把踢出门外。我很好奇，如果我一开始就嫁给一个我爱的人，怎么会做出背叛的事。最初的时候，我说我多希望在过去的三十年间，我也是和他一起度过。但他说："不，我想这事既然发生，必有理由。"如果那样，我就不会有现在的这个儿子，我很爱我儿子。

我想，过去我总想和一个我喜欢的人形影不离，而现在，这个愿望实现了。我愿意时刻与布莱恩在一起。现在我仍然会出门消遣，但是没错，我再也不会那么频繁地出入马萨诸塞州娱乐繁华地了。下个周末要去参加派对，但我会很低调，不再像过去那样："哦，现在我要出门惹点麻烦出来。"你明白我的意思吗？我想去马萨诸塞州，只是因为我很久没有见到那些朋友了。但两周之后的聚会，我肯定不会像过去那样疯狂。

布莱恩不喜欢社交生活。他对此毫无兴趣，他讨厌衣冠楚楚地出门赴宴或参加类似的活动。对他来说，衣冠楚楚的意思只不过是穿上干净的牛仔裤和T恤衫，但他就是不肯去。这也无妨。这些事情都无伤大雅，因为他无论什么样我都爱他。他傻乎乎的，像个小孩儿。我爱他的幽默感，爱他看待世界的方式。他对一切都充满善意，非常乐观，几乎从来不会颓废沮丧。尽管夏季结束之后，他会有些情绪低落。他非常地悠游自在，柔情似水，尽管我的前夫也充满柔情。我需要这些，需要随时都得到无数的宽慰。

如何描述你找到的这个人？他是我最好的朋友，对我来说这个是新概念。不仅要爱你身边的人，而是要喜欢他们。你也许听人说过："恋人首先要是朋友。"说得太对了。他是我一生的至爱。这并不取决于哪天他对我好，哪天又为我买了甜蜜的瑞士莲巧克力或珠宝，或者说前夜和他享受了鱼水之欢，而是因为……只因为我想和他生死相依。我就像一只小狗狗，只想时刻有他陪伴。

让我落泪的不是已经发生的事，而是那些没发生的。

莱昂纳德·佩里，男，40岁

少年时，我住在亚特兰大。初中时有个名叫伊莲娜的女同学，可以算是我的第一个女朋友。她眉目如画，是个美好的南方女孩。我记得她的父亲在佐治亚州电力公司工作。不知道为什么，他从来没喜欢过我，但这不是问题，因为伊莲娜喜欢我。我不需要跟着大献殷勤，我们的恋情是一种水到渠成的结果。我和她一起参加了初中毕业舞会，上了高中，收获了一段至美的回忆。后来，在我高一那年，我家搬到了纽约这个城市。即使在那时，我们的感情也仍在继续。整个高中时期我们都在互通书信，而且我会在暑期故地重游，回去看她。

进入大学之后，我们的交往又继续了两三年。我上了密苏里大学。感恩节假日期间我回到亚特兰大，她在家里，我们决定出去约会。我们看了一场名叫“福特·菲尔蓝历险记”（The Advantures of Ford Fairlane）的电影，由安德鲁·戴斯·克雷主演。我准备了几件礼物要送给伊莲娜，于是我们回到她家，坐在酒窖旁的内室里，开始聊天。

我说：“我爱你。”

她说：“呃，我也爱你。”

我说：“我们写了这么多信，交往也很长时间了。你有没有想过，等我们毕业以后，如果彼此的感觉还是现在这样，那我们会不会……”

片刻的停顿。她只是看着我，说：“不行，不行。”

我说："不行？"

她说："不行。不行。"

说着站起身走进厨房，我想她要去喝一杯汽水。

我把带来的礼物都放下，两件汗衫、一套两支装的套笔（一支钢笔和一支铅笔）和一个相框。就是那种破玩意儿，上面刻着密苏里大学的标志。十五分钟之后，我叫了辆出租车走了。但在车里我仍在问自己："她告诉我不行，她不想嫁给我。"我并不是问她："现在就嫁给我好吗？"我表现得通情达理，因为我们都太年轻，仍在读书。如果她回答"好"，那么恐怕我们马上就得考虑结婚的事情，但她只是说了"不行"。从那以后，我只收到她两三封来信，后来她不再写信，也不回信。我只能一个人猜测："该死的我究竟怎么了？我做错了什么？"我曾经是她的唯一，她也是我的唯一……但后来，却是春梦了无痕。

而且我觉得，那种模式已经定下了。这个故事的发展并不是开始、中间和结束。它只有开始、中间，然后，是一页空白。

伊莲娜和我分手几年之后，我住到了布鲁克林。我和当时的室友兼好朋友帕特里克常去爱奥那酒吧。那是我们街区的一家本地酒吧。有一个名叫艾丝特的女士也来到酒吧喝酒，但她同时也是乐手、教师和歌唱家。弹奏了一曲钢琴之后，她就飘然而去。她亭亭玉立，一头长长的棕色秀发，略有几绺灰色发丝，她闪动着一双灰蓝的明眸，目光中流露着无数悲悯与善良。这些品质都倾注在她的歌声里。

有一首歌总让我动容，那就是《我是你最好的礼物》。那是一首流行歌曲，但其中有不少小小的和谐迭进，艾丝特在爱奥那酒吧一开口，我立即惊艳了。等她演出结束后，我走上前问她："哦，你在这附近居住吗？"

她说："对，两个星期之后，我要在幸运猫酒吧演出。"

于是我准时到那家酒吧欣赏她的歌声……我不是跟踪她，也不是要寻找她，因为她明确告诉我她有男朋友。但我只想见到她，听她歌唱，所以我总会追看她的表演。而她在和另一个人约会，这样的情形持续了……呃，三年左右。

后来，万圣节那天我去了爱奥那酒吧，身穿一套滑稽的戏装：麦茨棒球队的运动衣和棒球手套，装扮成球员莫·冯恩纤瘦的弟弟。艾丝特也在那里。我走进酒吧，她的朋友莱丝丽对我说："哦，天哪，今天晚上你运气太好了，因为刚才艾丝特说：'我要带他回家。'"

于是我们去了她家，度过了激情燃烧的一夜，非常有趣。我把棒球手套忘在了她家。两三天之后，她冲进酒吧，将那只手套高高举过肩头，似乎想要用它猛砸我一拳。从那以后，我们幽会了一年，感觉很美好，非常美好。我去酒吧看她唱歌，她阅读我的作品——我平时写诗。我们每天都无话不谈，邮件往来也非常频繁。

她也对我提过那个名叫克雷格的男人，那时他们似乎还在恋爱。或者她过去曾经和他约会过，但即使在我和她交往的那段时期，他们的恋情从来没有真正收场。因此，我们之间有一些障碍。总之，我们交往大约一年之后，一天夜里，我在她的住处听古典音乐，她总会与我分享一些美妙的作品。我们面对面坐在椅子上，静静地执手聆听。她俯首对我，我也俯首对她，她满头长发倾泻而下，覆在我们的脸上，气氛虔诚而寂静。

歌曲袅袅而终。我对她说："我可以告诉你一件事吗？"

她说："当然可以，你什么事都可以对我说。"

于是我说："我爱你。"

她放开了我的手，双眼骤然睁大，带着大惑不解的目光，坐直身体，向后靠在椅背上。她似乎感觉晴空里响起一声焦雷："什么？你爱我？你说什么？"

我蒙了，因为我以为我们心有灵犀。我以为大家都是这样想的，应该正式表达彼此的爱。对，我们确实有性爱，我很喜欢，但从来没有对她说过“我爱你”。好让我们能有一个时刻，完全过渡到另一个肉欲欢愉与心灵洞察的境界。而且，由于我们都有这种感觉，你和我都在这里，所以，我爱你，这就是我要表达的感觉。我想我沉浸在那一刻了，但她却毁掉了这些。于是我又喝下一杯酒，上床睡觉了。就是这样。

在接下来的几个星期里，每件事都变得异样而可疑了。“你为什么老打我电话？为什么发这么多邮件？为什么总跟着我？”——“喂，你这样让我太紧张了！”后来，又过了一段时间，她干脆拒绝接听或回复我的电话，也不再给我发邮件。在那片街区里，我再也没有见过她。

于是我等了几个月，后来，终于给她发了语音邮件。我说：“我只是想打电话向你问好，你过得怎么样？希望你一切如意。”

她打回电话，说：“如果只是打招呼，就不要打电话过来了。我不想听到你的消息。别打扰我，把我的电话号码从你电话簿里删除。放手吧，我不想再和你有任何联系。”

一句解释都没有。

我仍会在街区里见到她，有时候在地铁或公共汽车上见到她，我就在下一站下车。甚至一想到这些，我都不堪承受。我仍然记得她的触摸，记得她躺在床上喃喃自语、微微战栗的样子。每当此时，她就会在梦中挣扎着醒来。我依旧记得。我那时知道、现在也知道我们在一起，非常非常合适。

但我依然不知道为什么我们没能长久地在一起。没有结局，没有真正的结束。最近我还在爱奥那酒吧见过她，她和那个名叫克雷格的家伙在一起。她和我交往之前，克雷格就是她的男朋友。当时她正在吧台喝酒，忽然走到我面前，问：“你还好吗？过得怎么样？”

我无法不对她以诚相待。我说：“呃，我想我过得还可以，但终究忘不了你。”

于是，那种震惊和诧异的目光又出现在她眼里，她说：“现在我们不能说这件事。”

我说：“我觉得也不能。”

然后她和那个男人一起走出了酒吧。

我真的想要努力走出。我对另一个淑女产生了兴趣，她也常在爱奥那酒吧流连。她似乎比我大一两岁，或者也许已经四十二三岁，但保养得非常好。她身材娇小，短发乌黑，有种怪异而奇妙的敏感个性。我想认识这样一个人，于是我向经理打听她的情况。经理说：“嗯，她喜欢诗歌。”我想：“哦！也许我可以把自己的作品给她看。”

她在酒吧里和两三个人随意聊些什么，如果有人坐在离你两三英尺远的地方，你就可以提出你的看法，和他们谈天。我把自己的诗作递给她，说：“我听说你喜欢诗歌。我爱写诗，如果你想当我的读者，那么这就是我的语境。”她对我的诗作看也不看，就塞进手袋。所以，我明白，她的序曲就是拒绝。这大概发生在一年半之前。

从那以后，我仍旧可以在爱奥那酒吧不时见到她的身影。一天她走进来，开始和酒吧角落里的一个男人谈天，但对我只是草率而敷衍地挥了挥手，就走出酒吧去了露台。她在那里和一群人开始玩拼字游戏，我心想：“这个女人是怎么回事？为什么连友好一点都做不到？”对此我无法释怀。

没有任何愤怒，没有任何咄咄逼人之心，我只是在思考，我想试着缓和气氛。我想告诉她：“听着，我只是想当一个人，而这就是我，我就是这样一个人。如果你对我没兴趣，我可以理解，没关系。但你没有理由这么冷酷。这里有很多人都是我们共同的熟人。不可能我们俩没有同感。”这就是我打算要说的话。

我出门走上露台，站在她旁边，恰好留意到在拼字游戏中，有几个字母可以让她获得高分。我正要指点她，她却抬头看见了我，说：

“你挡住了我的光线！我不喜欢和你说话！走开，离我远点！别打扰我！”真的很恶毒。她的瞳孔放大得如此厉害，简直像是疯了。我震惊已极。我无法理解，为什么我仅仅是我行我素，就会让某个人如此暴跳。

可是又一次，那个问题在终点浮现：他妈的这里究竟出了什么事？我到底是哪儿做得不对，哪里冒犯了她？整件事让我百思不解。我没有直接回家，而是又到其他几个地方游荡了一会儿才走，比如几个餐馆和酒吧，我在那里都有熟人。那是星期六下午，回家之后，我哭了。让我落泪的不是已经发生的事，而是那些没能发生的。为我未能与伊莲娜、艾丝特和其他人一起度过的年华而哭泣。每段恋情都以这种诡异而不快的基调莫名结束，在流逝的时光中寂然回响，这种影响似乎还将远播到将来的一切。

它让我感觉自己一无是处，感觉自己不值得爱，不值得体贴。也许是多年前我曾经做过、说过、选择过什么不恰当的事，哪怕是明天的事情也行，但我不知道我错在哪里。

有时候我会浮想联翩，比如，如果我们家没有从亚特兰大搬走，那么，谁会知道我和伊莲娜之间将会发生什么呢？那就不会有经年不衰的通信，也不会有我含糊其辞暗示婚姻的那场拙劣而不受欢迎的谈话。这些事情都不会发生，因为我本来可以随时与她在同一个城市呼吸。仅仅因日久生情，我们也许就会发展到一个与现实大异其趣而更为美丽的结局。但我永远不会知道，因为这都是假设。那时我们必须搬家。

我认为我的母亲要为她所做的几个自私决定负责。我仍然认为，母亲之所以要让我们搬到纽约，是因为她以为自己可以嫁给某个纽约人，但其实，那个男人根本没有兴趣娶她。然而无论如何，她终究把我们从学校里拖走，搬进了纽约。

母亲第一次怀孕时非常年轻，大约才十四岁。那时我的父亲还在陆军航空部队服役，在全国各地辗转流离。他欺骗了母亲，因为他有另一个家，正因如此，几年后两人劳燕分飞。分手时我们住在迈阿密，那个时候，母亲已经找到了一份执业护士的工作。

我们陷入了艰难困顿的境地。我们住在西北五十六号大街的一座公寓楼里。我的大哥在读高中，课余打工做苦力。但大家挣的钱都很少，我们总是拖欠房租。后来在我五岁那年的某一天，几名治安官来到我家门前响亮地敲门。记得他们狠命推门、砸门，然后进屋把我们所有的家当都拿走，运到楼下，放在门外的大街上。但我们无处可去。他们把我们每一件家当都拿走摆在了大街上。

记得当时我终于明白发生了什么事——我们再也没钱交房租，被赶了出去。我拿出仅有的几个硬币和零钱，走到一名治安官面前说："长官，我有钱。这些钱有用吗？能不能让我们住下去？如果您收下这些钱，能不能别把我们赶走？"（泪流满面）

他说："我是在执行公务，小孩儿。赶紧把这些钢镚儿装进你的口袋。快装进口袋。"

事情就是这样。拿出房门的最后一件东西是史努比，一个小小的绒毛玩具，我真的喜欢我的史努比。我仍然对怀旧节目有着深厚而温柔的感情，比如圣诞节专题和《史努比卡通：万圣节南瓜头》。我的史努比玩偶就躺在我家那堆杂物的边缘。我向门外一看，发现一个工人把我的史努比扔到栏杆另一边，它飞起来，落在尘土里，我跑过去捡了起来，然后我们就走了。

我们在另一套公寓里住了两三天，后来搬进了一座破败的房屋。再后来我们搬到了亚特兰大。母亲老家在南卡罗来纳，她的姐姐和哥哥都在亚特兰大，他们说，那里有很多医院，我的母亲可以在那儿找到事做。于是我们搬了过去。我因此有些反感母亲，因为她总让我们颠沛流离。

最近，我把一生的经历与其他人的状况做了对比。我的朋友贾斯汀幼时父母离异，现在的这场恋情已经持续了三年。我的哥哥司各特多年来换了若干个女朋友，从恋爱中满足自己的需要。我的舅舅丹尼斯始终和舅妈生活在一起，从我记事起就没有改变。这就是大家的生活。你找到一个人，一起生活，无论贫富贵贱，你都不会抛弃他们，他们也不会抛弃你。你们戮力同心，甘苦与共。

但这种亲密关系却是我无法找到的。现在我快四十岁了，感觉如果现在还没找到，以后就永远找不到了。我已经明白在道德、政治和艺术方面我是什么样的人。如果我不与某个人的生命交织纠缠——也有可能不存在这样一个人，那么，我恐怕永远找不到我想要的恋情。我渐渐觉得自己会孤独地死去。这不是我可以选择的。我知道我将孤苦终老。这就是我的前路。

我永远也不会有孩子，永远不会有幸福的家庭，不会有周末偷闲的避风港。假日的照片上也只有形影相吊的我。形影相吊的我在艾菲尔铁塔，形影相吊的我在约瑟米蒂国家公园，形影相吊的我在金门大桥，形影相吊的我在唐人街。不。只有我一个人茕茕孑立，再无他人。只有我，这个善良的笨蛋，永远与好运无缘，在一群神仙眷侣的相框后游荡。

几天前的晚上，我在大街上彷徨，忽然发现一对恋人在轻轻地接吻。我心想："如果那个男人觉得有些事情世上没人会懂，那么，至少那个女人会懂。"或者她将来会懂。正是这种可能让一切有了意义。如果你寂寞，就不会有这种可能。我只好咽下苦楚与辛酸，也许可以回家写下这些感悟，有朝一日有望变成艺术佳作。这就是我的处境。

有生命就有希望。我的确怀有一丝希望，虽然觉得不太可能实现，但它会实现的。

我想要爱，我想把爱献给某个人。我不想只把爱献给自己，我想和他人分享。但现在，早上醒来时，我孤身一人。我不知道还有什么感受能与此相似。我所知的一切就是孤独。当你醒来时，你是什么心情？因为在我的世界里，没有别人。一天结束时以及一天开始时，你的身边都无人陪伴，只有你自己。

我之所以会爱上他，原因就是他像我的祖父。

卡拉·考格戴尔，女，49岁

我和第一任丈夫在阿肯色州小石城克罗佛戴尔初中相识。那年我十四岁，对于生活一无所知，却怀上了他的孩子。

我们都来自印第安纳州。他的母亲将他们小哥俩留给他们的爷爷奶奶，就一去不回了。我们都来自北方，这算是一种共同的纽带。每天结伴步行上学，做功课时互相帮忙，不知不觉，我就和他缱绻难分。

我甚至没发现自己怀孕了，因为我如此天真，都不明白出了什么事。醒悟之后我真的非常惊骇，不知道该怎么办。我的确想过自杀，因为我的父母都是极其严苛的天主教徒，如果他们发现了，一定会让我生不如死。我们每天吃饭、上床的时间都在父母的严格控制下，放学后必须按时回家，径直回到自己房间。

我向一个朋友吐露了秘密，但她却告诉了别人，很快学校里便无人不知。那个时候，黑人和白人之间经常出现冲突，为了求生，你必须拉帮结派。黑人帮的头目把我堵在校园的角落里，逼我躺下，检查我是否真的怀孕了——在众目睽睽之下。

我仍然每天上学。我的男朋友决定退学，他不想卷进这些破事。等到我退学的时候，我的肚子已经瞒不住了。

我从来没有主动把这件事告诉父母。我只是越来越显怀，后来父亲问我，我就承认了。我是整个家庭的耻辱，所以我必须随时藏在屋子里。八月，我生下女儿之后，母亲逼我把孩子送给别人养——当时的法律就是这样规定的。

在医院里，护士们对我都很恶毒。当然，在过去那个年代，未婚姑娘生孩子这种事情大家都不习惯。她们播放着一首《野火》的歌。记得当时我躺在产房里，护士为我接生女儿的时候，耳边就回荡着这首歌。

生下女儿之后，我就再也不是儿童了。大多数时候，我只是坐着痛哭，或者关在自己的房间里，在墙上画了无数壁画。我画了角落里的太阳，巨大而昏黄，后来又在墙上画了几个月亮以及日食和月食的场面。在另一面墙上画了钻石，中间有心电图般破裂的纹路，一直绵延到卧室房门上。我听平克·弗洛伊德音乐的时候，总会如此。

回到学校之后，人们总是问我："你把你的孩子杀死了？"我只能置若罔闻，漠然而过。他们总拿这事刁难我，一直到我毕业那天。

我没有再和女儿的生父在一起，直到次年秋天，我又开始与他私下约会。我想像对普通人那样待他，但我的父母不允许，所以我离家出走了。

十九岁那年，我嫁给了他。

他叫司各特，算是个浪漫的男人。过去他总是背着我走过泥泞的水潭、沟渠之类的障碍。他是土生土长的美国人，有美国人的特点，但长着几近白色的淡淡金发和蔚蓝的明眸。我总是好奇，他的母亲是否患过白化病。他英俊非凡，是那种走在街上人人都会回头注目的人。我长得像雪儿，而他像索尼——真有趣①。

我找了份工作，这样我们就可以挣钱买房及生活用品。我是个护士，他后来成了一名机械师。到我们二十三岁时，我们真的买够了一切用品，偿还了所有债务，因为我们两个都在非常努力地工作。

我和他琴瑟和谐。我们做什么都形影不离，无论是家务还是娱乐。我们都有些疯狂。我们会穿着短裤开摩托车，不穿衬衣——当然

---

① 索尼和雪儿是美国二十世纪六七十年代流行音乐夫妻搭档。

要穿上缎带抹胸或吊带抹胸。我坐在后座上，双手不扶，只是靠着倒U形的靠背尽情放松。我不会用手抱住他的腰或者抓住别的东西。他以每小时九十英里的速度疾驰，但我真的毫不在意。我全心全意地信任他。

他是个完美主义者，会拿着小牙刷把那辆摩托车刷得锃亮如新。他会精心装扮，无论做什么，都会脱颖而出。他多才多艺。我一生都没放弃缝纫、绘画、烹饪，而他巧于木工。他还是个画家。他会用木头雕刻艺术品，比如蜘蛛侠，还可以用手绘制天下万物。

我们的婚姻持续了大约四年。后来，他开始吸毒。他无数次抛弃我，一次次背叛我，后来离开了我。他把我赶出家门，因为他想和另一个女人约会。我只好搬回父母的家里，距离我们的家只有一英里之遥。而他会来我父母家追逐我，我是那么爱他，又那么心碎，后来我终于……我终于从他身边逃走了。我只是告诉他，我再也无法承受了，因为我们这段感情充满了悲剧。

1983年，我们离婚了。而后他用了大约五年时间想让我回心转意。我不想要他，因为我惊骇已极。我对他满心都是偏执的怀疑。

之后许多年内，我都没有经历不错的真正的恋情。我似乎总是无法找到对的人。

我在一家宾馆工作了十六年。每天我的日子只是上班和回家，对此我很开心。我有个好朋友，也是我的同事。她总是跟我提起一个名叫梅森·考格戴尔的男人。

我对相亲充满了警惕，便说：“梅森·考格戴尔，这个名字真诡异。”她想让我和他在酒吧见面，我说，“绝对不行！我这辈子已经去过三个酒吧，再也不想去那种地方了。”

一天，我到她家去玩，她又提起了梅森。

我说：“那好吧，你为什么不给他打电话呢？我用分机接起来，听听他到底怎么说。”

她拨通了他的电话。他的嗓音真的低沉浑厚，充满男性魅力。他说到自己的生活，一点也不幸福，还有他与前妻一起度过的日子。他娶过两个妻子。听起来颇为抑郁，但我知道他说的都是实话。我想："这个男人真的很诚实。"

她说我也在旁边，他说："那好，让我和她说几句吧。"

我说："好，我来了！"

他说："好吧，我要告诉你一件事。我要去你那儿，我们做个约定。如果不喜欢对方，没关系！我们没必要非得在一起。"

我说："好，这倒不错。"

他开着一辆牛仔凯迪拉克，那种大型的双排车，挡风玻璃顶端有巨大的车灯，两侧脚踏板上也全是灯，点亮之后像棵圣诞树。巨大的深黄色车轮和红宝石般鲜艳的车身相映成趣。我穿过房间，在沙发上坐下。

他走进房门，头戴黑色的斯泰森毡帽，身穿巨大的长款得克萨斯外衣，配一把绿松石长刀，腰间束着宽大的牛仔皮带，脚蹬黑色皮靴，靴尖是黄色的，靴子上垂着链子，并有印第安骨头的图案。他一头垂肩黑卷发，一部大胡子，唇上有髭须，眼睛是淡蓝色。

我转身看着他，说道："哦，我的上帝！那是我的丈夫！"随即在心里问自己："我在说什么？！我在说什么啊？！"

他绕过沙发，双膝跪下，拉过我的手开始对我说话。他在地上跪了大约一个小时。我像个十六岁少女一样格格地笑。真是太精彩了。

他带我出去约会，我们驾车上了山顶。后来，当他吻我时，我觉得简直……我觉得一阵电流穿过身体。浑身起了许多微小的鸡皮疙瘩，寒毛一根根竖立起来，就像触电一样。我想："哦，我的上帝，我和我的灵魂伴侣在一起。"他也这样想。我们开始天天约会。那年我三十八岁，他四十七岁，两个星期之后，他求我嫁给他！我说："也许我们应该再等等！"两个月之后，我们结婚了。

那是一场牛仔婚礼。十一月的一天，是个多云的日子，草地像夏天一样绿，黄叶飘落在地上。他的两个儿子做了些流苏花边之类的装饰，挂在上方，当空垂下许多小小的爱心和铃铛。他的继父担任证婚牧师，一个继子在现场为我们拍照。

我们发下婚誓，他说："只要她不透支信用卡，我就愿意娶她。"说着哈哈大笑。

然后他开始说不为我花任何钱，只打算为我花一美元，这让我思绪大乱。我敢肯定这是他从上一场婚姻中得到的教训，我正要甩手离开，他们却已经把这一幕拍了下来！他说："看她！看她！看她！已经开始抛弃我了!"大家纷纷大笑起来。

他挽着我的手臂，人人都过来向我们道贺。我们走进屋子，里面已经摆好了克罗格蛋糕和麝香葡萄酒。我们播放了一曲乔治·琼斯的歌曲，名叫"我们能成功"，内容是你经历千辛万苦，现在终于成功之类。他和我相拥起舞，亲吻着我，对我说他将让我脑袋昏眩，嗡嗡作响，大家又哄堂大笑。

他对男女恋情总是充满怀疑。他和第一任妻子之所以在一起，是因为她借口无处居住。她一点也不忠诚。事实上，她曾经和他的每个男性朋友幽会过。比如说，有一次，他最好的朋友和她在屋里亲热，而梅森自己呢，就在后院里坐着。这还是二十世纪七十年代或八十年代的事。他容忍她的背叛，一直忍了十八年，好把孩子养大，而她却很少留在家里。她一出门就是好几个星期，甚至不肯回来。

我们结婚之后，一旦发生冲突，他会在半夜两点离我而去。他把自己的东西打点收拾好，说我们过不下去了。我们不会争吵，从来没吵过架，他只是失去了对他人的信任，而我总是非常害怕他不再回来。

这样的情形持续了两年半，最后我终于告诉他："我忍无可忍了。下次你再演这套把戏，就别回来了。"我说，"你再敢离家出走，我就和你离婚。”

而他真的这样做了！他收拾东西，离开了家门。

我立即决定和他离婚，而且真的离了。

他给我的邻人和母亲打了无数个电话。他一心想回来，双眼红肿，憔悴不堪，想来哭了很久。而我的生活似乎也不怎么样，只觉得支离破碎，但我不能留他，因为我无法信任他。

后来，大约九个月之后，我打开他送给我的一只音乐盒。几乎像是上帝在告诉我，我们该破镜重圆了。于是我给他打了电话，去了他的住所。他形销骨立，蓬乱的长发已经到了肩膀与腰部的中间，看上去很落魄。他郁郁寡欢，说他每天都在为我祈祷。听了真让人黯然神伤。

我带他去JC佩妮的美容院，把他全身上下装扮一新。我们言归于好，决定复婚。

女儿满二十一岁那年，我告诉上帝：“我不能再等下去了，我要见她。”我亲吻了《圣经》。两天之后，电话铃响了。母亲告诉我，我的女儿打来电话，说想见我。

女儿住在小石城，我决定去那里和她见面。连续几天，我们每天都要用六七个小时的时间讨论见面的事。我激动极了，辗转反侧，夜不能寐。一个星期天的夜晚，我到了，女儿在那里等我，手里拈着一朵玫瑰花。

第一次见到她时，我大为震惊。她金发碧眼，与她的父亲如出一辙。她的双眼真的有些像狮子的眼睛，我是说眼睛的轮廓。那是司各特与我相貌的综合，真的太漂亮了。

一年多之后，我问女儿：“你想见你的爸爸吗？”后来我们一起到小石城看他。我已经有十年没见他，他的头发全白了。看他的腰线向下到双足的部分，或者看他的双手，我都不敢认。但我必须与他相认。

他在毒品中泥足深陷，整个面部都走形了。我吓坏了，千真万确。

我们一起去了餐馆。他坐在桌子对面，神色僵硬刻板。我哄着外孙玩，他的目光望向我，我的目光望向他。我们的回忆还在，但已经如此忧伤。他过的不是他本该拥有的日子。

他们父女仍在聊天。我去了趟洗手间，回来之后，女儿告诉我，有句话他大概说了五遍："我和你的妈妈没有任何瓜葛。"

她说："呃，如果没有瓜葛，你为什么要一遍一遍地说？"

他无言以对。

归来的路上，女儿开车，我坐在前面，他抱着宝宝坐在后面。忽然他放声大哭，说他从来没有告诉自己的家人，自己曾经有过一个孩子。你怎么可以那样？！你在校园里和一个怀有身孕的少女走在一起，后来你还和她结婚了！你怎么会没有告诉家人你们曾经有过一个孩子？在这之前，我从来没有流露过对他的怨恨，因为我总在克制。为了女儿，我一直在营造愉快的气氛。女儿说，她被他吓坏了。

他给了女儿一张照片。画面中，他站在自己制作的蜘蛛侠木雕旁边，雕塑漆得像真正的蜘蛛侠一样，而站在一旁的他也宛如雕塑——没有笑意，没有欢喜。这副神情吓得我魂飞魄散。

他对女儿说："那天把你妈妈赶走之后，我的生活一切都变了，而且这些年来我一无所获。"

人人都在选择自己的路。他想让我走，是为了自己能够胡来。我应该怎么办？他本来可以改变，却不想改变。

如果你曾经和某个人有过一个孩子，你会永远和他有某种联结。我感到深深的悲凉。我告诉他，如果他想和女儿联系，可以给她打电话。但他没有打过。

我想，我的这场初恋无疑只是初恋，而我和梅森的婚姻更像是成熟的爱情，因为我们并不是在一无所有的情况下起步的。我们已经有了几座房子、几辆汽车，家具用品也一应俱全。我们必须将彼此的生命联结起来，在这之前，我们已经分别有过孩子。如果你把上一段婚姻中的负担带入下一段恋情，那么，这段新的关系会不堪重负。

我和梅森婚后的最初十年是一种过渡，一个建构期，你建起了信任、爱情，建起了婚姻中应该有的一切，那真是艰苦卓绝。我不想再跳进另一场恋情，因为我知道恋情不是凭空得来的。凭空得来的，不是真正意义的恋情。

似乎最初五年总会更为艰难，但我想，等过了十年之后，两个人就会开始彼此融合。似乎我们注定在一起，像某种夙缘。我们携手度过的时光总是飞逝如电。和他在一起，我有无比的激情和心心相印的感觉。但我真的会想，如果我们早点认识该多好啊，比如说，如果在我十九岁和他二十九岁的时候相识，那我们就不会虚度这么多年。但是，美好的恋情有时候永远都不会降临。有些人永远找不到真爱。

丈夫和我共同奋斗，换来了我们拥有的每件家当——汽车、房子，都是我们努力挣来的。我们对车子做了许多改进。他用手重建了每件东西，包括微小的设备。他无所不能，经他修理之后，一切失灵的东西都会运转如常。我不在乎它们多么陈旧，他可以开着旧车纵横阿肯色州，从来没有抛锚过。我们想要反向铲土机，于是买了一台旧的。我和他一起把铲土机的整套机器拆散，又重新装配起来，都是两人一起做的。我们给它上了新油漆，重新安装了整套引擎。

他有点像是我的英雄，我的哥们，我的朋友，我的爱人。我叫他大力神。我的丈夫做什么都很豪放。大约九个月前，我收到了平生第一束鲜花，是他送来的，而原因仅仅是他心血来潮。都是非常硕大的花朵，红玫瑰和白玫瑰，其间夹杂着百合花，这些花的香味都很浓郁，花束非常大，大概两英尺高。他还送了我一辆轻型巡洋舰。有几个丈夫会给妻子送轻型巡洋舰呢？他送的都是庞然大物，总让我意想不到。他给我的生日礼物是小提琴。我曾经告诉他，童年时我学过小提琴，现在想重温旧梦。突然有一天，他回家时为我献上一把小提琴，我泪如泉涌。

他只是说：“我爱你。谢谢你。”

有多少人会这样说呢？他真是卓尔不群。

我的爷爷是个用情至深的人，会用废品制造许多东西，他像个发明家，是个出色的机械师、电气师和木工，我的丈夫也是如此。我想，我之所以会爱上他，原因就是他像我的祖父。他风趣、睿智、善良而深情。童年时我学到的一切本领都是爷爷教会的。我真的觉得我嫁给了爷爷。

我的丈夫有个刻薄的父亲和刻薄的祖父。他们住在温泉城，当年那个地方充斥着赌博、私酿烈酒和职业杀手，好吧，我丈夫的爸爸就是个职业杀手，同时还私酿烈酒。我的丈夫不想变成父亲那样的人，也不想像祖父。他的祖父养着一条垃圾狗，他给狗喂冰淇淋，却从来不肯把冰淇淋给孙子吃！

我的丈夫热爱冰激凌。从工地回家之后，他会从冰箱里拿出雪糕，走进浴缸，一边嚼冰激凌，一边哼着小曲，然后滑进浴缸，双腿直直地伸向空中，他在水下像鱼一样喷水。每天都要这样做！

我的丈夫可以像罗特威尔犬一样低声咆哮，流口水，真的很像。他喜欢这样，他爱吓人，他总是这样做，绝对是不可思议。他喜欢从后面跟上来做出这副样子。我发现这就是我想要的浪漫。我不知道为什么！

左邻右舍大概觉得我们是疯子。我会满院子追着他跑——我追他！然后他推着剪草机追我！我们用剪草机展开大战，以及类似疯狂的事。我总是和他摔跤。他想把我扳倒，但我用一条腿或一条手臂就能抵挡他。我还会把他摔在地上，他很喜欢这样！

他不为我的生活设置任何限制。我随时可以为所欲为，他毫不介怀。当然我指的是那些正当的事，比如我想和闺蜜们出去玩，或者想做个什么项目，他都不在意。我想干什么他都不管。

他比过去平静多了，再也不会陷入沮丧或抑郁。有时候我想做个新项目，他会想从我身边逃开，说：“哦，上帝啊，她现在又想干什么？！”但片刻之后他会过来帮我一起做。我们已经有了一种达成共识的行事惯例，一切行云流水。

这就是你余生所要的生活吗？

贝蒂·安妮·梅，女，80岁

当我嫁给第一任丈夫时，我想与他白头偕老。然而，他是个浮浪子弟，周末总会出去花天酒地，这就改变了我的整个想法。

克莱德。

狗娘养的。

我还记得那一天，那时我和他已经离婚多年，一天女儿打电话告诉我："我知道你不在乎，但克莱德出门慢跑的时候心脏病发作，死了。"向上帝保证，听到这条消息之后我暗想："狗娘养的，我永远也没他跑得快。"

他坏透了，对自己的孩子也很恶劣。这个人根本不值一提。

我和比尔初次相遇，是在多米诺夜总会，店主介绍我和他相识。我该怎么说呢？我知道我们开始交谈的第一分钟，我就爱上了他。

我们一起离开了酒吧。我说："我离过婚，还有四个孩子。我今天晚上不会和你上床的。"

他说："谁要和你上床了？"

我说："你会提出的。"

他果然提出了。

我果然拒绝了。

但我们坐在汽车里热烈拥吻，我周身的皮肤都快融化了。

那天晚上我独自回了家。第二天，我对与我比邻而居的好友露丝说："我找到他了。"我说，"他是好几个人的化身，包括——"我不知道你是否知道我说的这几个人是谁——亚历山大·金，这是个作家；杰克·帕尔，一个脱口秀主持人；袋鼠船长。这就是我遇到的那个人。这就是比尔。

我不知道你是否知道这样的事情，跟你的冰箱有关……那种食品推销员，他们敲开你的房门，向你兜售食品方案。你打电话订购，再订购，好填满冰箱。嗯，他就是做这种工作的。他第一次向我展示推销技巧的时候，我深深地着迷了，脑子里只有一个想法："我现在就想买！"他就是那种人，可以把雪卖给因纽特人。

我的大女儿无法承受这件事，因为我把比尔带回了我家。那时大女儿十三岁，她说："我不想让你和他结婚。我只想一直像现在这样。你，我，还有弟弟妹妹。"

我说："行。如果我不能交朋友，那你也不能交男朋友。"争端就这样解决了。我说，"总而言之，我根本不在乎你们任何一个人是否喜欢他。你们将来会尊重他的。我和他结婚是为了自己，而不是为了你们。"

那时我大约三十三岁或三十四岁，但我和比尔直到1962年才结婚。从第二次约会到结婚那天，我们每天都会见面。他一共当了我二十四年的丈夫，真是太幸运了。他爱慕我，我也爱慕他。我们的恋情恰好是那种互相爱慕的奇迹。

他体格健壮得像大猩猩一样。我的意思是，他真的像一头银背大猩猩。他上衣要穿52码的。我想说他是个大块头。他身材并不太高，只有六英尺，却厚实粗壮。而且他又那么可爱，那么可爱。

对我来说，爱就是做一个认真负责的人。对某个人负责，为了某个人而负责。比尔是一块磐石。他既像我的父亲，我的兄弟，又是我的恋人、朋友、哥们儿，而且愿意为我做任何事。和他在一起，永远都是那么安全可靠。而且，我需要那种感情上的安全感，比尔恰好能满足我。至于钱财，我丝毫不在乎。

过去我常常对比尔说："听着，我不想要你那些该死的钱。我嫁给你，不是冲着钱。我嫁给你是为了爱你。就是这样。其他的一切我都不关心。"因为他总是想为我买东西……市场上只要出现了什么新鲜玩意儿，他一准会买来送给我。他真是太好了。

比尔非常稳重，但也从不乏味。绝不，一点儿也不乏味。他太聪明睿智，根本乏味不起来。他是意大利人和爱尔兰人的混血后裔，我的父母则分别是意大利人和俄罗斯人。而且我们会争论鸡蛋怎么煮才好吃。我们在家里总是大呼小叫，会为每件事情斗嘴，但重要的事情除外。我们从来不会因为钱或者类似的问题吵架。

后来他死于癌症。

比尔去世四个月之后的一天，我坐在酒吧里。我总是独自坐在桌前，即使我年过五旬的时候依然如此。我想在那些来到我身边坐下的人之中认真挑选。就这样，我发现了爱德华。他走过来邀我跳舞，一曲结束之后，我请他坐到我的桌前。我们的故事就这样开始了。我说："我喜欢你的脸。我要带你回我家。"

爱德华曾经有过二十五年的婚姻，和他的妻子……叫什么来着？好像是黛西？对，黛西……他和黛西一起生活了几十年，后来几个子女都已经长大成人。他们在棕榈泉有一所房子。他说有一天坐在按摩浴缸中，偶然听到收音机里有人说："这就是你余生所要的生活吗？"他立即跳出浴缸，抱起衣服离开了家！这件事我觉得太了不起了！

哦，他穿得太糟糕了。我必须从头打扮他。我的丈夫留下了好几件漂亮衣服，我就拿出来送给他。我的儿媳说："看到爱德华穿着比尔的衣服，不觉得别扭吗？"

我说："一点也不别扭。你现在穿的这件衬衣就是比尔留下的。"

那只是身外之物！只是几片纺织品！仅此而已。他也不是过去那个人。

我知道我把孩子们吓得不轻。比尔去世才四个月，尸骨未寒，我就流连酒吧，开始寻欢作乐了。而且我不是……我想我就是这样。我告诉孩子们爱德华有一辆1967年的福特卡车，他们都深信我将来要么会车祸而死，要么会遭到抢劫。

我和爱德华交往三个星期之后，他问我："你想和我一起来一场钓鱼旅行吗？"

想！

我们动身以后，卡车在高速公路上飞驰，我暗想："该死的我究竟是在干什么？我认识他才三个星期，竟要和他一起坐着这辆可怕的卡车去爱达荷和犹他州。就算我死在车里也没人会知道。"但他是那么的与众不同，而且那么的……他比比尔更有诗意。十四岁的时候，他是个浪漫的牛仔，会这样描述事物："你一无所闻，直到听见美洲狮午夜的惊叫。"还有这样的句子："望着雪花轻吻大地。"除了倾心于他，难道我还有别的选择吗？

比尔是我的骑士，但爱德华却是我的男人。我曾经是公司高管的妻子，生活中无非是些鸡尾酒以及类似的破东西，而现在和我在一起的这个男人，是个牛仔，除了卡车和身上的衣服外一无所有。人们说他会杀了我。我说："听着，我已经五十七岁了。我不是十八岁的小孩。我他妈明白自己在干什么！"真的，面对这个让我如此心醉的男人，你怎么可能心烦意乱？最后，大家像我一样，纷纷爱上了他。

我必须修正我心中的一点偏见。他是个机械师，是个修理工，因此他的双手总是沾满油污。过去我总是说："不洗干净手，别想摸我。"命令他拿刷子刷净手指。我是个井井有条的人，所以必须让他也井井有条。他的卡车……仪表盘上看上去简直像是……简直让人以为他是个乡巴佬！他在爱达荷出生，那里又脏又乱。

比尔是个细心的家伙，是世界上最细心的生物。如果邮递员送来账单之后，比尔会抄近路把账单还给他，而且每一张都已经付清了！他就是这样细心爽利的人。哦，对，我从来不需要在比尔身后收拾家务，处理琐事，从来不用，除了把他丢在地上的开衫毛衣捡起来。他有个恶习，喜欢把毛衣满地乱扔，不肯收好，但他的衣橱——我们有一个可以走进去的大衣橱——总是……鞋子放这边，其他衣物放那边。他就是这样整洁。他会把整个浴缸擦得干干净净，把水槽里的碗碟洗得光洁如新，把浴室的墙壁擦得一尘不染。他对一切都认真极了。

而爱德华是个彻头彻尾的邋遢鬼。正因如此我才需要仔细考虑，能不能与他一起生活，我问自己："假如我不能改变他，我该怎么办？"然后我想："好吧，行。如果我真的打算和他共同生活，那让我们直面这个问题：将来一切都要花你的钱，你会不会不时地感到怨恨？你必须十分谨慎，不能让他感觉是你在养他，像养个小白脸一样。"

我说："我们需要这样做。我有钱，而你有时间。我们要修好那辆老福特卡车，我要卖掉房子。然后我们一起上路，做吉普赛人。"

千真万确，后来我们就是这样做的。

这样的生活我们已经过了九年。我们成了探矿者，要寻觅黄金。我们经常逛旧货交易市场，卖过太阳能电池板，还去学校上过课。每个周末我们都醉酒，跳舞。真是妙不可言的生活。

我就是迷恋他的身体。他太帅了。他真的是太有型了。他的头发仍然十分浓密，发色黑白混杂，很像万宝路广告上那个男人。他身高有六英尺二英寸，而且能让我笑口常开。他是什么？我的男孩儿玩偶？不，不，他是我的爱人。

我做了拉皮手术，我永远也忘不了……我永远也猜不到我会怎样做这件事。

我去看医生，医生问："好吧，首先，我想知道你为什么想做这个手术。”

我说：“看着我的脸。现在，再看看我的身体。我的身体比我的面部要年轻四十岁。”因为我的身体真的非常结实紧致。我说，“我想让我的身体和面部步调一致！”就这样，我做了拉皮手术！而且还做了乳房提升手术，把它们提升到过去所在的位置。天哪，我简直到了第七重天堂。

之后的那个星期，他只是和我在一起，躺在我身边温柔地抱着我，照顾我，呵护我。他像岩石一样可靠。

开始卖太阳能电池的时候，我们还曾经到大西洋里奇菲尔德公司上课。那里有个学校专门教人卖太阳能电池板之类的知识。我们必须上一个星期的课，从上午九点到下午五点。他是那么的聪明。非常聪明，非常、非常、非常、非常的聪慧。不，不是聪慧，是睿智。他什么知识都能理解，而我却什么都记不住。他真的很认真。

我们还会继续上路，旅行实在太精彩了。我们在爱达荷州博伊西以北过了整整一个夏天，周末去逛旧货交易市场，平时打高尔夫球。哦，那是世界上最美的事情。我们过得太开心了。

这些事情的照片我都装满了好几个相册。这也只是其中的万分之一。好，这是那辆旧卡车。我们用砂纸打磨以后又重新油漆了一遍。我是用海绵刷子刷的油漆。

这张照片是在阿拉斯加州首府拍下的。

还有一张爱德华的照片。他真是个甜心。这是他在弹班卓琴。

这是在淘金。有一种书可以告诉你在哪里可以淘到金，但我们一直买不起。这好像是1987年，也可能是1986年。

这张照片是我们在酒吧便宜时段为自己庆祝。爱德华必须过得开心。我不介意四点三刻我们在做什么，不管干什么都必须暂时停止。

这是爱达荷的一个地方，我叫它爆米花岭。三个月里我们只见到了寥寥几个人，两个护林的女士和带孙子来森林里砍柴的一个老人。

我穿着布娃娃的裙子跑来跑去，爱德华什么都没穿！真是一种精彩至极的生活。

在深山老林里，与一个男人度过三个月，分分秒秒都在一起，你最好适应这种生活，尤其是你还以卡车为家……我们会上床睡觉，翻个身，再翻个身。就是这样，因为森林里的床实在太宽大了。

在我和比尔做夫妻的时候，有些人就认识我。后来他们见到我和爱德华的生活，说："我简直难以想象你会住在帐篷里，在外面野营。我无法想象你会这样做。"因为我过去戴假发，戴假指甲，穿五英寸的高跟鞋，有精致女人的全套装备。我和爱德华在一起时，又认识了一些人，他们说："我简直难以想象你会参加鸡尾酒会，过着高管妻子的生活。"但你不能说这是两种迥然不同的生活。它们只是灵魂、身体和思想融合的不同方式。

我想，打个比方，就像是这样：你有一大碗辣椒，然后又有了一大碗辣椒，其中掺杂着墨西哥胡椒！是的。第一种稳定而充实，吃起来你也觉得很美味，诸如此类的感觉。但是后来，你又尝了一口盛着墨西哥胡椒的那一碗，它会辣得你腾地站起来，啊，对，对。再也不会有人配得上这两个男人。永远不会，永远、永远、永远、永远不会。我就是知道怎样选择男人。

我太幸运了。你简直无法相信我有多幸运。是的，是的。和爱德华在一起，永远是那么的激动人心，因为爱德华就是那个人，只要轻轻触摸我的指尖，我就会情潮翻涌，不可遏止。

我们不需要结婚。有一次，他确实承认他想过结婚。我也真的非常努力，不让他感觉自己像个软饭男。我从来没有给过他一张信用卡，从来没有在存折上写他的名字，但我们在买房车停车场时，我写了他的名字。

孩子们曾经对我发过一次脾气。我说："喂，我已经和他在一起十年了。我已经把他拖出了求职市场。他必须做些事情来填补空闲时间。”我的意思是，这很公平。

我们在一起生活了十二年之后，爱德华由于心脏病发作而去世。那天我下楼倒垃圾，然后回家。我走进厨房，喊着他的名字，来到卫生间门前的时候，却发现推不开门。我这才发现，他坐在马桶上方便的时候，身体忽然倒了下去，撞在浴缸上，双足伸出，紧紧地顶住了房门。

见到那一幕，我立即哭喊起来。自此以后我再也没有在我们的床上睡过。我没有办法睡在上面。在接下来的两年里，我只能睡在沙发上。一想起他不能和我同床共眠，我就……这种情绪我没有办法面对，真是太可怕、太可怕了。

爱德华去世两个月以后，我简直要发疯了。我需要做些什么事，因为我所有的财物就是那个愚蠢的房车停车场。我到动物庇护所领养了一只小猫！那是唯一一只把一双前爪放在笼外的猫，我和它注定要彼此陪伴。

从1999年起，我就住在这辆房车里，在美国四处旅行。屋顶上的太阳能电池板始终为这辆车提供足够的能量，我也因此得以独立生活。我不需要把车停在旅行车辆停车场里。从一月到九月，我待在八十四个不同的沃尔玛超市里。在这之前，我住在卡车站里。

我只有手机，没有电脑。我不需要电子邮件或网上笑话之类的东西，不需要垃圾邮件、垃圾电话。这些我根本不想要。我再也不需要了。

人们总想让我定居。去他们的，其实我随时能看到两个丈夫陪在我身边（嗤之以鼻）。

孩子们会问我：“难道你不觉得孤独吗？”

我说不孤独。就我个人来说，我觉得与自己共处，比与他人相处更令我愉快，至少我认识的大部分人都让我感觉乏味。

我有千姿百态、异彩纷呈的生活。我不可能拿平庸的垃圾来换自己的生活。不可能，不可能！不、不、不、不、不、不、不。我热爱独处。

晚上我会钻进床里，插上电热毯，缩在这里躺下，在面前放一本书，静静地阅读。我与世界同归于寂静。我不想招待任何人，也不想为任何人做什么事。我只愿意照顾自己，照顾我的小猫，我的房车。

我喜欢这个家。

— THE END —

致谢

《现在，请谈一谈你最爱的那个人》一书是众人合作的结晶，每一个脚步都是许多贡献者分享并反复讨论的结果。

感谢我的姐姐玛丽莎·鲍和编辑克兰西·诺兰，感谢她们的编辑才能与恒久的耐心。她们花费数百个小时采访、编辑、转录、整理以及查验事实。玛丽莎的专业才华与深刻见解已经在我们的合著《当美国人讨论他们的工作》中崭露锋芒，而这本书中多名受访者的自述在她的妙手编撰之下也更鲜活。克兰西处理原生态录音稿的能力十分出众，推动着整个项目稳定向前。我还要感谢克里斯塔·怀特斯通、沙滨·斯特里特、达朗·墨菲、克里斯蒂·哈森、希瑟·麦克高万、亚力科莎·戴及卡洛琳·霍尔威茨，感谢他们额外的采访与编辑工作。没有他们的鼎力相助，我就不可能在最后期限之前完成这项工作。

为了解释爱情这一飘忽多变的话题，显然必须具备罕见的才华才能寻找到恰当的采访主题。有三名编者格外擅长这类工作，他们为本书贡献了许多才力。戴安娜·布里格斯三度沿公路旅行，翻越落基山脉、阿巴拉契亚山脉，遍访美国南部各州，芳踪所及之处总能遇见经历精彩的人。杰克·塔尔波特从他似乎取之不尽的交际网中为我们汲取了许多主题。黛博拉·阿尔特姬伯斯花费了许多时间，追踪并进行了一系列透彻的采访。

斯蒂芬·马彻、斯蒂夫·莫兰马可、詹姆斯·杰、克里斯蒂娜·普嘉、凯莉·杰弗里斯以及我的母亲索尼娅·鲍-加特曼也参与了一场或多场访谈（在母亲的采访中，采访对象用的是西班牙语，母亲将访谈翻译成英文）。

克里斯汀·巴克利和伊丽莎白·拉森的采访因故未能收入本书，但访谈内容非常出色，无法收录与稿件质量没有丝毫关系。

感谢爱丽丝·波波维斯、秦晓芬（音译）、阿什利·芭雅、内尔·佛登博里、琳·鲍、特里娜·黄、保罗·斯考特、P.J.佩思、艾伦·纪罗兰、比克·苏·曹·铭、沙塔尔·克拉克、麦特·哈德森和许许多多为我们带来非凡故事或以其他方式帮助我们的人，人数太多，无法一一具名致谢。

我也非常感谢与采访对象共同度过的无数日子，尽管有几十个故事因多种原因未能收入本书。

丹尼尔·拉斯科帮助我们将录音内容转为文字。朱莉·泰特帮助我们进行调查。理查德·谢泼德在最后关头妙手偶得，拟出了本书的书名。通过Craglist网站，我们在全国各地选拔出一批非凡的采访人员和采访对象。

2009年初，凯莉·劳尔曼和莎拉·赫博拉在salon.com上发表了八期这一项目的访谈。她们的评论帮我们形成了对这本书的最初构想。

如果我的助理比尔·克莱格没有热情地帮我出谋划策，这本书就不可能问世。而菲伯出版社和FSG集团的编辑米茨丽·安吉尔和玛丽昂·杜佛特专注的编辑与润色，为本书增色不少。这三个才华横溢的人齐心协力，本书终于得以顺利推出。正是因为上文提及的名字和许多默默无闻的幕后英雄，这本书才满足了我的每一个期待。

制作人员名单

黛博拉·阿尔特姬伯斯：采访了肖恩·怀特沃斯、莱昂纳德·佩里、夏墨拉·布莱恩、露易丝·麦克格雷格。

詹姆斯·杰：采访了丽莎·诺贾德*。

戴安娜·布里格斯：采访了凯拉·詹姆斯、杰克·巴宾诺克斯、杰里米·凡海茨墨、凯莉·康博兰、罗素·戈尔*、戈德·科勒和蒂娜·科勒夫妇、弗朗西斯科·阿里拉诺、玛蒂·爱德华兹、卡拉·考格戴尔、贝蒂·安妮·梅。

约翰·鲍：采访了西莉亚·梅嫩德斯、多米尼克·史拉凡尼、托马斯·奥克、凯茜·巴雷特、丽贝卡·丹尼尔、泽维尔·门多萨、阿迪由·阿金耶来、亨利·汉米尔顿、凯瑟琳·兰罕、比尔·冯·亨斯多弗、克雷格·约翰逊、斯蒂芬·哈格尔、玛丽·拜尔德、保施·韦斯特、奥布里·鲁本、多丽·斯彭斯、保罗·佩思。

玛丽莎·鲍：采访了布丽吉特·艾顿*、凯特·卡瓦嘉尔和尼克·谢泼德*、艾瑟尔·沙茨。

索尼娅·鲍·加特曼：采访了玛丽亚·西艾拉。

克里斯蒂·哈森：采访了萨曼塔·莱特。

凯莉·杰弗里斯：采访了詹妮·加特林*。

斯蒂夫·莫兰马可：采访了克里斯蒂安·霍夫曼。

斯蒂芬·马彻：采访了布拉德·凯拉姆*。

克里斯蒂娜·普嘉：采访了弗雷兹·贝克尔。

杰克·塔尔波特：采访了弗莱德·怀特*。

克里斯塔·怀特斯通：采访了乔丹·珀尔。

注：标有*符号的人名，其后续采访由约翰·鲍完成。

约翰·鲍
John Bowe

《纽约客》《G Q》《纽约时报杂志》《美国瞭望》等杂志专栏作家

著作

主编《当美国人谈论他们的工作》
撰写《当今美国劳工制度与全球新经济体制的黑暗面》
影片《无声的呐喊》编剧之一

所获奖项

鲁卡斯奖
悉尼希尔曼奖：该奖项颁发给追求社会正义和公益政策的杰出记者、作家及公众人物
理查德·马格里斯奖：该奖项奖励既关心社会又幽默风趣的新闻作品
哈利·查宾媒体奖：该奖项奖励与饥饿、贫穷问题相关的报道

著作权合同登记号：06-2012-251

图书在版编目（CIP）数据

现在，请谈一谈你最爱的那个人 /（美）鲍主编 ;毛燕鸿, 兰珩译. -- 沈阳 : 万卷出版公司, 2014.7

书名原文: Us:american talk about love

ISBN 978-7-5470-3053-0

Ⅰ. ①现… Ⅱ. ①鲍… ②毛… ③兰… Ⅲ. ①纪实文学-美国-现代 Ⅳ. ①I712.55

中国版本图书馆CIP数据核字（2014）第127362号

出版发行：北方联合出版传媒（集团）股份有限公司
万卷出版公司
（地址：沈阳市和平区十一纬路29号 邮编：110003）
印 刷 者：北京季蜂印刷有限公司
经 销 者：全国新华书店
幅面尺寸：145mm×210mm
字　　数：276千字
印　　张：10
出版时间：2014年7月第1版
印刷时间：2014年7月第1次印刷
责任编辑：胡　利
策划编辑：宋　君　　陈　曦
装帧设计：吕宜浓
封面绘图：一卡漫画工作室
ISBN 978-7-5470-3053-0
定　　价：29.00元

联系电话：024-23284090
邮购热线：024-23284050　23284627
传　　真：024-23284448
E-mail：wanrongbook@163.com
网　　址：http://www.chinavpc.com